Verlag Bibliothek der Provinz

Walther Menhardt
AM ERSTEN TAG DES ENDES
Roman

herausgegeben von Richard Pils

Lektorat: Dr. Erika Sieder

ISBN: 978-3-99126-149-0

A-3970 WEITRA 02856/3794
www.bibliothekderprovinz.at

Covergestaltung & Foto: Moje Menhardt

KULTUR NIEDERÖSTERREICH

Walther Menhardt

AM ERSTEN TAG DES ENDES

Roman

1

An diesem ersten Tag des Endes kam Rosa an seinen Tisch, sie hatte Zugang ohne Anmeldung.

Als Gerd Gumbrigg Rosa sah, und als er sah, wie anders sie dastand, wurde sein Bewusstsein, wurde das System Gumbrigg, von all seinen Hoffnungen, Erinnerungen, Befürchtungen und Ahnungen unmittelbar überflutet. Gerd Gumbrigg sah die Gegenwart nicht.

Er nahm wahr, dass der Tag draußen schon helles Licht hatte. Dieses Bild blieb allerdings leblos, eine Kulisse ohne Bedeutung. Vor Gumbrigg enthielt das Bild einen weiten Raum mit sechs Arbeitstischen, um diese Zeit noch unbesetzt. Und jenseits der Tische vier helle Fenster.

Rosa war immer eine der Frühesten. Sie kannte die Abläufe. Gumbrigg hatte Rosa aufgenommen, als die Firma noch aus wenigen bestand. Rosas Gedanken waren einfach, aber sie hatte treffsichere Umsicht. Gelegentlich kam sie zu Gumbrigg und sagte, dass dies oder jenes fehlte oder nicht funktionierte, sodass der Tag nicht ordentlich ablaufen konnte. Dafür dankte Gumbrigg lächelnd. Das Lächeln war, wegen der gemeinsamen Jahre, kameradschaftliche Routine, für beide Seiten.

Jetzt stand Rosa an Gumbriggs Schreibtisch, nicht vor Gumbrigg und nicht an der Querseite. An der Ecke des Tisches. Das trug zur Eigenartigkeit des Augenblicks bei. Sie hatte einen kleinen Gegenstand in der Hand, eine kleine, in eigenartiger Weise gebogene Feder, ein abgewinkeltes, schmales Stück Federstahl, groß wie eine Haarspange. Dass Gumbrigg an Rosas Hals Blutspritzer sah, hatte keine Wichtigkeit, es war nur eine Schramme. Aber Rosas Augen waren groß und starr auf ihn gerichtet.

Die Feder war Gumbriggs Erfindung, mit dieser Feder hatte er die Firma aufgebaut. Nun stand Rosa vor ihm und hielt eine Feder. Noch bevor Gumbrigg denken konnte, erhielt er einen heißen Blutschlag in den Kopf. Noch bevor er denken konnte, war die Situation bewertet, erhielt er eine scharfe Warnung. Mit unglaublicher Geschwindigkeit werden Erinnerungen aufgerufen und Kombinationen gebildet, um eine neue Situation einzuordnen. Es entsteht ein Mosaik, das zeigt, wie die Zukunft aussehen könnte. Manchmal ein Bild des Schreckens.

Es stellten sich einige beschwichtigende Argumente ein: Die kleine Feder, die Rosa in der Hand hielt: Er hatte sie doch noch gar nicht aus der Nähe gesehen! Was brachte ihn dazu, sofort zu denken, die Feder, das kleine Federchen, sei fehlerhaft, sei vielleicht gebrochen? Rosa hatte doch noch gar nicht gesprochen!

Diese Feder, die Form dieser Feder, war Gumbriggs Idee, war Gumbriggs Existenz, die Basis aller zigtausend Teleskopstöcke, Nordic-, Trekking-, Wander-Sticks, Blindenstöcke, Holz-, Platin-, Carbonstöcke, Jagdstöcke mit Sattelsitz.

An der linken Wand des großen Raumes waren sie zur Schau gestellt: Vom rohen Stock Rübezahls bis zu den noblen Liebhaberstücken mit Bernstein- oder Silbergriff.

Der Stock: Das dritte Bein des Menschen. Äußerst unpassend in diesem Augenblick, kam Gumbrigg das Rätsel der Sphinx in den Sinn:

„Was ist es, das eine Stimme hat
und zuerst vierbeinig ist,
dann zweibeinig wird
und schließlich dreibeinig?"

Ödipus löste das Rätsel. Trotzdem nahm sein Schicksal den vorbestimmten Lauf.

Rosa zeigte Gumbrigg die Feder. In ihrem weißen Arbeitsmantel stand sie solide da, ernst und sachlich. In Rosas Nähe konnte man nicht zögerlich denken, konnte man keine verwickelten Theorien aufstellen, und Lösungen entwerfen und wieder verwerfen. Für Rosa gehörte zu einem Problem alsbaldiges Handeln.

Rosa hatte kurzes, dichtes, schwarzbraunes Haar, anspruchslos gewellt. Wie eine Halbkugel umgab es ihren Kopf. Auch das Gesicht war anspruchslos. Die Falten, die es gab, hatten eine gesunde Stärke. Und Rosas Körper, verhüllt durch den weißen Mantel, war stämmig. Doch konnte er sich schnell bewegen.

Rosa war das technische Gewissen. Zu einer geregelten Tätigkeit war sie nicht eingeteilt. In den Hallen schaute sie über die Arbeitsplätze, und sie sah immer etwas, das es zu korrigieren galt. Jeder produzierte Stab durchlief zwar die berechneten Belastungen der Endkontrolle, und alle Messdaten wurden mit der individuellen Nummer des Stabes automatisch protokolliert. Aber Rosa machte ihre eigenen Prüfungen. Wenn sie es für richtig hielt, sperrte sie die Auslieferung einer Palette, zerschnitt die klare Kunststoff-Folie, öffnete, auch beschädigend, einen Überkarton und wählte eine der bunten Schachteln, wie sie später im Kaufhaus liegen sollten. Sie prüfte alle Farben und Bezeichnungen und holte die Stöcke heraus. Dann tat sie mit den Stöcken alles, was irgend ein Teenager oder wild gewordener Tourist tun konnte.

Und bei solch einem speziellen Test Rosas hatte der Teleskopstock der Beanspruchung nicht standgehalten, das unterste Segment war in das mittlere gerutscht. Rosa war gestürzt, und der Knauf des Stocks hatte ihr die Kehle geritzt.

Blutend eilt sie ins Labor. Sie zerlegt den Stock. Sie findet die gebrochene Feder und geht mit schnellen, resoluten Schritten ins große Büro, zu ihrem Chef.

2

Severin Sattler saß nachts, um drei Uhr, vier Uhr, fünf Uhr, hinter der Empfangstheke. Um diese Zeit war er allein. Später kam das Mädchen Fenne und machte den Empfang oder arbeitete an Listen. Die Theke war eine geschwungene Konstruktion in schwachem Grau, sie wölbte sich mit trokkener Eleganz dem Besucher entgegen. In der Verglasung des Durchgangs zu den nur schwach erleuchteten inneren Räumen der Firma widerspiegelte sich die Theke, und ihre schmale, brusthohe Ablage.

Während der frühen Stunden konnte Severin Sattler seinen Gedanken nachgehen. Sie betrafen oft den Lauf der Welt. Immer wieder aber, in zwingender Wiederholung, suchten ihn Bilder heim:

Den Wagen hatte er voller Kinder, sieben oder acht. Sie tobten auf ihren Sitzen, sie kniffen einander und warfen mit Orangenschalen. Die Stunden der Wanderung, des Auf und des Ab über Geröllsteige und durch den Wald, zeigten noch keine Wirkung. Die Müdigkeit würde die Kinder erst am Abend einholen.
Die Straße führte bergab. Die Straße hatte holprige Stellen, mit Teer geflickte Frostaufbrüche und mit Teer ausgegossene Risse. Der Berg war lebendig, und der Untergrund der Straße gab hier und dort jedes Jahr um Millimeter nach. Links stieg der Berg steil an, bewaldet, grün. Die Flanke zur Straße herunter aber zeigte rohes Gestein. Es musste für den Straßenbau geschürft worden sein.
Sie kehrten heim und die Sonne stand niedrig. Die Sonne stand direkt über der abwärts führenden Straße, und der unebene Asphalt leuchtete in diesem Schein in wechselnder Weise. Der Wagen nahm die vernarbte Asphaltfläche mit elegant gedämpfter Federung, das Lenkrad lag leicht in den Händen. Dann blitzte die Straße auf. Zunächst registrierte Severin Sattler dieses stechende Licht als Widerschein von einer neuen Variante des Asphaltbelags, dann aber sah er: Das Licht war eine glatte Spiegelung der Sonne, und Sattler wusste: Dies ist Öl. Eine Ölspur.

Wenn Severin Sattler allein hinter der Empfangstheke saß und nur ab und zu auf die kleinen Schirme schauen musste, die etwa das Lager und die Halle der Endmontage in ihrer nächtlichen Stille zeigten, dann blendeten sich diese Bilder ein: Das Gleißen der Straße unter der Sonne. Bremsen war nicht zu vermeiden, denn es ging bergab. Links war der

Asphalt noch griffig, aber die rechten Reifen gerieten aufs Öl. Der Wagen rutschte rechts, er drehte sich der Bergflanke zu und schürfte an Erde und Gestein, bis er zurückgeworfen wurde. An Manövrieren war nicht mehr zu denken. Die Leitschiene rechts, auf der Talseite, war nicht hoch genug, diesen Wagen zu halten. Nach einem harten Schlag kippte der Wagen über diese niedrige Begrenzung und fiel.

Die Erinnerung hielt immer wieder fest: Severin Sattler konnte sich nicht bewegen; er war eingeklemmt. Über seine Gliedmaßen wusste er wenig. Die Schmerzen waren noch nicht angekommen. Blutspritzer sah er, auf der blaugrauen Bespannung eines Sitzes und weitere auf den Fenstern. Von einem Blutstrahl gemalt waren diese Spritzer. Vor allem aber hörte er Schreie und Stöhnen und Gurgeln. Ein Kindergesicht konnte er teilweise sehen. Warum verzerren sich die Gesichter mancher Kinder im Schmerz zu einer grauenvollen Hässlichkeit? Die Lippen um den aufgerissenen Mund waren wie Schwülste nach außen gekippt. Die Mimik des Schmerzes sollte Mutter und Vater alarmieren, aber warum so hässlich?

Selbstverständlich wusste Sattler sofort, dass äußerst Schreckliches geschehen war. Die Antworten, die sich in ihm formten, wechselten. Einmal kam die Meinung, ihm selbst sei das Unglück geschehen, ihm sei ein Unrecht geschehen, die Ölspur sei ja nicht sein Verschulden. Dann wieder sah er nur die ihm anvertrauten und jetzt verstümmelten Kinder. Auch wenn die Verstümmelung im ersten Augenblick nur eine Vorstellung war. Und er fand Fehler in seinen Lenkmanövern und sah sich schuldig und meinte, gäbe es Gerechtigkeit, hätte er im Sturz sterben müssen. Er hörte die Schreie und versuchte zu zählen, von wie vielen Stimmen sie kamen. Ein Ärmchen sah er bewegungslos hängen. Die Bluse hatte Puffärmel, weiß mit roter Stickerei. Die Haut war teils weiß, teils rosig. Gut gepolstert und sehr weich sah das Ärmchen aus. Das Handgelenk glich einem mageren Einschnitt.

Die Gedanken wiederholten sich dann tage- und wochenlang. Und nach Jahren sprangen sie unvermittelt auf. Eltern besuchten ihre Kinder mit gebrochenen Gliedmaßen in dicken Verbänden. Sattler musste daneben stehen, gerade aufgerichtet daneben stehen, auch wenn Eltern zu einem sauber gebetteten Kind geführt wurden, das sich nicht mehr bewegte. Sattler hatte mit ihm gespielt, es belehrt, war von dem Kind in vollem Vertrauen geliebt worden.

Die geschlossenen Augen schienen friedlich, und man konnte meinen, auf den Wangen ein Lächeln zu sehen. Ein Abschied ist unmöglich.

Wenn die Schreckensbilder dann langsam verebbten, zitterte Severin Sattler noch eine Weile. Schließlich traten wieder die banalen Linien seiner Umgebung hervor: die Rahmen des verglasten Eingangsportals, die Uhr der Zeiterfassung, die Glastüren, die hineinführten zum Lift und zum Treppenhaus. Sattler grübelte über die Vergänglichkeit von Gefühlen. Es sei unzulässig, meinte er, dass er aus dem apokalyptischen Traum, aus den Bildern der Ölspur, nach einer Viertelstunde wieder entlassen wurde. Das Unglück blieb eine nicht zu löschende Tatsache. Seltsam sind die Menschen. So wie er selbst ja auch. Die Psyche schwankt – es braucht keinen äußeren Anstoß – von Entsetzen zu lockerer Normalität, von Zorn zu Versöhnung. Die Menschen entgleiten der Beurteilung. Man kann nicht Maß nehmen an ihrem Lachen oder ihrer Wut. Sie werden beim nächsten Hinsehen andere Qualitäten zeigen. Aber sie brauchen ihre Schwankungen für die Lebendigkeit. Ein Mensch mit stabiler Psyche wäre, wenn man es weiterdenkt, eingefroren, eine steinerne Plastik, deren Gebärde sich in hundert Jahren nicht bewegt.

Der größte Teil des Bogens der blassgrauen Empfangstheke hatte eine Höhe, die es einem stehenden Besucher bequem macht, sich ins Empfangsbuch einzutragen oder seine Visitenkarte zu präsentieren. Hinter diesem hohen Teil saß Sattler. Ein ankommender Besucher sah zunächst nur Sattlers Kopf. Der Kopf war kahl geschoren und knochig. Sattlers Gesicht richtete sich zum Ankömmling herauf, zugleich matt und freundlich.

Sattlers Träume und Alpträume wurden aufgelockert, wenn die ersten Angestellten kamen und ihre elektronische Marke zur Registration an die Uhr hielten. Manche kamen sehr früh und verließen die Firma auch wieder früh, um einen langen Abend zu haben oder weiteren Pflichten nachzugehen. Eine gewisse Fröhlichkeit konnte Sattler überkommen, wenn am späteren Morgen das Mädchen Fenne erschien. Wo Fenne an ihrem Computer saß, nahe dem Eingang, hatte die Empfangstheke die übliche Tischhöhe. Dort wurden Päckchen übergeben und Dokumente gereicht. Fenne saß mit einem aufgeweckten, beinahe spitzbübischen Blick an ihrem so einfachen und bescheidenen Arbeitsplatz. Sie hatte helles, kurzes Haar. Es reichte bis zu den Ohrläppchen, und Strähnen konnten zerzaust über die

Augen fallen. Ihre Schultern schienen breit, und obwohl man hinter ihrer Arbeitsfläche die Taille nicht sehen konnte, meinte man doch zu wissen, dass ihre Taille sehr viel schmäler sein müsse als die Schultern.

Fenne hatte ein jungmädchenhaftes Gehabe, aber eine lachende Sicherheit, die doch auf ein paar Jahre erwachsenen Lebens gründen musste. Es schien, ihre Arbeit hier an der Theke sei nur ein Spiel, das sie auf der Grundlage eines anderen Lebens betreibe. Das kam auch zum Ausdruck, wenn sie in anderen Sprachen das Telefon beantwortete.

Die Befindlichkeit der Firma konnte Severin Sattler an seinem Platz hinter der Empfangstheke wahrnehmen. Wie die Stimmen aus den Telefonhörern klangen; mit welchen Schritten die Angestellten, von der Straße herein, an ihm vorbei gingen; ob sie miteinander über den Feierabend sprachen oder über Abläufe in der Fertigung oder in der Buchhaltung. Auch Art und Anzahl der ein- und ausgehenden Poststücke waren Indikatoren.

An diesem Morgen war die Firma ruhig.

3

Rosa, die gedrungene und etwas schwere Gestalt, stand aufmerksam und gespannt an Gumbriggs Schreibtisch. Dass sie als einfaches Mädchen mit wenig Schule in die Firma gekommen war, Gumbrigg aber der großen Welt angehörte, wo elegant gespeist und kompliziert gesprochen wurde, das hatte hier keine Bedeutung. Die Firma war Gumbriggs Firma. Aber auch Rosas Firma. Unendlich viele Sorgen und Mühen gehörten zum gemeinsamen Bestand.

Gumbrigg hatte Rosa jetzt keinen Stuhl angeboten. Sie erwartete das in diesen Minuten auch nicht. Rosa sah auf ihren Chef, beobachtend, fragend. Aber sie wusste: der Ablauf war zwingend.

Gumbrigg sah mit einer Klarheit, als wäre alles schon geschehen, dass alle Arbeiten, das Entnehmen der rohen Aluminiumrohre aus dem Lager, das Ablängen der Rohre an den Sägen, das Reinigen, Lackieren, das Aufbringen von Beschriftungen und Markensymbolen, das Prüfen, das Verpacken und natürlich auch der Versand und die Ausfertigung von Rechnungen, in wenigen Augenblicken – sobald er aus seinem eigenen Stillstand erwachte – verändert, angehalten und zu einem nicht mehr sinnvollen Moratorium gezwungen würden.

Gumbrigg sah zu Rosa auf und sagte: „Kurt!“ Er tippte eine Nummer in sein Telefon. „Komm bitte. Schnell!“, sagte er. Dann stand er auf und ging, mit Notizblock, zum Konferenztisch. Seine Schritte waren größer und schwerer als gewöhnlich. Er bedeutete Rosa, rechts von ihm Platz zu nehmen, setzte sich und begann eine Liste zu schreiben.

Der schmächtige, hagere und auch nicht großgewachsene Mann, der Kurt genannt wurde, kam nach kurzem Klopfen ohne abzuwarten in den großen Büroraum. Manche konnten es sich nicht versagen, ihn „Maus“ zu nennen. Das war seinem Gesicht zu danken. Er hatte einen kleinen Kopf, und der kleine Kopf hatte auch noch einen schmalen Kiefer, der zum Kinn spitz zulief. Man konnte, wenn man ihn sah, nicht vermeiden, an eine Maus zu denken. Es kamen auch seine schnellen Bewegungen hinzu: Er wieselte in seinem grauen Arbeitsmantel durch die Gänge und zwischen den Montagebändern.

Kurt setzte sich an den Konferenztisch, Rosa gegenüber. Er sah den Chef an, er sah Rosa an. Dann reichte ihm Rosa die kurze, schmale Feder, die dort, wo sie zu einem Haken gekrümmt sein sollte, gebrochen war.

Kurt schüttelte unmittelbar den Kopf. Er hielt die Feder zwischen Daumen und Zeigefinger. „Das ist unmöglich!“, sagte er.

Auf seinem kurzen, spitz zulaufenden Kinn trug Kurt ein schmales Bärtchen, schwarz gegen die weißen Wangen. Das machte ihn klug, pfiffig. Kurt blickte nur flüchtig zu Gumbrigg, dann zu Rosa, ihr gerade in die Augen.

Gumbrigg sah sich einem Meer von Ereignissen ausgesetzt, von Maßnahmen, die alle in jahrelangen Überlegungen und Versuchen entwickelten Pläne mit einem Schlag außer Kraft setzten. „Das ist unmöglich!“, hatte Kurt gesagt. Und Gumbriggs Gefühl klammerte sich an diese Worte. Aber es war ein Gefühl, das zu einer soeben abgeschlossenen Vergangenheit gehörte. In dieser Vergangenheit hatte es einen Ton gegeben. In jedem Haus, in jeder Wohnung, in jedem Gemeinwesen herrscht ein Ton. Der Ton im Hintergrund von Gumbrigg, Rosa und Kurt war gewesen: Es geht aufwärts! Ein Kunde ist hinzugekommen! Eine neue Idee!

Jetzt schob Gumbriggs Hand den Notizblock zurecht und schrieb:

Auslieferung stoppen,
Produktion stoppen,
Befragung am Montageplatz.

Kurt hielt die gebrochene Feder vor seine Augen. Diesen Fehler könne die Stanze bei BrioMet nicht produzieren, sagte er, die Stanze dort habe er selbst mit dem Schichtführer eingerichtet. Mit der Spitze seines Schreibstiftes wies Kurt auf die Bruchstelle, und drehte die Feder. „Ein Millimeter in der Mitte zeigt einen frischen Bruch, rechts und links davon ist das Material schwarz, wie angesengt. Das kann nicht vom Vormaterial kommen, das kann nicht von der Stanze kommen!"

Rosa wies auf die blutige Schürfung an ihrem Hals. Ein weiteres Wort wusste keiner beizutragen. Aus dem Haus kamen die gewohnten Geräusche der täglichen Produktion.

„Stoppen!", sagte Gumbrigg.

Kurt stand geschwind auf und verließ den Raum. In der Fertigungshalle ging er, wie oft am Tag, durch die Reihen. Die Blicke folgten ihm, denn er bewegte sich anders als gewohnt. Zwar wie an anderen Tagen, zugleich schüchtern und zielstrebig, aber schneller. Dort, wo die Federn in den Prozess kamen, saßen eine Frau in mittlerem Alter und ein junges Mädchen. Kurt zeigte die Feder und zeigte auf den eigenartigen Bruch. Beide Frauen schüttelten verwundert den Kopf. „Die glänzt anders", sagte das Mädchen. Kurt ging zur Vorarbeiterin und mit ihr zurück zu den Frauen. Auf die Fragen der Vorarbeiterin antworteten sie gesprächiger. Aber nein, solch eine Feder mit geschwärzten Stellen war ihnen nie untergekommen. Sie sahen auch nicht alle Federn, denn die Zuführung war automatisch.

Während Kurt überlegte, welche Fragen er noch stellen könnte, läutete sein Telefon. Gumbrigg: Er solle mit den Damen zu ihm kommen. Spricht man in Betrieben und Werkshallen über Arbeiterinnen, über die Frauen und Mädchen, dann werden sie Damen genannt.

Mit einer Geste der Einladung zu den Plätzen rund um den Tisch begann Gumbrigg sofort die Befragung. Aber er hatte keine neuen Fragen und es gab keine neuen Antworten. Die Arbeiterinnen saßen angespannt am Tisch, die ältere verschüchtert, die jüngere mit einem Anflug von Trotz. Aber es war ja kein Vorwurf gefallen.

Eingriffe in den Ablauf der Montagearbeiten sollten den richtigen Weg gehen: vom Chef zum Fertigungsleiter, dann vom Fertigungsleiter zur Vorarbeiterin. Aber Gumbrigg sprach zu allen am Tisch:

„Die Fertigung wird sofort eingestellt, die Auslieferung wird gestoppt. Wer nicht gebraucht wird, soll nachhause gehen. Löhne werden gezahlt."

4

Die Fahrt im Wagen – sanft war der Wagen und gehorsam lebendig – glich immer einem Übergang von einer Welt aus Zahlen, Zeitzwängen, Mechanismen und Arbeitszuteilungen in eine Welt mit bequemen Polstern, hohen Fenstern, Blumen, einem Lächeln oder auch einem Disput. Die Fahrt zur Villa war oft nicht lang genug für diese Veränderung.

Gumbrigg wusste nicht, wie er diesmal das Haus betreten würde. Für das Leben im Haus war die Firma ein Untergrund. Es wurde aber über die Firma nie gesprochen. Nicht üblicherweise, nur wenn etwa Reisetermine abzustimmen waren. Heute wäre es angebracht, zu sprechen.

Gumbrigg sah sich, die Hand noch am Lenkrad, das alte Gittertor öffnen, und er sah, mit aller Deutlichkeit, wie Hanna ihm zur Begrüßung einen Schritt entgegen kommen wird. Gumbrigg war plötzlich überwältigt von Zuneigung und Erinnerung. Der Stillstand der Firma, das Rätsel der kleinen gebrochenen Feder, hätten ihn mit Wut in der Realität halten müssen. Stattdessen tauchten schöne, wohltuende Bilder auf. Hanna, seine Frau! Sie reichte ihm bis zur Schulter, Hanna hatte eine zierliche Gestalt. Wenn sie sprach, war immer ein Klang von gutem Einvernehmen in der Stimme. Stand sie eine Armlänge von ihm entfernt, so konnte sie ihm in die Augen sehen. Ein kameradschaftlicher Blick ohne Fragestellung. Das Gesicht war fein gegliedert. Das Wort ‚ziseliert' fiel Gumbrigg ein. Die Wangen und die Stirn hatten Sonnenfarbe. Aber nicht nur im Sommer, auch im Nebel, im November. Vielleicht gab es auch einige Sommersprossen. Hanna hatte die Farben eines Menschen, der immer draußen ist, einer Sennerin, einer Hirtin. Aber das war ein Widerspruch zur feinen Struktur. Oder eine Draufgabe. Ihre dunkelbraunen Haare trug sie kurz, aber hier und da herausschwenkend, fröhlich.

Gumbrigg wurde überschwemmt von Erinnerungen: so viele Herrlichkeiten, so viel Liebes. Der Wagen brachte ihn vors Haus. Gumbrigg ging auf die alte Gittertür zu.

Gerd Gumbrigg war gemütlich angelegt, seine Figur groß und etwas füllig. Manchmal wurde er ‚Bär' genannt. Er ging gern etwas vorgeneigt. Das war aber keine Haltung von Eile sondern sollte, für ihn unbewusst, eine Freundlichkeit, ein Entgegenkommen andeuten.

Gumbrigg öffnete die Tür. Hanna stand ihm gegenüber. Und Gumbrigg sah seine Frau nicht wie alle Tage am Abend, sondern so intensiv und leuchtend wie in seinem Tagtraum der Zuneigung, der ihn am Lenkrad überkommen hatte. Er wollte sie mit aller Macht umarmen, er spürte schon, wie sein rechter Arm sich zu heben begann. Er wollte den Arm um ihre Schultern legen. Er wollte sie auf den Mund küssen. Das wäre für das Nachhausekommen unüblich. So zögerte er. Der Augenblick ging vorüber. Und Gumbrigg machte sich fertig für das Abendessen.

Das war in einem Raum mit Erker gedeckt. Durch die Gardinen sah man hinaus auf Bäume und Sträucher. Die Räume dieser alten Villa waren hoch. Das Licht aus den Erkerfenstern reichte auch nicht aus, den ganzen hohen Raum mit Helligkeit zu füllen. So blieben auch die gerahmten Bilder von Häusern und Gegenden, in denen frühere Generationen gelebt hatten, und die Portraits, in einem zarten Schatten. Der Raum hatte beschauliche Feierlichkeit.

Am Kopf des Tisches saß Hanna, zu ihrer Rechten ihr Mann, links von Hanna Gerd Gumbriggs Mutter, Grand'mère genannt. Die Plätze von Tochter Jutta und Sohn Till waren noch unbesetzt.

Hanna saß dem Erker gegenüber. So überblendete das Licht die Gesichter um den Tisch, das ihrer Schwiegermutter und das ihres Mannes, Gerd. Gumbriggs Haar hatte begonnen, sich zu lichten. Das missfiel Hanna immer von neuem, aber wenn das Licht vom Erker dort an der kahlen Stelle einen Widerschein erzeugte, musste sie schmunzeln, und diese kleine Lächerlichkeit ließ ihren Blick zärtlich werden.

Die alte Dame saß klein auf ihrem Stuhl. So als hätte man ihr einen Stuhl mit höherem Sitz geben sollen. Ihr Haar war rein weiß und fein, und lag, für den Beschauer, in einer Welle, in einem Bogen von links nach rechts. Ordentlich, aber nicht mit beabsichtigter Perfektion. Am Ringfinger der linken Hand trug sie ein altes Familienstück, eine Rosette aus kleinen Smaragden und Diamanten.

Gumbrigg betrachtete oft diesen Ring, wenn er seiner Mutter bei Tisch gegenübersaß. Er sah dann auch die Hand, deren Glieder zwar nicht glatt und jugendlich waren, die aber eine unendliche Geschichte von Tätigkeiten und Gestik enthielten. Es waren fürsorgliche, aber auch sehr strenge Hände gewesen. Auch in ihrer Altersgestalt zeigten die Hände noch frische, dezidierte Bewegungen.

Grand'mère trug eine weiße Bluse mit Häkelspitzen am Kragen und an den Ärmeln. Die Spitzen reichten noch bis zu den Handrücken. „Gerd sieht heute müde aus!", sagte Grand'mère. Sie schaute dabei irgendwohin, in Richtung des Erkers.

Erst nach einiger Zeit kam von Hanna eine Bemerkung: „Gerd kann es halt nicht lassen, an seiner Firma zu bauen."

Er saß vornübergebeugt, weiter vorgebeugt, als für das Essen mit Messer und Gabel nötig ist. Und er aß schneller. Das geschah vielleicht, weil während des Essens die Mimik undeutlich wird. So wird auch die Stimmung nicht deutlich.

„Es kann ja sein, dass Gerd Sorgen hat", sagte die Mutter.
Gumbrigg aß weiter, und Hanna fragte nicht nach Sorgen, sie legte nur ihre Hand auf seine Schulter und streichelte andeutungsweise.

Man hörte Türenschlagen. Und Jutta brach durch die Türe herein. In akrobatischer Stellung versuchte sie, die Tür mit dem Fuß hinter sich zuzustoßen, gleichzeitig eine große Handtasche abzufangen, deren Träger von der Schulter rutschte, und auch noch mit der anderen Hand ein Handy gegen ihr Ohr zu drücken. Sie sprach mit begeistertem Wortschwall und unterstrich ihre Worte mit Wiegen des Kopfes und mit theatralischem Nicken, um ein Ja zu bekräftigen. Beim Nicken schwankte ihr dunkelblondes Haarkrönchen gefährlich. Sie hatte ihr Haar, nach oben gebündelt, zu einem senkrecht stehenden Zopf geflochten, allerdings in summarischer Weise.

„Wenn du mich liebst, dann holst du mich jetzt ab", sagte sie, und warf ihr Gesicht in einen trotzigen Ausdruck. Während der Antwort, die sie offenbar läppisch fand, ließ sie ihre Handtasche auf den Boden gleiten und begann ihre langen, aufgeklebten Fingernägel zu betrachten. Sie waren in allen Farben lackiert.

„Was heißt ‚Das geht nicht ... du musst'?" Sie rollte die Augen.

Und während sie sprach, ging sie zu ihrer Großmutter und drückte ihr einen schmatzenden Kuss auf die Stirn, und zu ihrer Mutter und zu ihrem Vater.

„Wen ich da küsse? Meine Familie! Du bist ja nicht da. Ich bin dir ja nicht wichtig!"

Jutta war zierlich und in ständiger Bewegung. Sie trug enge schwarze Hosen und über einer weißen Bluse ein kurzes gestricktes Mieder in bunten Mustern.

„Soso, du liebst mich", sagte sie in ihr Gerät, „erklär mir das etwas genauer!" Sie setzte sich neben die Großmutter und häufte sich den Teller. Was aus dem Hörer kam, schien ihr zu gefallen, sie legte den Kopf geschmeichelt schräg, sie lachte, sie kicherte. „Aber, aber! Wenn das jemand hört! – Was mich an dir? – Dein fester Po!"

Gumbriggs Augen richteten sich, aus seiner vorgebeugten Haltung, hinüber auf Jutta. Er schaute wie aufgescheucht, aber aus seinen anderen Gedanken kam er doch nicht heraus.

Mutter Hanna, deren gesunde Gesichtsfarbe noch etwas intensiver geworden war, wollte schnell etwas sagen, stockte aber. Vorwürfe zu machen, widerstrebte ihr. Jede Äußerung, die nicht liebevoll, nicht zutraulich und wohlmeinend war, blieb ihr befremdlich. Sie brachte nur hervor „Jutta!"

Das Gesicht der alten Dame hatte sich etwas gespannt, sodass die Augen kleiner wurden. Die Hände hatten Messer und Gabel beiseite gelegt und die Finger bewegten sich wie in einem Abbild vorbereitender Gedanken.

„Kind", sagte die Großmutter, „Du weißt doch, dass wir hier an einem gepflegten Abendtisch sitzen. Hier klopft man an und grüßt."

Jutta sprang von ihrem Stuhl auf, machte einen Tanzschritt, umarmte ihre Großmutter, über die Lehne des Stuhls gebeugt, und drückte ihr noch einen Kuss auf die Schläfe.

„Ach Grand'mère, du bist so lieb!"

„Jutta“, sagte die Mutter, „die größte Freude machst du deiner Großmutter, wenn du dich ordentlich benimmst und keine lockeren Gespräche führst.“

Auch Gumbrigg sagte jetzt etwas: „Wann stellst du uns denn deinen Helden vor?“

Jutta streckte der Tischrunde ihr Handy entgegen. Es zeigte nur eine schwarze Fläche. Es war abgeschaltet. „Alles erfunden“, sagte Jutta, und setzte sich an ihren Teller. „Man muss Euch ja erheitern!“

5

Severin Sattler konnte in den Stunden seines nächtlichen Dienstes hinter der Empfangstheke viel lesen. Manchmal bekam er Arbeiten, die in der Nacht erledigt werden konnten, doch es blieb reichlich Zeit. Er las, aber es kam jede Nacht auch eine Spanne des Träumens. Seine Augen sahen die kleinen Schirmbilder der Überwachungskameras. Aber mit stärkeren Farben spielten die Bilder der Vergangenheit, mit Wehmut oder Entsetzen oder Freude. Severin Sattler war einmal ein lachender Student gewesen. Doch weniger lachend als nachdenklich. Er war der junge Mann mit intelligenter Stirn und einem Schopf brauner Haare, mit einem etwas unwilligen Mund, ein junger Mann, dessen Augen es leichter fiel, zu Boden zu blicken oder zur Seite zu blicken als die Augen anderer zu suchen.

Jetzt, nach so vielen Wechselfällen, wenn er mit seinem dünnhäutigen Schädel seine Wache hielt, kamen quälende Gedanken, aber auch gute. Für ein paar Monate war er eine junge Hilfskraft gewesen, Assistent in einem großen Konzern, und sie nahmen ihn mit auf eine Reise, und sein Inneres war damals noch unverletzt und konnte Begeisterung aufnehmen. Diese Reise hatte er aufgeschrieben. Die zerfledderten Seiten lagen jetzt neben den Monitoren, und er las gern darin, um das damalige ungetrübte Leben zurückzuholen. Er las:

Zwischen die hohen, hellen und turmschlanken Fassaden tauchte der Wagen ein. Und die Straße bog, von den Hügeln herabkommend, mit fließendem Verkehr hinunter in das übereinander geschlungene System der Einfahrtkanäle zur Stadt.

Die Türme der hellen Fassaden standen gesperrt im Raum der frostigen Sonne. Ihre Fundamente ruhten, eigenwillig, und in alle Richtungen versetzt, auf verschiedenen Höhenstufen. Mannigfaltig waren die Proportionen, die Farben der Verglasung, die elliptischen, kreisrunden oder streng würfeligen Formen. Die schräg herauf- und herunterstechenden Trajekte der Fahrbahnbrücken schnitten durch die Linien der Türme. Sie spannten für die Augen einen Raum mit allen Tiefen auf, und mit allen Möglichkeiten.

Es hatten auch die blassfarbigen Gitterkonstruktionen der Fenster jeweils die Qualität eines Charakters.

Vom grätschbeinigen Fundament laufen schmale Rippen aus weißgleißendem Stein viele Stockwerke hoch; die dazwischen vertieft liegenden Fenster sind nur schwarze Bänder.

Oder aber ein Hochkantquader ist, wie durch einen Schleier, von Glasflächen völlig umkleidet; die Räume und Gänge hinter der ockerfarbenen, grünlichen, blassblauen Glasdämpfung bleiben fürs Auge nur schemenhaft zugänglich. Der Himmel spiegelt sich auch farbfremd darin.

Noch andere Sprache führen die Fassaden, deren Fensterreihen waagrecht gegliedert sind, zwischen breite Betonbänder eingelassen wie Sehschlitze.

Glasrautengewebe umspannen kuppelige Gebäude.

Für das Auge bedeutet jede Form und jede Farbe eine Stimmung, eine Disposition. Sodass die Fahrt, zwischen die Türme hindurch, der Abfolge von Akkorden gleichkam: Konsonanzen, Dissonanzen, Verschränkungen.

Und es ist die Frage, woher das Auge die Maßstäbe der Bewertung nimmt. Diese Sprache ist vorgegeben. Ob eng parallele Linien senkrecht stehen, sodass sie aufwärts und zur Hoffnung zeigen; oder ob die Linien waagrecht liegen, ruhend und gleichgewichtig: das sind gegensätzliche Gestalten. Das Auge misst ihnen Werte zu.

Deren Ursprung liegt vor der bekannten Zeit. So wird eine Welt bunter Formen gesehen, und zurück sprechen Bedeutungen.

Der Wagen gliederte sich ein in die Tunnelfahrbahnen. Die draußen kalttrockene Luft kam durch die Lüftungsschlitze des Armaturenbrettes erhitzt herein. Ein Geruch von in Staub getrocknetem Öl war beigemischt. An den Gabelungen der Tunnel folgte der Wagen den anderen der Kolonne rechts oder links.

Die Reden im Wagen waren einsilbig, denn die Fahrt galt einem Toten, einem allseits geschätzten Kollegen in der Industriegruppe. Es wurde gesagt: Er habe noch am späten Nachmittag mit seinem ernsten und freundlichen Eifer die Vorschläge des Konstruktionsbüros verteidigt. Kleben sei nicht schlechter als Schrauben.

Er sei so still gewesen, doch alle im Labor hätten ihre Fragen zu ihm getragen. Von Vorwarnungen sei nichts bekannt. Seine Hand habe allerdings, wenn er am Mikroskop saß, zittrig nach der Stellschraube gesucht.

Sattler schreckte auf, als Gerd Gumbrigg zehn Minuten vor sechs Uhr, und mit ungewöhnlicher Heftigkeit, zur Tür hereinkam. Gumbrigg grüßte zwar „Guten Morgen, Severin!“, aber gab ihm keinen Blick, sondern eilte weiter zu den inneren Türen. Sattler empfand immer Schmerzen, wenn seine Traumbilder nicht von alleine ausklingen konnten, sondern durch handfeste Ereignisse gekappt wurden.

Bald kam auch Rosa, und dann Kurt. So wusste Sattler, dass Außergewöhnliches vorgefallen war.

Gumbrigg hatte zwar ein paar Minuten für sich allein am Konferenztisch, und er legte einen Notizblock bereit, aber seine Gedanken wollten sich nicht schnell genug sammeln, Rosa und Kurt kamen bereits und setzten sich zu ihm. Er hatte noch kein Konzept für den Tag, er konnte noch keine Richtung vorgeben. Gumbrigg legte die gebrochene Feder vor sich auf die Tischplatte.

„Ist diese Feder aus der Verpackung gefallen? Jemand trat darauf, ein anderer hob sie auf und legte sie zurück?“

Die Wangen über Kurts weißem, spitzem Gesicht zogen sich hoch und seine Augen verkleinerten sich, als hätte er Ungeschicktes, Peinliches gehört. Aber um etwas zu sagen, war er nicht sicher genug. Er hatte an der Stelle der Krümmung, des Knicks, wo die Feder gebrochen war, rechts und links Schwärzungen gesehen. Wie entsteht solch eine Beschädigung?

Die drei am Konferenztisch schauten einander an. Gumbrigg sagte, was sie alle wussten: Ein Wanderstock mit solch einer Feder darf das Haus nicht verlassen. Wenn irgendwo auf der Welt einer stürzt, weil sein Teleskopstock plötzlich nachgegeben hat, dann ist das unsere Schuld. Und die Zeitungen sind voll.

„Kurt", sagte Gumbrigg, „denk du weiter nach, was mit dieser Feder geschehen sein kann. Aber jetzt sofort müssen wir sicherstellen, dass keine zweite solche Feder im Haus ist. Alle befragen, alles durchsuchen! Wenn die Frauen kommen, Kurt, nimm sie einzeln vor!"

Rosa meinte, das bringe gar nichts. „Wenn sie befragt werden, bekommen die Mädchen Angst. Keine würde zugeben, die Feder gesehen zu haben."

„Aber sie bekommen wenigstens das Gefühl, dass diese Federn wichtig sind."

Gumbriggs linke Hand lag neben dem Notizblock. Sie drehte sich, sodass die Handfläche nach oben zeigte, und sie drehte sich zurück, fiel wieder zurück. Gumbrigg schaute Rosa an, und Rosa schaute gerade zurück. Sie war nicht schön. In einem anderen Lebenslauf wäre sie irgendeine Marktfrau geworden, vielleicht tüchtig, aber grob, schnippisch. Rosa sah Gumbrigg ruhig an. Auf das Signal wartend. Alert, kompetent.

Gumbrigg schaute seinen Fertigungsleiter an. Kurt schaute zurück. Hundert Prozent der Fertigware prüfen?

An seinem Schreibtisch saß Gumbrigg und versuchte zu denken. Es lagen nur wenige Gegenstände auf der hellcremefarbenen Platte. Für die Abläufe, die jetzt eingeleitet wurden, gab es keine handfeste Begründung. Vielleicht war diese vermaledeite gebrochene Federspange die einzige, die in die Produktionsbahn gekommen war, vielleicht gab es keine zweite, weder in der Vergangenheit noch in der Zukunft. Dann wurde jetzt die Firma umsonst gestört. In diesen Stunden wird Verlust gemacht.

Es tauchte plötzlich das Bild Hannas auf. Gumbrigg spürte ein warmes Gefühl, ein Verlangen nach Zuneigung. Das beruhigte. Er sah das fein geschnittene Gesicht mit der gesunden Farbe. Und er sah, wie Hanna pikiert und etwas ratlos zu ihrer Tochter geblickt hatte, als diese Tochter ihre Szene spielte. Er wollte Hanna in die Arme schließen. Sie war eine Liebliche, eine Unterhaltsame, eine Fröhliche. Aber zu Gumbriggs Tätigkeit in dieser Firma gab es von Hanna keine Resonanz. Sie hörte ruhig auf Gumbriggs Worte, über ein Ab oder Auf, aber es gab kein Echo. So als wäre er kegeln gegangen und hätte das eigene Haus im Stich gelassen.

Es klopfte, und es kam eine der Arbeiterinnen vom Montageband. Sie kam aufgeregt und etwas schwitzend und strich sich eine Strähne aus der Stirn. Gumbrigg wusste, dass sie vor kurzem ein verkrüppeltes Kind geboren hatte, ein nicht lebensfähiges.

Die junge Frau kam mit einer Armhaltung und mit Händen wie man Flehende Hände auf alten Gemälden sieht. „Ich bitte um Entschuldigung! Entschuldigung! Ich werde aufpassen!" Gumbrigg stand auf. „Anna", sagte er, „Anna, Sie sind nicht schuld. Es ist nicht Ihre Aufgabe, alle Federn anzuschauen. Gumbrigg ging zu ihr, legte einen Arm um ihre Schultern und führte sie zur Tür. „Es ist alles gut!"

Die Produktion blieb aber eingestellt. Das Montageband stand still. Rosa sprach sich mit Kurt ab und nahm vier Arbeiterinnen ins Versandlager mit. Palettenladungen wurden aufgeschnitten, Hochglanzverpackungen mit bunten Bildern von Stöcken und Wanderszenen herausgenommen und die Stöcke nach den Vorschriften von Rosa geprüft.

In der Montagehalle standen Frauen in Gruppen beieinander. Ihre Arbeit war unterbrochen. Viele gingen rauchen. Kurt schritt mit der Vorarbeiterin die Montagelinie ab, um alle halbfertigen Stöcke zu prüfen. Kurt immer mit seinen flinken, geschmeidigen Bewegungen, schmächtig neben den Frauen. In seinem grauen Mantel eine graue Maus.

Kurt ließ sich helfen, eine kurze Linie von Tischen zusammenzustellen. Dort wurden die Schachteln mit angelieferten Federspangen geöffnet und der Inhalt unter Lupenleuchten Stück für Stück kontrolliert.

Einige Frauen wollten die Zeit nutzen, um einkaufen zu gehen. Sie mussten an der Kontrolluhr am Eingang vorbei. Dort saß jetzt Fenne an der Empfangstheke. Es kam zu einer Diskussion, ob das Verlassen des Hauses unter diesen Umständen registriert werden musste. Fenne rief Kurt an. „Ja, Fenne“, sagte er, „lass sie alle ein- und ausgehen!“

Gumbrigg, an seinem Schreibtisch, hatte ein Gefühl des Schwimmens im Nebel. Er hatte entschieden, und seine ganze kleine Welt war durcheinander. Eine eigentlich nicht so kleine Welt. Er hatte nicht entschieden, er hatte nur abgenickt, was Rosa dachte. Er wusste, was Rosa dachte. Und eine Aktion musste gesetzt werden. Wenn man einen Vario-Stock, einen VeryStick, findet, der gefährlich werden kann, muss reagiert werden. Nur wusste Gumbrigg nicht, ob die Maßnahmen sinnvoll waren.

6

Für den Abend hatten die Gumbriggs Konzertkarten. Gerd Gumbrigg saß noch spät an seinem cremefarbenen Tisch. Hinter der Reihe der Fenster, draußen, war es blaudunkel. Rosa und Kurt, die auch noch durch die Nacht gearbeitet hätten, waren von ihm nachhause geschickt worden.

Jetzt in ein Konzert gehen? Das Zuhause, Hanna, die Mutter, Jutta: eine sosehr andere Welt. Er brachte seinen Tag zu in einer Stätte von Maschinen, Planungen, Verpackungen, Überweisungen, Fehlern, Unzuverlässigkeiten, Krankheitsfällen und Umbesetzungen.

Gumbrigg saß in seinem Wagen. Nach dem Zuschlagen der Tür bot der Wagen eine Zuflucht, einen sicheren Raum, in dem nur er, Gumbrigg, war. Die Hand lag auf dem Lenkrad. Es war zuverlässig und vertraut.

Der Wagen ließ sich geschmeidig durch die Straßen und Gassen und über Kreuzungen lenken. Als er in die Straße der Villa einbog, strahlten die Scheinwerfer grell auf die Stämme der Bäume, und auch noch auf die Baumkronen, die sich von rechts und von links über die Straße streckten.

Die Fahrbahn dieser Straße war nicht breit, und die Wagen parkten, als lehnten sie sich an die Zeilen der Bäume. Die Häuser der Straße stammten aus weit auseinander liegenden Epochen. Manche mit überschwänglich geschmückten Fassaden, teils mit Efeu überwachsen, sodass die Verwitterung nicht deutlich wurde, manche rechtwinklig entworfen, und glatt aus Glas und Stein.

Das Gumbriggsche Haus war eines der alten. In der Mitte der Straßenfront des Hauses sprang ein breiter

Erker vor. Flieder- und Jasmin-Sträucher reichten bis zu seinen Fenstern. Jetzt am Abend leuchteten alle hohen Fenster.

Gumbrigg ging zum Gartentor und ließ die Hand kurz auf der Klinke ruhen. So wie bei den anderen Häusern der Straße, grenzte auch hier ein hoher Zaun den Vorgarten vom Gehsteig ab. Der Zaun war aus dickem Draht kunstvoll geflochten und, vor Zeiten, schwarz lackiert. Die Tür hatte schmiedeeiserne Elemente. Das Öffnen der Tür wurde meist von einem leisen Knarren und Quietschen begleitet. War das Haus still, so konnte dieses Signal überall gehört werden.

Als Gumbrigg ins Speisezimmer kam, sah er die Familie beim Abendessen versammelt. Sohn Till fehlte, wie so oft. Was wären die Bemerkungen gewesen, hätte Gumbrigg von der gebrochenen Feder berichtet? Vielleicht nur ein kurzes, ratloses Schweigen, denn was sollte eine kleine Feder hier am gedeckten Tisch? Später am Abend, wenn Jutta sah, wie ihr Vater ernst und stumm blieb, würde sie vielleicht sagen: „Ist dir dein Federchen im Sinn?"
Es gab vier Karten für das Konzert, aber Jutta sagte „Ich kann leider nicht". „Ja, was ist denn so wichtig?", fragte Grand'mère. Für sie war die über das Jahr verteilte Reihe der Konzerte ein Gesetz, eine heilige Handlung, ein Beweis, dass der Mensch sich, aus dem Staub kommend, zu hellen Höhen gearbeitet hat. Sie hatte geschrieben:

Lass deine Seele durchströmen von Musik,
lass die Gedanken sich lösen vom tragischen Geschick!
Akkorde, Melodien,
sie mögen deinen Geist durchzieh'n,

dass er geklärt, schmerzlich lächelnd,
zur Gegenwart sich wende.

Wenn Jutta jetzt kurz, beinahe wegwerfend, sagte „Ich kann leider nicht“, dann tat der alten Dame das weh. Das feierliche Ritual der Konzerte wurde gebrochen. Grand'mère saß zurückgelehnt auf ihrem Stuhl, und die Finger ihrer Hand bewegten sich zu den Gedanken, die um Jutta kreisten. Wegen ihrer vorsichtigen, gleichsam träumerischen Bewegungen schienen die Finger der alten Hand zierlich.

Jutta trug, wie das eben so zu ihrem Kreis, zu ihrer Lebensschicht gehörte, zerfetzte Jeans. Die Enden ihrer Haare hatte sie grasgrün gefärbt und ihr boleroartiges Jäckchen hing so prekär wie möglich von ihrer Schulter.

Die Augen der alten Dame wanderten von Jutta auf den Tisch, sie wanderten über das weiße Tischtuch, auf der Suche nach geeigneten Worten. In ihrer Jugend wäre heiliger Zorn über sie gekommen, und sie hätte ein Mädchen wie Jutta angeschrien. Sie wusste allerdings aus vielfältiger Erfahrung, wie wenig solch ein Toben hilft, und sie wurde traurig, weil sie meinte, Unglück kommen zu sehen. Doch auch für Traurigkeit hatte sie in der geübten Disziplin ihrer Seele Grenzen gesetzt.

Traurig, denn sie hatte, als Jutta klein war, in ihrer Freude und Liebe geschrieben:

Du Kind,
wie kannst Du so herzlich lachen,
noch eh' Du Dir Deiner bewusst!

Willst gut sein,
wahr sein,
willst Freude machen!

„Kind“, sagte sie, „Schönheit und Feierlichkeit sind wichtig für den Menschen. Denk, wenn Du einmal eine Minute hast, an deine Großmutter!“

Jutta machte ihre Augen groß und verdrehte sie, aber abseits, sodass Grand'mère sie nicht sehen konnte. Dann lächelte sie, knickste, vielleicht mit einem Hauch von Zweifel im Gesicht, und verschwand.

Die alte Dame dachte an ihre Jugend, als die Mehrheit auf der Straße in abgeschundener und geflickter Kleidung ging. Für diese Menschen war Ordentlichkeit und Schönheit ein ersehntes, fernes Ziel gewesen.

Das Ritual des Konzertes begann mit der Anreise. Gumbrigg half seiner Mutter aus dem Wagen. Das Aussteigen war für sie mühsam, aber sie lächelte. Sie griff schnell nach einem Halt an Gumbriggs Arm und einem Halt an der offenen Tür des Wagens. Trotz der Beschwerlichkeit: Wegen der Vorfreude, die sie zeigte, wirkten ihre Bewegungen behände.

Als der Dirigent seine Arme rechts und links weit erhob und den dünnen, hellen Taktstock mehrmals wippen ließ, um seine Musiker zur Stille vor dem Einsatz zu rufen, da ließ auch Gumbrigg sich einstimmen. Es gab alte Musik, und Gumbrigg konnte sicher sein, dass seine alte Mutter diese Musik mit der ganzen Jubelkraft ihres Herzens aufnehmen würde. Das Orchester war klein, und die Geiger rechts und links des Dirigenten standen frei. Dieses Stehen gehörte vielleicht zur Tradition dieser Musik, oder der Dirigent hatte es gewünscht, es gab dem Orchester jedenfalls eine besondere Lebendigkeit.

Gumbriggs Gedanken wanderten mehrmals ab, und er wusste nicht, ob er damit der Musik, den Musikern, unrecht tat, oder ob die Mächtigkeit der Musik in erster Linie gerade das Hineinführen in Träume ist. Warum muss man die Triller, Mordente, die Auflösung von Dissonanzen verfolgen und die Bewegungen des Dirigenten mit den Eigenarten anderer Dirigenten vergleichen? Wie wäre es, diese Klänge zu hören, ohne jemals ein Notenblatt gesehen zu haben?

Gumbrigg ließ sich ein auf die Klänge, bis er sie nicht mehr hörte, nur spürte. Er sah den Saal, die vielen Gesichter, die Neigungen der Köpfe. Er schaute zu seiner Mutter, die, etwas in sich gesunken, hellwach war im Bann der Musik. Und er schaute über die Mutter hinweg zu Hanna. Er sah keine Veränderung. Immer noch war sie das Mädchen mit der freundlichen Freiheit. So hatte er sie bei sich selbst genannt, damals, als sie am Seeufer stand: Das Mädchen mit der freundlichen Freiheit. Es gab dort ein altes Bootshaus, ein Bretterhaus, gerade genug für zwei Kanus und zwei primitive Plätten. Der See war eiskalt, nur die oberste Schicht wurde nach einigen heißen Tagen warm. Und morgens, wenn es windstill war, hatte der See dünne Luft- und Nebelschichten, die das Auge täuschten. Die Augen wenige Millimeter über das Wasser zu heben, erhöhte das andere Ufer oder senkte es oder verwandelte es.

Hanna war eines der Mädchen rund um das Bootshaus. Sie war schlank, sie war erwachsen, aber wie ein Teenager schlank. Das ist sie heute noch. Sie war fröhlich, wie andere auch, und man spürte keine Spannungen und Verwicklungen und Erwartungen.

Aber es gab da eine Stange. Auf der Wiese neben dem Bootshaus ragte eine Stange aus einem Betonklotz. Eine Stange, so wie Stangen, die Verkehrszeichen tragen. Niemand wusste, warum neben dem Bootshaus diese einsame Stange stand. Aber man konnte sie verwenden. Immer wieder gab es Neckereien und es wurde umhergelaufen. Wenn man dann die Richtung ändern wollte, legte man die Hand um die Stange und machte eine 180-Grad-Volte.

Gumbrigg nützte einmal – wieder einmal – die Stange für einen Schwung zur Richtungsänderung. Und plötzlich war Hannas Hand auch an der Stange, aber auf der anderen Seite und in entgegengesetzter Richtung, und es war unausweichlich, dass Gumbrigg und Hanna aufeinander treffen mussten. Für Gumbrigg war es zu spät, zu reagieren, er hätte sicher sonst die Stange für Hanna freigegeben. So aber trafen sie aufeinander, Brust auf Brust, und Gumbrigg spürte deutlich beide kleinen Brüste von Hanna.

Auch jetzt, hier im Konzert, nach so vielen Jahren, rätselte Gumbrigg noch, ob Hanna diese Volte um die Stange mit Absicht bewerkstelligt hatte. Er konnte es damals nicht glauben und hielt es auch heute, wenn er zu ihr hinübersah, nicht für möglich. Doch dieses exakte Zusammentreffen beim Schwung um die Stange war so unwahrscheinlich! Und sie musste ihn gesehen haben, bevor sie nach der Stange griff, und da war keine ausweichende Bewegung gewesen. Gumbrigg hatte nie eine Frage zu diesen Tagen am Bootshaus gestellt. Er wollte das auch nicht. Hanna war so gradlinig, wie er sich einen Menschen nur vorstellen konnte. So saß sie auch im Konzert, mit ihren kurz geschnittenen, gewellten braunen Haaren, der gesunden Farbe ihrer Wangen und mit glänzenden Augen, die das Orchester verfolgten.

7

Die Nachtstunden zwischen zwei und vier Uhr sind die nächtlichsten Stunden. Sie werden ‚small hours', genannt, die kleinen Stunden. Aber für Severin Sattler, der hinter der Empfangstheke saß und seine Monitore beobachtete, waren sie lang. Angenehm lang, denn er konnte seine Vergangenheit ablaufen lassen, und er nahm seinen zerfledderten Text.

Damals, als der Wagenkonvoi in die Tunnel der Stadt abtauchte, und dann im Inneren der Stadt wieder ans Tageslicht kam, war er noch am Anfang, noch ganz jung, für Sommermonate ein kleiner Assistent der Geschäftsleitung. In den höheren Etagen des Konzerns lebte es sich oft recht schwungvoll; manchmal im Arbeitsstress, mit äußerst wichtig gelebtem Termindruck und dem Ehrgeiz, ein Projekt abzuschließen als sei man in einem Turnierkampf; dann wieder auf Reisen, über Kontinente, zu Jubiläen von Konzernfreunden.

Die Reise, die Sattler jetzt nacherlebte, mitgenommen als studentischer Assistent, die Reise in einem Konvoi von drei Wagen, begleitete einen Toten.

Die Kolonne hielt in einem nüchternen Siedlungsgebiet vor einer Kirche. Die Kirche stammte aus jüngster Zeit und glich in ihrer Bescheidenheit einem Saal für allgemeine Zwecke. Nur die Form der Fenster und das Zeichen des Kreuzes kennzeichneten sie.

Im engen Saal, vor der kleinen Gemeinde der Familie und Freunde des Toten, stand der geistliche Herr in Schwarz. Er war groß und weißhaarig. Das einförmige Schwarz des Talars verdeckte die Unzulänglichkeiten des alten Körpers. Sein Gesicht war sehr lang, und grob von schlaffen Falten. Er trug eine dicke Brille, doch die Augen dahinter schauten weit und warm.

Als sich Stille gesetzt hatte, hob er die Arme und rief in den kleinen Raum mit lauter und überraschend wohlklingender Stimme:

„Gott hat die Tränen geschenkt!

Das alte, starke Gesicht war schräg zu den Fenstern hinaufgerichtet. Die spiegeligen Brillengläser zerbrachen die Richtung des Blicks, aber die weit geöffneten, braunen Augen leuchteten ohne Vorbehalt, und voll Zuneigung für die kleine Gemeinde.

„Gott hat die Tränen geschenkt, und er hat selbst geweint!“

Der Zweck der Tränen ist nicht bekannt. Sie brechen aus, ohne dass die Augen von langem Grübeln brennen. Sie kommen, so scheint es, im Augenblick, da eine Niederlage eingestanden wird.

Die Tränen sind wohl nicht eine Gebärde wie etwa das Lächeln. Das Lächeln wurde vom Leben zur Besserung des Umgangs entwickelt. Vielleicht sind die Tränen nur eine Nebenerscheinung der Entspannung, sie kommen, nachdem der Kampf aufgegeben ist. Die Möglichkeit, eine Niederlage anzunehmen, ist eine lebenswichtige Reaktionsweise; nur dieses Eingeständnis macht neuen Anfang gangbar. So sind Tränen das Vorzeichen für eine weitere Runde.

8

Von einem hohen Gebäude in Gumbriggs Stadt reichte der Blick über die Dächer und Türme und Kuppeln bis hin zu den hügeligen Bergen. Das Gemenge der Häuser, in der Nähe groß und wichtig, in der Ferne nur eine körnige Struktur, war auf welligen Grund gebaut. Darüber ruhte bei sonnigem Wetter der Wald freundlich. Er bedeckte die bescheidenen Linien der Berge mit einem durch den Abstand gedunkelten Grün.

Wo die Hügel der Sonne leicht abfallende Flanken bieten, steht nicht Wald, dort werden Reben gepflanzt und gepflegt. Zuweilen durchschneidet ein Weg die Reihen, und man sieht, auf dem Weg gehend, die Rebenzeilen hinunter und die Rebenzeilen bergauf. Auf manchen Rieden stehen die Rebenspaliere in exakt geraden, parallelen Linien. Anderswo ziehen sie in leichten Kurven, dem Gelände folgend.

Gerd Gumbriggs Sohn, Till, ging dort gerne mit dem stolzen Mädchen aus Hongkong. Ihr Name war Shu. Das heißt: liebenswürdig, sanft. Aber Till hatte für sie tausend Namen: Die Liebliche, die Hoheitsvolle, die Rätselhafte, die, ja, die über alle Grenzen Wunderbare.

Wenn Fernöstliches und Westliches aufeinandertreffen, ist die Art der Mischung ungewiss. Von ihrem Vater hatte Shu die etwas schräg stehenden Augen und wohl auch die stille Höflichkeit, die vielen Frauen im Osten eigen ist. Den hohen Wuchs und die Freiheit ihrer Bewegungen musste die Mutter beigetragen haben. Shus ebenmäßiges Gesicht, das kaum Regungen zeigte, konnte Till nicht entziffern, es war für ihn eine Maske. Er wusste nie, wie es zu verstehen war, dass er mit ihr gehen durfte, dass er ihre Hand halten durfte. Er lächelte unsicher, wie ein Kind, das vor einem unerwarteten Geschenk steht, und sich scheut, zuzugreifen.

Zwischen den Rebenzeilen oben stand eine kleine Hütte, ein Werkzeugschuppen. Vielleicht stand die Hütte dort schon ein Menschenalter lang, denn alles an ihr war schräg, und die Bretter, aus denen irgendjemand sie zusammengenagelt hatte, waren grau und verworfen. Aber die Hütte hatte ein kleines Fenster. Und hinter dem beinahe blinden Fenster hing ein Streifen geklöppelter Gardine. Till griff nach der Tür, und sie war zu öffnen. Es gab wohl Werkzeug, Hacken, Schaufeln, noch mit Erde verkrustet, aber die Überraschung war eine Liegestatt. Auf einigen Latten hatte jemand eine schmale Bettstatt bereitet.

Till und Shu standen, nach dem hell zwischen den Reben brütenden Sonnenlicht, jetzt im Halbdunkel. Es roch nach Holz, und die Ruhe war verstörend.

Und es war schon so, dass ihre weißen, feinen Glieder unberührbar schienen, zu exquisit für eine Hand. Till staunte über die eigenen Hände und hatte stets Angst, die Ruhe könnte zerbrechen, Abweisung, Wut könnte ausbrechen. Aber Shu lag ruhig. Sie ließ sich küssen. Ihre

Augenlider waren geschlossen, die Wimpern ein schmales schwarzes Gestrüpp, zu den Schläfen leicht ansteigend.

Unvermittelt küsste sie ihn heftig, verlangend, saugend. Und trotzdem wusste Till nicht, ob er, Till, gemeint war. Auch dann nicht, wenn sie ihn umarmte und an sich drückte. Es konnte sein, dass sie nicht mit ihm war sondern für sich allein. Sie war immer selbständig.

Draußen standen die Reben mit jungen Trauben still in der Sonne. Etwas Licht kam durch die blinden Scheiben in die Hütte. Und Till gestattete sich zu glauben, er sei in einem Reichtum, wie es ihn nie gegeben hat.

9

Im Warenausgang von Gumbriggs Firma häuften sich zerrissene Kartonagen. Die Suche nach einer weiteren defekten Feder brachte eine Atmosphäre von hilflosem Fatalismus. Die Frauen hatten alle Teleskopstöcke im Lager zu prüfen. Die länglichen Kartons mit ihren fröhlichen Farbaufdrucken waren zu mehr als hundert Stück auf Paletten geschlichtet. Eine Klarsichtfolie stabilisierte den Stapel auf der Palette. Vor wenigen Tagen erst war diese Arbeit mühsam und gewissenhaft geschehen. Jetzt mussten die Frauen die Folie aufschneiden und aufreißen. Mehr noch, die bunten Kartons, die sie sorgsam gehandhabt hatten, damit sie mit unbeschädigtem Hochglanz zu den Kunden gelangten, mussten jetzt geöffnet werden. Die Kartons ließen sich nicht leicht öffnen. Der Verschluss war mit Klebeband gesichert. Mit größter Vorsicht versuchten die

Frauen, die Klebeverschlüsse zu lösen, aber immer wieder riss die Hochglanzoberfläche der Kartons und es blieben hässliche weiße Risse.

Kurt schaute alle halben Stunden an diesem Arbeitsplatz der Destruktion vorbei. Er versuchte klar zu machen, dass die Arbeitszeit, einen Karton unbeschadet zu öffnen, mehr kostete als ein neuer Karton. Die Frauen schätzten oder eigentlich liebten diesen Kurt, Herrn Kurt.

Sie hörten zwar, was er sagte über die Kosten eines Kartons und die Kosten der Arbeit, aber das klang in ihren Ohren unverständlich. In ihre kleinen Küchen brachten sie am Abend nach dem späten Einkauf peinlich nach Preis ausgesuchte Päckchen und Folienpackungen. Sie waren knapp über dem Chaos der Armut. Sie konnten mit dem bescheidenen Lohn bei Gumbrigg und seinem Adlatus Kurt gerade noch ein geregeltes Leben aufrecht erhalten. Es reichte gerade noch für das Kind oder die hinfällige Mutter. Die Zerstörung von Werten, die mehreren Monatslöhnen gleichkamen, binnen Stunden, war verwirrend, tat weh. Der Verstand weigerte sich, den Sinn zu sehen. Ja, Kurt versuchte klar zu machen: Schaut euch Rosa an: Sie hat einen Stab geprüft, und sie ist gestürzt und hat einen blutigen Hals!

Die Frauen arbeiteten, wie angeleitet, aber ohne Bezug zu dem, was ihre Hände machten. An normalen Arbeitstagen schätzten sie die Arbeit ihrer schnellen Griffe, weil am Ende ein schöner, bunter Karton herauskam, ein Wert, den man verstehen konnte. Die reihenweise Zerstörung war gefühlsmäßig nicht einzuordnen. Die Fetzen der Verpackungen häuften sich wo sonst Sauberkeit herrschte.

Und Rosa fand in keinem der ausgepackten Stöcke eine defekte Federspange. Das verstärkte die Atmosphäre der Sinnlosigkeit.

Am anderen Ende des Firmengeschehens kämpfte die Vorarbeiterin mit der Versorgung der Montagelinie. Es sollte ja wieder produziert werden – wie anders konnte die Firma überleben. Aber es mussten alle Federn vor dem Einbau geprüft werden, sie konnten nicht, wie im normalen Arbeitsgang vorgesehen, aus den Packungen in den Förderautomaten geschüttet werden. Vier Frauen saßen an Leuchtlupen und kontrollierten Feder für Feder. Eine Haarspange schaut unter dem großen, verzerrenden Glas nicht so viel anders aus.

Diese Frauen fehlten in der Montage und die Stückzahlen waren miserabel. Die Vorarbeiterin, die an normalen Tagen für zügige und ordentliche Arbeit sorgte, war betroffen und verzweifelt. Kurt sagte ihr in seiner beflissenen und sorgenden Art, all diese Aufenthalte und Störungen seien ja nicht ihre Schuld. Sie hörte und verstand, es blieb aber ihre Betroffenheit.

Gumbrigg saß an seinem Tisch. Der Tisch war groß und in Ordnung. Sein Platz war angenehm. Aber was nützt es, dass der Tisch eine graugelbe, noch makellose Oberfläche hat, was nützt es, dass er, Gumbrigg, keine Anzeichen irgendeiner Krankheit spürt! Die Firma ist krank, aber der Bazillus ist unbekannt. Was täte der Kapitän eines Ozeandampfers, wenn unvermittelt alle Maschinen auslassen und kein Hebel mehr reagiert, und die Mechaniker, die doch jede Schraube kennen, ratlos sind?

Er saß am Schreibtisch und hatte für seine Entscheidungen keine Anhaltspunkte. Die fatale Feder konnte jemand am Boden der Halle gefunden, gutwillig aufgehoben, und in der Meinung, es sei eine der üblicherweise verwendeten, in den Einspeisungsbehälter geworfen haben. Sollte das eine der Frauen getan haben: Die würde sich aus Angst nie melden. Oder es war wirklich ein Fehler der Firma BrioMet. Aber Kurt hatte gesagt, das sei nicht möglich, die Stanzen dort könnten solch einen Fehler nicht produzieren. Oder es war eine Böswilligkeit. Absurd. Aber Gumbrigg musste an einen Studenten denken, den er einmal eingestellt hatte. Gumbrigg wusste nicht mehr, worüber der Student sich geärgert hatte, geärgert bis zum Hass. Und der Student hatte sich gerächt, indem er am Tag vor seinem Abgang zwei Drähte, irgendwo in den tiefen Eingeweiden eines teuren Gerätes, vertauschte. Es hatte viel gekostet, den Fehler festzustellen und dann, den Fehler zu reparieren.

Böswilligkeit kommt vor.

10

Das Abendessen begann in den Augen von Gumbriggs Mutter zunächst in guter Ordnung. Als die alte Dame kam, saß sogar Till schon neben seinem Vater. Jutta servierte Suppe in weißen Porzellanschalen, und sie servierte ihrer Großmutter von der richtigen Seite. Während sie die Suppenschale auf den Platzteller stellte, knickste

Jutta andeutungsweise. Das sah die Großmutter aus dem Augenwinkel und zeigte ein anerkennendes Nicken. Jutta servierte reihum die Suppenschalen und blickte auf ihren Bruder Till. Sie setzte sich mit einem Lächeln.

„Eure Tochter kann sich sehr charmant bewegen", bemerkte die alte Dame, „Aber Jutta, wie du dich kleidest! Kann dein Vater dir nicht eine bessere Hose kaufen, wenn es schon eine Hose sein muss? Und dein Hemd hängt über die Hose!"

Es blieb eine Weile still um den Tisch. Hanna schaute nur, ob alles in Ordnung war. Ihr Gesicht hatte wie immer frische Farbe. Und ihr Gesicht zeigte immer die gleiche Freundlichkeit. Die Freundlichkeit schien statisch, teilnahmslos, als merke sie nichts von der Ärgerlichkeit der alten Dame oder von dem zu langen Schweigen, insbesondere vom Schweigen ihres Mannes und seinen Blicken, die vorzugsweise auf seinen Teller gerichtet waren.

Jutta hantierte absichtlich geräuschvoll mit ihrem Besteck. Vielleicht wollte sie damit die Stille brechen, vielleicht wollte sie auch einfach boshaft sein, provozieren, weil sie das Schweigen dumm und stur fand. Mehrmals schaute sie zu ihrem Bruder, der ihr gegenübersaß. Sie setzte ein verschmitztes Lächeln auf und wiegte ihren kleinen Kopf rechts und links. „Till schaut heute sehr angeregt aus!"

Till wurde daraufhin hochrot im Gesicht. Jutta war überrascht über die starke Reaktion und ihre Augenbrauen hoben sich. Gumbrigg schaute kurz schräg auf seinen Sohn, dann aber wieder in seine unbestimmten Richtungen.

Die Augen der alten Dame wanderten stets um den ganzen Tisch. Hinter ihrer Stirn, die von feinen, regelmäßigen

Falten durchkreuzt war, mussten ständig Erinnerungen auftauchen, denn es gab wohl kaum eine Situation, die sie in ihren langen Jahren nicht schon ähnlich gesehen hatte. Jetzt half sie und sagte: „Jutta kann gut servieren, wenn sie will. Das erinnert mich an eine Szene aus meiner Kindheit: Unser Vater lud einmal im Jahr die ganze Familie zu einem Abendessen in einem guten Hotel ein. Wir freuten uns immer schon Tage zuvor. Alle wurden in schöne Kleidchen und gute Anzüge gesteckt. Meiner kleinen Schwester schmeckte es besonders gut. Auch später, leider. Sie aß ihren Teller ganz leer. Das tat man damals nicht. In einem Spiegel sah ich, wie ein Kellner seinen Kollegen den leeren Teller zeigte. Auf das, was übrig gelassen wurde, warteten damals an der hinteren Küchentür die armen Leute. Ja, es war nicht alles besser, damals."

Gumbrigg sah zu seiner Mutter. An ihr war alles ordentlich. An ihrem Hals, am Kragen ihrer weißen Bluse, saß eine Brosche, ein geschnittener Stein in silberner Fassung. Ihr Blick kreuzte kurz zu ihrem Sohn und wanderte dann wieder. Ihre linke Hand fingerte die Serviette.

Nach dem Essen verließ Gumbrigg das Zimmer und ging, wie meistens am Abend, in den Keller, um seine Völker zu pflegen und zu beobachten, seine Ameisenvölker.

Gumbriggs Tageslauf war ein vielschichtiges Konglomerat von Fragen und Antworten, von Entscheidungen ohne Vorbereitung, von Überlegungen, die gestört und unterbrochen wurden. Aus allerlei Rücksichten mussten nutzlose Gespräche ruhig abgewickelt werden: Da wurde ein junger Mann angekündigt und hereingelassen, der sich für Arbeiten in der Buchhaltung bewarb. Er kam zur Tür herein, empfohlen und mit allen Papieren ausgestattet. Aber was sollte Gumbrigg, wenn ihm der erste Blick sagte: Nein! Sollte er all die Papiere lesen und gutheißen? Mit ruhigen Worten über Lebenslauf und Ausbildung sprechen und sich von Lieblingsbeschäftigungen erzählen lassen? In denselben Minuten wurden anderswo im Haus Entscheidungen verschoben. Weil er hier nutzlos redete. Der junge Mann war von professioneller Seite empfohlen. Gumbrigg sah ihm an, dass er hoffte, die Stelle zu bekommen, dass er sie vielleicht brauchte. Aber der Eindruck des ersten Blicks blieb beharrlich, trotz der guten Papiere. Gumbrigg beschuldigte sich selbst, nicht objektiv zu sein, aber eine Entscheidung gegen das Gefühl hätte keinen Bestand, er würde den jungen Mann immer mit dem ersten Blick sehen.

Im Keller der alten Villa konnte Gumbrigg seine Tiere betrachten, die flinken, emsigen Bewegungen der vielgliedrigen Körper. Er hatte die Ameisen ihren Bau hinter einer Plexiglasscheibe errichten lassen. Hunderte Gänge hatten diese Arbeiterinnen angelegt. Durch die Scheibe konnte Gumbrigg beobachten. Sie liefen die Gänge entlang, in die eine Richtung, in die andere, sie trugen Baumaterial und Fressbares, sie begegneten einander und betasteten einander mit ihren Fühlern, es war eine Begrüßung, ein Ritual oder eine Mitteilung. In unendlich kleinen Dimensionen ein Leben, das man mitempfinden kann: grüßen, arbeiten, eilen. Gumbrigg, tagsüber seine Handlungen nüchtern setzend, jedenfalls dachte er das, war abends bezaubert von der zielstrebigen Gelenkigkeit der filigranen Glieder.

Sicher kamen Gumbrigg, auch wenn er in einem Zustand der Freude war, wieder Gedanken an den jungen Mann, dessen Bewerbung er in den nächsten Tagen mit einem vorsichtig formulierten Brief ablehnen würde. Aber hier, bei seinem Volk, hatten solche zweifelhaften Dinge des Tages kein großes Gewicht.

Warum wurde ihm warm ums Herz, wenn er seine sechsbeinigen Arbeiterinnen betrachtete, wie sie liefen und suchten und schleppten. Warum war dann seine Tagesarbeit so fern und schal und ohne Sinn und ereignislos? Ja, ereignislos sicher nicht: Auch morgen wird die Produktion nur stockend laufen und die Auslieferungen werden verspätet sein. Den Moment, als Rosa vor seinem Schreibtisch gestanden und ihm die gebrochene Federspange gezeigt hatte, wird er nicht vergessen. Sein Tagesverstand hatte ihm gesagt, aber viel schneller noch ein irgendwo automatisch erstelltes Urteil der Gefühle: Ab jetzt ist alles anders, ab jetzt herrscht Unsicherheit und Ratlosigkeit. Rosa hatte Blut am Hals. Rosa: Wegen aller möglichen Umstände fast keine Schulbildung, aber voll in der Verantwortung. Für sie gab es keinen Zweifel, dass die Firma wichtig ist, eine notwendige Institution der Welt, und dass ihr Chef diese Firma trug. Und sie, Rosa, war jeden ihrer Augenblicke beiden verantwortlich.

Was ist schal an dieser Tagesarbeit, wenn solche Bindungen bestehen? Federspangen mit einem Knick bedeuten Lebensläufe.

Der junge Bewerber: Er war so glatt hereingekommen. Sein Blick hatte die anderen Arbeitsplätze im Raum streifend betrachtet, bis er zu Gumbrigg gewiesen wurde. Sein Gesicht war groß, oval, die Haare glatt zurückgekämmt. Dann dachte Gumbrigg an die Augen des jungen Mannes:

Der hatte geschaut, als wüsste er etwas besser, als hätte er immer, in allen Situationen die Antwort.

In dieser Firma aber wachte Rosa über die Qualität, und Kurt wieselte ernst und schnell zwischen den Montagebahnen, um die Abläufe in Ordnung zu halten. Wegen Rosa und Kurt, den nicht zweifelnden Tüchtigen, wird Gumbrigg dem jungen Mann seine Papiere zurückschicken.

Fast alle Entscheidungen Gumbriggs waren Würfelspiel. Ob er einen Kunden gut oder schlecht in die Bilanz setzte, war nur Sache seines Gefühls. Es gab keine Instanz für sichere Auskunft. Ob eine teure Reise zu einer Messe lohnen würde, ließ sich nicht vorhersagen.

Deshalb saß Gumbrigg spät abends vor den Gängen seiner Ameisen und betrachtete ihre geordnete Geschäftigkeit. Sie versorgten sich selbst. Die Nahrung wurde vom Versandhandel, spezifisch für die Gattung, geliefert und von Automaten, auch in Gumbriggs Abwesenheit, dosiert.

Beim Umgang mit den Menschen seiner Tagesarbeit waren stets Bedenken, Befürchtungen, Abwägungen im Spiel. Im Hintergrund jedes Gesprächs, jeder Bemerkung, stand jeweils die Frage nach Konsequenzen, sie konnten im Handumdrehen in prekäres Gelände führen. Auch wenn plötzlich Gelächter ausbrach oder ein Jahrestag mit Gläsern und Flaschen gefeiert wurde, blieb diese Unruhe im Hintergrund.

Die vielgliedrigen Insekten aber verrichteten ihre Aufgaben mit Eifer und feinfühligem, schnellem Tasten ihrer Antennen, ohne dass Gumbrigg in der Verantwortung stand. Trotzdem hatte er das Gefühl, sie wären Teile von ihm, als wären die sicheren sechsbeinigen Laufschritte zu ihm gehörig. Der Sinn des Hastens mochte undeutlich sein, so wie sein eigenes Hasten. Aber Gumbrigg verbat sich solch auflösende Gedanken, er freute sich über sein Volk und es war ihm warm.

Als Gumbrigg ins Schlafzimmer kam, schlief Hanna bereits. Sie hatte für ihn ein Licht angelassen. Er kam leise. Das Nachthemd hatte ein blaugrünes, undeutliches Muster und einen Kranz von Rüschen. Es ließ eine Schulter und die Schulterblätter frei. Hannas Hals und die Wege bis zu den Schulterblättern hatten dieselbe frische, rötliche und braune Farbe, die auch ihr Gesicht so freundlich, so wohlwollend und herzlich machte. Wenn auch bei Tisch diese Herzlichkeit zumeist keine Worte fand.

Gumbriggs Gefühle bekamen überraschend schnell einen anderen Ton. Die Ängste des Tages zogen sich zurück, weit, in einen perspektivischen Fluchtpunkt. Und das Gekrabbel seiner kleinen Kohorten, das doch so ein warmer Trost gewesen war, verblasste zu einem Geschehen ohne seine Beteiligung. Es überkam ihn Menschlichkeit. Ja, er war tagsüber Mensch gewesen, weil Arbeit ein Merkmal, ein Teil des Menschen ist. Aber er war ausgehungert nach dem Du, nach dem Gefährten, nach dem Spiegel, dem Rückspiegel.

Sie, sie waren alle gutwillig und eifrig, und sie arbeiteten an den Montagebändern, weil sie die monatlichen Münzen brauchten, aber auch weil sie die Tätigkeit für den Sinn des Tages brauchten, und weil sie die Zusammengehörigkeit unter den betreuenden Augen der Vorarbeiterin brauchten. Dieses Netzwerk sollte genug sein, um den Tag des Gerd

Gumbrigg zu füllen, aber wenn sie ihn auch den Tag lang ansprachen und Fragen stellten und Meldungen machten: Er war doch allein, das brachte seine Funktion; allein wie ein Schalterbeamter hinter seiner Glasscheibe, die nur eine kleine Sprechöffnung hat.

Deshalb überwältigte ihn die Nähe dieser seiner Frau und es brach eine Sehnsucht aus ihm, wie eine grüne Pflanze aus dem Spalt zwischen Steinen eines Gehsteigs wuchert. An die Stelle von Wenn und Aber und Einschätzungen und Maßnahmen trat ein ganz einfaches Wollen, ein alles umrahmendes Verlangen nach Umarmung. So als wäre die Umarmung die Verwandlung trockenen Sandes in eine wohlwollende Flüssigkeit. Und er konnte, er durfte Hannas Wangen mit seinen Händen fassen, und sie war gut zu ihm, und er durfte zu ihren Lippen zärtlich sein. Die Starre des schön gedeckten Tisches, an dem Hanna vorwiegend schwieg, galt nicht mehr. Vielleicht schaute sie so ohne Worte um den Tisch aus Sorge, ob alles in Ordnung sei. Oder sie hatte Bedenken, dass jedes Wort, das sie sagen könnte, bei einem der so unterschiedlichen Gemüter Widerspruch und Widerrede auslösen könnte. Gumbriggs Mutter, die so alt und ruhig dasaß, konnte die feinsten Nuancen auffangen und mit dezidierten Worten eingreifen.

Und wenn Gumbrigg sich, direkt aus seiner Arbeitswelt kommend, zu den anderen setzte und sichtbar im Gefüge seiner Sorgen lebte, dann hatte das Schweigen Hannas auch die Qualität eines Vorwurfs, eines Verweises, dass er zu viel Zeit, einen zu großen Teil der zur Verfügung stehenden Zeit bei „seinen Leuten", wie Gumbrigg sie manchmal nannte, verbrachte.

Jetzt aber konnte er glücklich sein, denn Hanna war vorbehaltlos. Sie schien vorbehaltslos und ganz für ihn da zu sein.

11

Severin Sattler, der jetzt die Türen, die Stiegen und Gänge und Hallen von Gumbriggs Firma in den Nächten bewachte, hatte ein eigenartiges, zerrissenes Leben durchlaufen. In seinen jungen Jahren war er gut anzusehen. Er ging gerade, seine Bewegungen waren regelmäßig und flott, aber nicht hastig. Alles an ihm schien ordentlich, die Größe im Mittelmaß, das Haar dicht, dunkelblond. Die Farbe seines Gesichts blieb allerdings fast immer blass. Oberhalb der Augenlider, und auch im Bereich der Augenwinkel, hatte die Haut einen graudunklen Schimmer. Das bewirkte, dass die Augen tief zu liegen schienen, und man fragte sich, was diese fahle Farbe zu bedeuten habe.

Mit seinen Kameraden hatte Severin keine Probleme. Er war gut gelitten, allerdings empfand er nicht oft das Bedürfnis zu reden und er wurde auch nicht oft angesprochen. Er verhielt sich zu ordentlich, zu korrekt. In den Gruppen bewegte er sich nicht genügend laut. Er liebte es, in Bergen herumzusteigen, oft ohne Weg. Dann wieder saß er vielleicht auf einem vorspringenden Felsen, von dem er, in der Ferne, einen Wasserfall sehen konnte, in dessen stäubenden Spritzern sich Sonnenlicht fing. Oder er hockte sich an einen Teich.

Eine besondere Wasserstelle im Wald, ein Tümpel, ein Teich, blieb ihm für immer in Erinnerung. Die Lage war ziemlich hoch, es gab keine Laubbäume mehr. Die Fichten standen dicht. Die schon alten, unteren, abgestorbenen Zweige musste Severin brechen, um zwischen den Stämmen durchzudringen. Die Stämme waren mit Flechtenbärten besetzt. Der Teich wurde sichtbar durch eine Aufhellung zwischen den Stämmen. Rund um den Teich, nur wenige Schritte groß, wuchsen am Ufer Farne und Gräser, im Wasser auch Wasserpflanzen, und auf dem Wasser die kleinen grünen Blättchen der Wasserlinsen. Ein grünes Auge war der Teich im Fichtenwald, auf dessen Boden sonst nur die toten, braunen Nadeln lagen.

Severin war von dem grünen Auge berührt und saß lange an diesem Teich. Wasserläufer glitten schnellfüßig über die Oberfläche. Severin lehnte, wenn er wach nachdachte, jegliche Mystik ab, hier aber ließ er sie zu, er gab dem Gefühl die Freiheit, zu spielen. Das Spiel mit Mystik führte ihn aber nur wieder zurück in seine eigene Gedankenwelt, und da stellte sich für Severin die Frage, wie es wohl beim Menschen zum Begriff, zum Bild, der geraden Linie kommen konnte. Nirgends in der Natur gibt es gerade Linien, nirgends gibt es rechte Winkel. Das Auge aber spricht auf rechte Winkel mit großer Präzision an. Wir kommen doch aus Wald und Wiesen und Tundren!

Solcher Art waren die Gedanken Severins, und wenn er gefragt wurde, welches Studium er sich denn vorgenommen habe, dann antwortete er ausweichend. Er wollte viel wissen, aber alles, was er hörte und las, schien nicht das Richtige. Es gibt so unterschiedliche Charaktere! Der Eine holt seine Erfolge durch die Schnelligkeit seiner Entschlüsse. Ist ein Entschluss falsch, so bewirkt das gar nichts, denn es ist schon der nächste Entschluss gefasst. Der Andere zögert lang, hält dann aber mit Zähigkeit seinen Weg. Severin hatte weder Schnelligkeit noch Zähigkeit. Er ließ sich in einer Vorläufigkeit schweben. Er lebte in einer Überheblichkeit, als sei für ihn der Königsweg vorbehalten. Er war vorübergehender Gast in vielerlei Studiengängen, aber Möglichkeiten nahm er nicht wahr, Termine ließ er verstreichen. Severin hatte diese unglückliche Konstitution: liebenswert, aber nicht zugreifend. Es fehlte ihm die Möglichkeit der Entscheidung. Es fehlte ihm einfach die menschliche Grundausstattung des Entscheidens. Und er sah das und konnte es doch nicht überwinden und er litt darunter und wurde auch körperlich krank, und es folgten Medikamente.

Zwischendurch kam eine bessere Etappe, die höchste Zeit seines Lebens, getragen durch die Liebe zu Silke, aber sie zerbrach, er ließ sie zerbrechen. Und daran zerbrach er selbst. Nur langsam, und durch geduldiges Bemühen von Ärzten und Familie, wurde seine Person wiederhergestellt. Aber nicht mehr vollständig, nicht mehr bis zu einem Gemüt, das auch aggressive Fröhlichkeit kennt, nicht bis zu einem morgendlichen Aufwachen, das den Tag als Chance sieht. Severin fiel von Stufe zu Stufe. Es gab finanziellen Druck. Er fuhr Taxi, er fuhr Kinder zur Schule, zu Ausflügen. Der Schrecken der Ölspur auf der Bergstraße beendete diesen Versuch, sein Leben auf eine tragfähige, bescheidene Basis zu stellen, und er stürzte wieder in die Abhängigkeit von ärztlichen Bemühungen und Medikamenten.

Nach Zeiten bewarb er sich bei Gumbrigg. Forderungen konnte er nicht stellen.

Gumbrigg, dem dieser Severin Sattler zwischen tausend anderen und wichtigeren Problemen vorgeführt wurde, war von dem Leiden in Severins Gesicht, und dem Fehlen der Hoffnung und zugleich von der verdeckten, kaum sichtbaren Liebe zu den großen Dingen der Welt, wie mit einem Schlag ergriffen. Die Nacht konnte er diesem Severin anvertrauen.

So saß Severin Sattler mit seinem inzwischen schon markant dünnhäutigen Schädel hinter der elegant geschwungenen, in schwachem Grau gehaltenen Empfangstheke und wachte über die kleinen Monitore und seine eigenen Gedanken.

12

Plötzlich brachen Kurt und die Vorarbeiterin herein in den großen Büroraum. Sie hatten offenbar heftig diskutiert, das konnte man an den Gesichtern und an den etwas fahrigen Bewegungen sehen. Es ging um das Mädchen, das „Fotografin“ genannt wurde. Die „Fotografin“ war vom Arbeitsamt vorgeschlagen worden. Sie hatte eine Haftstrafe wegen Ladendiebstahls hinter sich. Da die Firma gut lief – das war noch so vor nur ein paar Tagen! – hatte sich Gumbrigg gedacht, er könne einmal eine gute Tat setzen und zu einer Rehabilitation beitragen.

Die Fotografin war ein beinahe hübsches Mädchen – oder sollte man sagen: eine gut aussehende junge Frau. Sie hatte eine etwas unebene Weltläufigkeit. Das waren angelernte und nicht ganz aufgenommene Routinen und Mienenspiele. Auch die Kleidung war für die Umgebung, in die sie kommen sollte, zu ausgesucht, die Stoffe zu gut. Sie musste mit Arbeiterinnen zusammensitzen und zusammenstehen, die Schrauben schraubten und Kartons etikettierten. Gumbrigg machte den Versuch.

Die Fotografin hatte aber ein Problem mit Arbeitszeiten. Um sieben Uhr liefen die Montagebänder an, und jede und jeder hatte den eingeteilten Platz. Die Fotografin jedoch kam um halb acht, acht, halb neun. Und sie kam mit eleganten Schritten und ohne Entschuldigung, und ging zu ihrem Platz, der inzwischen anders zugeteilt war. Es gab Ermahnungen, und wiederholte Mahnungen.

An einem Abend kam die Fotografin ohne Anmeldung ins große Büro, ging zu Gumbrigg und begann, ihm eine Mappe mit großen Hochglanzfotos zu zeigen. Sie lächelte mit Stolz und zugleich gespielter Bescheidenheit. Für Gumbrigg war dies eine eigenartige Situation. Einerseits war es ungehörig, und ungewöhnlich, dass er von einer Arbeiterin gestört wurde, andererseits wollte er helfen, das Mädchen ‚wieder in die Gesellschaft einzugliedern'. Und zum Dritten: Dies waren künstlerische Fotos, mit guter Technik und mit gutem Auge gemacht. Er musste Anerkennung zeigen.
Die Fotografin war ohne Anmeldung gekommen. Unvermittelt schloss sie ihre Mappe nach dem letzten Bild, sagte „Guten Abend" und ging. Gumbrigg war gewohnt, dass er, er selbst, es war, der ein Gespräch beendete.

Jetzt hatte die Vorarbeiterin offenbar eine neue Klage vorzubringen und wollte die ‚Fotografin' sofort rausschmeißen. Kurt versuchte, noch einmal einzulenken, aber die Vorarbeiterin war wütend. Sie konnte nicht von den ihr Schutzbefohlenen verlangen, pünktlich um sieben Uhr anzufangen, wenn diese schräge Weibse sich über alles hinwegsetzte. Entschuldigen konnte sie, wenn ein Kind krank wurde oder ein Fahrrad zusammenbrach.

Gumbrigg ließ noch einen Versuch machen. Ein weiteres Mal wird er den Frieden nicht einer Außenseiterin opfern können.

13

Der Anblick einer wunderschönen Zehe war der Anlass gewesen, dass Gumbrigg erwachsen wurde, dass er ein Mensch mit Willen und Ziel wurde. Gumbrigg konnte damals nur die kleine Zehe sehen, so sehr er sich auch schräg an das Fenster im Bootshaus presste. Die Zehe war draußen in der Sonne, sie bewegte sich je nach den Wendungen eines Gespräches, das aber nur stückweise und unverständlich zu hören war. Es wurde durch das Wellenschlagen im Bootshaus überlagert. Den Sprechmelodien konnte man allerdings folgen. Die eine Stimme, und wegen der Bewegungen der kleinen Zehe gehörte die Stimme zur Zehe, diese Stimme klang ‚klein, aber fein'. Die Stimme war nicht kindlich und nicht übermäßig bescheiden. Nein, sie konnte auch einen dezidierten Ton annehmen, aber nicht grob, nicht laut, immer mit einer Melodie des Herzlichen.

Die Stimme, die ihr antwortete, hatte ein ganz anderes Volumen. Sie klang sicher, sie hatte keinen Zweifel an dem, was sie formulierte. In Gumbrigg erzeugte diese Stimme das Bild einer warm und reichlich sprudelnden Quelle. Er wusste nicht, wieso sich dieses Bild plötzlich einstellte.

Die kleine Zehe, die, wie es die Art kleiner Zehen ist, einen leichten Knick machte, hatte einen reizvoll wohlproportionierten kleinen Nagel, und der Nagel hatte seine eigene rosarote, angestammte Farbe und sprach deshalb direkt. Für einen kurzen Moment, und offenbar ausgelöst durch ein heftiges Lachen, drehte sich der Fuß, und die ganze Seite des Fußes wurde bis zum Knöchel sichtbar, doch eben nur vorübergehend.

Gert Gumbrigg war damals Student. Er war mit Alfons Brioni und Franz Pelikan unterwegs. Die drei hatten in diesem Sommer die Hörsäle der Universität und alle Gedanken daran weit hinter sich gelassen. Sie waren ohne Ziel unterwegs, sozusagen streunend: an einen südlichen Strand, auf einen Berg, in eine kleine Stadt, die gerade ein Fest ankündigte. So waren sie auch an diesen See gekommen.

Der See lag abseits der großen Routen und in ziemlicher Höhe. Es gab nur ein kleines Dorf und einzelne Höfe. Brioni, Gumbrigg und Pelikan gingen ins Wasser, denn es war ein heißer Tag. Sie schwammen zwischen Seerosen und hielten sich flach im kalten Wasser.

Als sie zum Trocknen und Aufwärmen am Ufer saßen, sahen sie gegenüber, über der Wasserfläche und über den Schilfbüscheln des anderen Ufers, rhythmische Bewegungen, Gruppenbewegungen. Es waren ganz deutlich streng disziplinierte Mädchenbewegungen. Also wurde ein Boot gemietet. Vor dem Uferstreifen, der als Sportplatz diente, waren einige Bojen in einer abwehrenden Reihe gelegt. Sie trugen mit harten Lettern Aufschriften: ‚Kein öffentlicher Strand', ‚Anlanden verboten', ‚PRIVAT'. Und es gab ein Bootshaus. Auch dort scharfe Verbote. Das hielt die drei Studenten nicht ab. Sie fuhren in das Bootshaus hinein. So kam Gerd Gumbrigg zum Erlebnis der kleinen Zehe. Sie stiegen aus dem Boot und sahen sich im Bootshaus um. Die Tür, die aus dem Bootshaus heraus ins Gelände geführt hätte, war verschlossen. Durch die Fenster waren draußen Wiesen und Sportgeräte zu sehen und – Gumbrigg presste seine Wange an die Scheibe – eine Zehe.

Verbote hatten für Gumbrigg, Brioni und Pelikan kein Gewicht. Sie stiegen wieder ins Boot, fuhren aus dem Bootshaus und steuerten das Ufer der Wiesen an, auf denen die Mädchen ihre Übungen machten. Als plötzlich drei ausgewachsene Burschen auftauchten, erstarrten alle Bewegungen. Die Mädchen standen, als wären ihre Bewegungen mitten im Schwung fixiert. „Verschwinden Sie!", rief eine kleine Person.

Nun begannen Brioni und seine Freunde ein Spiel mit dummen und frechen Bemerkungen: „Ich verstehe nicht!", „Wer hat hier das Sagen?", „Das ist ein freies Land!, ..." Die kleine Person, deutlich die strenge Leiterin der Gruppe, stand den drei großen, lachenden männlichen Figuren gegenüber und pochte auf ihre Rechte über dieses Gebiet. Ihre Mädchen sammelten sich, auf Abstand, im Halbkreis um das Geschehen.

Brioni lenkte ein: „Wir fahren ab, wenn ihr versprecht, heute Abend ins Dorf zu kommen!"

„Gar nichts wird versprochen!" Dann rief Brioni „Versprochen!"

Es gelang Brioni oft, ein Wort wie ein Gesetz klingen zu lassen.

Er rief einfach: „Versprochen! Versprochen!", und winkte.

Die anderen Zwei ebenso: „Versprochen! Versprochen!" Und sie fuhren ab.

Es herrschte damals unter diesen drei die Stimmung einer alles umgreifenden Freiheit, einer lockeren, absoluten Macht über Welt und Leben. Gegenwärtig und mächtig war die in allen Gliedern tanzende, spielende Gesundheit. Welt und Leben leuchteten in einem diesig-hellen Licht. Alles, was einen Charakter von Einschränkung hatte, lag verschleiert hinter diesem Licht der Unabhängigkeit.

Das kleine Dorf schickte die ersten, noch vereinzelten Trommelschläge über den See und auch die Wälder hinauf. Blechbläser probierten ihre Instrumente. Die ersten Stöße klangen verunglückt oder lächerlich oder spaßhaft.

Gumbrigg, Brioni und Pelikan hatten nichts zu tun und hatten keinen Plan. Sie sprachen auch nicht über Pläne. Es ergab sich einfach, dass einer von ihnen die Tür ihrer Unterkunft öffnete, und dass sie auf der Straße in Richtung Musik zu schlendern begannen, mit beiläufigen, schlaksigen Schritten.

An einem Abend mit Dorfmusik bevölkert sich die Straße. Wie ein Fluss sammelte die Straße die Bewohner, sodass die Nebenwege trocken liefen und einsam wurden. Gumbriggs Blick verfing sich, er wusste das zunächst gar nicht, an weiblichen Schuhen, und eigentlich an weiblichen Zehen. Er tat gar nichts dazu, die Augen beschäftigten sich von alleine mit all diesen Zehen, die da in Richtung Dorf schritten. Es passte auch gar nicht in die Stimmung der stillschweigend vereinbarten Planlosigkeit, dass einer, Gumbrigg, Brioni oder Pelikan, etwas im Sinn hätte, an irgend etwas Interesse hätte.

Sie waren aber natürlich nicht stumm. Bemerkungen gingen hin und her. Selbstverständlich waren Mädchen ein Thema, und selbstverständlich kamen auch die Mädchen dran, die dort am Seeufer ihre Köper rhythmisch verrenkt hatten. Da aber stellte sich bei Gumbrigg ein Vorbehalt ein: Es war ihm unangenehm, wenn über diese Mädchen und über den Sportplatz und das Bootshaus irgendwie gespöttelt wurde. Denn dann war auch die Zehe betroffen.

Weibliche Schuhe gingen auf der Straße. Geschlossene Schuhe, schwarz, Sportschuhe mit dicken Sohlen, Sandalen. Auf der Straße waren die Zehen staubig. Gumbrigg sah wohl viele Zehen, sie hatten aber keinen Charme.

Im Zentrum war es laut und das Gedränge dicht. An langen Bänken saßen sie und trumpften auf mit vollen Gläsern. Um die Buden standen sie und klatschten, wenn Bälle Puppen trafen. Bier gab es, an kleinen Tischen standen drei, vier, fünf mit Würsten und Bier und Fisch. Als Gumbrigg näher kam, fing er einen Blick. Er kam aus einem kleinen Gesicht. Umgeben war das Gesicht von einem braunen Haargekräusel. Gumbrigg hielt den Blick fest und ging darauf zu. Er stolperte und erntete dafür ein verschmitztes Lächeln. Das war Hanna. Und obwohl Gerd Gumbrigg die grünbraunen Augen nicht losließ, meinte er, neben dem Tischbein unten die bloße Zehe zu erkennen. Es standen mehrere um den Tisch, aber Hanna stand für sich; zufrieden, vergnügt. Und: Ja!, sie war eine von den Schwimmerinnen.

Alfons Brioni und Franz Pelikan kamen auch an den Tisch. Es war laut, aber Gumbrigg erkannte die Stimme der anderen Schwimmerin, der mit der sonoren, etwas kehligen, generösen Stimme.

So entstanden die zwei Paare: Hanna und Gerd Gumbrigg, Carmen und Alfons Brioni. Franz Pelikan, so war er, blieb an diesem Abend alleine.

14

Gumbrigg bezog die Federspangen von Firma BrioMet. Ebenso wie viele andere metallische Teile, die für Walking Sticks, Wanderstöcke, Alt-Herrenstöcke mit Silberknauf und viele andere Ausführungen von Stöcken benötigt wurden. Diese Firma BrioMet gehörte der Familie Brioni. Die Freundschaft der drei Studenten, Alfons Brioni, Gert Gumbrigg und Franz Pelikan, hielt lange. Und als sie ihre Diplome hatten, verschaffte Alfons den anderen Zwei Anstellungen in der Firma seines Vaters. Das änderte natürlich das Verhältnis. Denn so kameradschaftlich sich auch Alfons verhielt, er konnte nicht verhindern, dass er als Sohn des alten Brioni gesehen wurde, als Angehöriger der Familie Brioni. Man sah das schon an den Blicken, die ihm folgten, wenn er über die Fabrikhöfe und durch die Hallen ging. Alfons konnte nicht verhindern, dass er eine andere Stellung einnahm als seine Freunde. Dies wurde noch verdeutlicht, als er Firma BrioMet von seinem Vater übernahm. Damit wurden die Freunde zu seinen Angestellten.

Gert Gumbrigg allerdings hatte eine Idee. Er hatte sich über Wanderstöcke geärgert und nachgedacht, und so kam ihm die Idee eines Teleskopstabs, der, zusammengeschoben, kurz und handlich war, auf Knopfdruck aber zu einer vorbestimmten Länge aufsprang. Kein weiteres Drehen und Fixieren war nötig. Das Herzstück dieser Konstruktion bildete eine kleine, in spezieller Weise geknickte Feder, groß wie eine Haarspange.

Brioni begeisterte sich für diese Idee seines Freundes. Er ließ seine eigene Patentabteilung ein Patent für die Federspange so ausgefeilt wie möglich formulieren, er gab Gumbrigg das Startkapital, eine eigene Firma zu gründen, und er ließ BrioMet Metallteile für Gumbrigg zu besonders günstigen Preisen liefern, auch die Federspangen. Für die automatischen Teleskopstöcke wurde ein Markenname angemeldet, sie sollten „VerySticks“ heißen.

Vielleicht freute es Brioni auch, dass sein Freund Gumbrigg jetzt nicht mehr sein Angestellter war, sondern an einer eigenen Sache bauen konnte. Franz Pelikan, der dritte der Freunde, blieb allerdings Brionis Angestellter, ein, wie es so heißt, Untergebener. Die Beziehung zu ihm verblasste und wurde sachlich.

Die gebrochene Federspange, die rund um die Bruchstelle seltsame Ruß- und Schmelzspuren hatte, kam also aus Brionis Metallwarenfabrik. Allerdings war nicht deutlich, ob die Feder bei Verlassen von BrioMet schon defekt gewesen oder erst auf dem Transportweg beschädigt worden war. Sei es so oder so, Gumbrigg empfand es als äußerst unangenehm, als peinlich, mit seinem Freund und Gönner Brioni über diese Feder zu sprechen, denn im Hintergrund kam doch der Gedanke einer Anschuldigung.

Gumbriggs wichtigste Leute, Kurt und die Vorarbeiterin und Rosa, alle drängten auf ein Gespräch mit Brioni. „Diese Prüfungen sind nichts wert!", sagte die Vorarbeiterin. „Die Frauen drehen die Federn unter ihrer Lupe brav hin und her, aber nach hundert Stück sehen sie nichts mehr. Kein Mensch kann nach einer Stunde noch so kleine Fehler sehen."

Und die Arbeiter, die die bei der Kontrolle zerrissenen schönen bunten Kartons zum Müll brachten, hatten den mürrischen Ausdruck: „Die Oberen wissen nicht, was sie tun."

Kurt bestand darauf: „Brioni muss wissen, dass diese Firma, entschuldigen sie, Chef, auf dem Kopf steht. Er hat sich doch so dafür eingesetzt!"

Gern fuhr Gumbrigg nicht zu diesem weitläufigen Fabriksgelände. Das hatte so ganz andere, rauere Dimensionen als die kleine Firma Gumbrigg, wo jeder jeden Winkel kannte. Hier fuhren Transporter von Halle Nummer A zu Halle Nummer B und die Ladung hatte interne Begleitpapiere. Die Erinnerung an seine Anstellung, hier bei BrioMet, gleich nach dem Diplom, war ja nicht schlecht. Aber inzwischen hatte sich Brioni zum freundlichen Gönner und Unterstützer gewandelt. Und was mit dieser Hilfe aufgebaut worden war, das hatte vielleicht über Nacht seinen Wert verloren. Mit diesen Gedanken musste Gumbrigg ins Gespräch gehen.

Bei BrioMet sah man stets Neubauten, Umbauten und neue Technik. Das altehrwürdige Herrenhaus hatte man aber unverändert gelassen. Es war gut gepflegt, und es diente noch als Direktion, zumindest beim Empfang von Besuchern. Der Konferenzraum war vor sicher mehr als hundert Jahren kunstvoll gezimmert worden. Paneele aus dunklem Holz, opulent mit Schnitzereien verziert, reichten rundum bis weit über Mannshöhe hinauf, und ein schwerer, passend aus Holz gefertigter Kronleuchter hing wie ein Kranz über dem langen Tisch. Besucher wurden so auf die Sicherheit der Tradition eingestimmt.

Brioni saß am Kopf des Tisches. Er legte die Arme vor sich auf dem Tisch über Kreuz, sah zuerst zu Kurt, dann zu Gerd Gumbrigg. Die Tatsache, dass ein Mitarbeiter von Gumbrigg am Tisch saß, machte aus diesem Gespräch ein offizielles, nicht eines unter Freunden. Brioni hatte ein großes, aber schmales Gesicht und dichtes Haar. Es war nachgedunkeltes blondes, jetzt mit Weiß durchsetztes Haar. Durch eine leichte Kräuselung schien es sehr fest zu sitzen, und perfekt, so als hätte das Haar, und der Mensch Brioni, im Leben noch keinen Schaden genommen.

„Was sollen wir zu dieser Feder sagen? Kurt weiß, dass die Feder nicht so aus der Stanze und dem Automaten kommen kann."

„Wir wollten ja nur darüber reden, vielleicht hast du eine Idee, wie es zu diesem Exemplar kommen konnte".

Gumbrigg fühlte seine eigenen Worte schwach, wie aus Wehleidigkeit gesprochen.

„Gehen wir zur Stanze!“, sagte Brioni. Er schlug leicht mit der Handfläche auf den Tisch bevor er sich erhob; für ihn und für alle ein Zeichen, dass dieser Abschnitt zu Ende war. Draußen schien die Sonne, aber der hohe Raum behielt seine Geschichte der Generationen im Halbdunkel. Brioni ging voraus, durch die Flügeltüren. Das Stiegenhaus hatte einen breiten Handlauf aus glattpoliertem Holz.

Von der erhöhten Position des alten Gebäudes führten Fahrstraßen ins Fabriksgelände, zu hohen Hallen mit Industrie-Verglasung, zu ebenerdigen Hallen mit Shed-Dach und zu frei stehenden Gebäuden, die wohl die Administration und die Arbeitsbereiche der Ingenieure enthielten. Brioni ging, sicher mit Absicht, quer durch mehrere Hallen. Er wurde gegrüßt und er grüßte zurück, mit einem Nicken und einem Anheben der Hand.

Sie kamen durch die Halle des Werkzeugbaus. Dort arbeiteten Männer mit konzentrierten Blicken an großen Blöcken aus Stahl. Beim Anblick spürte man das Gewicht. Für Besucher, die diese Arbeit nicht kennen, war die Halle eine magische Schmiede, in der eine Schar von Gesellen werkte. Bis ein Blick vielleicht eine Gestalt erkennen konnte, eine in den Stahl getriebene Hohlform eines Zahnrads, einer Klinke, eines Bechers. Aus solchen Formen wurde ehedem Weihnachtsgebäck geformt, damals die Formen, die ‚Model‘, aus Holz.

Die Männer kontrollierten die glänzenden Stahlformen sorgfältig, mit Liebe zu ihrem Werkstück.

Die Halle für Stanz- und Biegeteile war Franz Pelikans Reich. Pelikan grüßte seinen Chef Brioni mit einem Nicken. Vielleicht hatten sie einander an diesem Tag schon gesehen. Gumbrigg gab er die Hand. Es entstand zwar kurz Augenkontakt, Pelikans Blick schien aber eher über Gumbrigg hinwegzugleiten. Er grüßte auch Kurt. In diesem Fall dauerte das Handgeben etwas länger, war etwas wärmer. Und Pelikans Blick bedeutete vielleicht: ‚Wir stehen hier in einer Gruppe, wir beide mit unseren Chefs'. Aber es musste nicht ausgesprochen werden, dass Pelikans Halle für Stanz- und Biegeteile bedeutend größer war als die kleine Firma Gumbrigg. Sehr aufmerksam beobachtete Pelikan mehrmals reihum alle, die hier in einer Gruppe bei der Stanze standen. Auf der Oberlippe trug er einen schmalen rötlichbraunen Schnurrbart.

Die Stanze hatte ein massives Fundament, sodass die Erschütterung bei jedem Hub, bei jedem Auf und Ab, nur wenig zu spüren war. Auf der einen Seite zog die Maschine ein makellos glänzendes, handbreites Stahlband in kleinen Schritten zu sich hinein, auf der anderen Seite fielen die fertigen Federchen mit korrekter Krümmung heraus. Die Gruppe stand wortlos, der Hallenlärm hätte das Sprechen schwierig gemacht. Irgendein Hinweis auf angeschmolzene schwarze Stellen war an den Federn nicht zu erkennen, es schien auch keine wie immer geartete Ursache für solch einen Schaden denkbar.

Brioni ließ seine Besucher schauen, bis sie sich von selbst wieder ihm zuwandten. „Mehr kann ich leider nicht bieten", sagte er.

Kurt ließ seine Blicke über die ganze Halle gehen, und er schaute auf die Regale an der Wand neben den Maschinen. Dort standen Dosen mit Schmieröl und anderes Gerät. Kurts Stirn war irritiert in Falten gezogen.

15

Da Severin Sattler für die Nacht und die frühen Morgenstunden eingeteilt war, erreichte ihn das Gerede der Firma nur bruchstückweise. Morgens huschten die meisten wie flüchtiges Wild an ihm vorbei und weiter zu den Glasflügeltüren, die ins Innere führten. Auch die Vorarbeiterin. Sie kam gewöhnlich mit schmal gepressten Lippen und einem in die Ferne gerichteten Blick, in die Ferne ihres Tages zwischen den Reihen ihrer Arbeiterinnen. Dort schauten ihre Augen mit Konzentration auf Effizienz, Gerechtigkeit und Disziplin.

Heute – das kam sonst nicht vor – murmelte sie für sich selbst gemeinte, unverständliche Worte. „Was ist?“, fragte Severin, sein Blick, von seinem Sitzplatz hinter der Theke, hochgerichtet auf die Vorarbeiterin.

Sie blieb sogar stehen und legte eine Hand, zur Faust geschlossen, auf die Theke. Sie blieb sonst nie irgendwo stehen, ohne einen für ihre Aufgabe wichtigen Grund zu haben. Meist hatte sie Anweisungen zu geben oder, mit Vorsicht, eine Mahnung auszusprechen, oder Mut zuzusprechen. Mut für die Ausführung eines schwierigen Handgriffs in der dafür vorausberechneten Zeit, oder auch Mut für die Rückkehr nach Hause am Abend. Denn diese Rückkehr in die eigenen Wände war nicht für alle der bessere Teil des Tages.

Sich selbst Mut zuzusprechen, oder nach dem eigenen Mut zu suchen, gehörte nicht in die Gedankenwelt der Vorarbeiterin. Und doch blieb sie diesmal bei Severin stehen, so als wäre er ein Vertrauter. Sie hatte sonst in der Firma keinen Vertrauten. Sie wurde von Loyalität geleitet, getrieben sogar. Zu Kurt hatte sie schon ein enges Verhältnis, das war aber ein Bündnis in Pflicht und Effizienz.

Ihr Vertrauen zu Sattler war ein wortloses. Sie hatten sich nicht durch das wiederholte Austauschen von Worten einander genähert. Vielleicht war in der Vorarbeiterin, ohne dass sie das selbst wusste, Vertrauen entstanden, weil er hier, allein, in der Nacht wachte, dieses ganze Gefüge in der Nacht beschützte, wenn auch nur mit seiner mageren Hand und seinem mageren Schädel. Vielleicht bekommt jemand, der viele Stunden allein hinter der Theke auf die kleinen Monitore schaut, die Aura des Beständigen, des Vertrauenswürdigen.

Mit der noch zur Faust gepressten Hand auf der Theke sagte sie zu Sattler: „Wir kommen nicht auf unsere Stückzahlen! Mit diesen Extra-Prüfungen!"

„Sie haben doch Überstunden gemacht?"

„Die hat der Chef wieder gestoppt."

Die Vorarbeiterin drückte mit ihrer Faust auf die Theke, wie um sich abzustoßen, und ging schnell durch die Glasflügeltüren.

Das Zuschlagen der Türen hinter der Vorarbeiterin hörte das innere Ohr Severins wie einen Peitschenschlag. Das kompromisslose Schreiten der Vorarbeiterin, durch die Türen und weiter, schaltete in Severin zur allgemeinen Dimension des Unbedingten. Das war die Ölspur. Und gegenüber diesem Ablauf blieb Severin hilflos. Dies war nicht etwa eine böse Erinnerung, die plötzlich in die Gegenwart tritt, eine Erinnerung, von der man aber auch wieder wegdenken kann. Diese besondere Erinnerung ersetzte Severins Gegenwart mit Unbedingtheit. Er lenkte den Wagen mit den lachenden und Unsinn treibenden Kindern die Bergstraße hinunter. Der Asphalt hatte Risse, denn das Erdreich wanderte, wenn auch niedergewalzt, jedes Jahr hier und dort, und ließ Risse entstehen. Die Sonne stand schon tief über dem Asphalt, und ihr Licht spiegelte sich auf den unregelmäßigen Asphaltflächen in Flecken, die mit der Fahrt des Wagens wanderten. Dann kam das gleißende Band, von dem Severin schon im ersten Aufblitzen wusste, dass es eine Ölspur war, und auch wusste, dass die Katastrophe kam, was immer seine Brems- und Lenkmanöver sein würden. Es wird mit toten kindlichen Gliedmaßen enden.

Für diejenigen, die in solchen Augenblicken an Sattlers Theke vorbeigingen, war Sattler jemand, der sich mit flachen Händen die Augen zuhielt, wie man das gerne tut, um die Spannung der Lider zu lösen. Er saß dabei vielleicht ungewöhnlich starr. Aber es wurde einer nicht grundlos Nachtwächter. Eigenheiten werden zugestanden.

Severin hatte schon Erfahrung mit diesem Einbrechen alter Gegenwarten. Sobald der Bann losließ, versuchte er, andere Gedankenlinien zu finden. Gerne versetzte er sich in den großen schwarzen Wagen, in dem er als junger ‚Assistent der Geschäftsleitung' mitgenommen worden war, und er griff wieder nach den Seiten, die er vor so langer Zeit geschrieben hatte:

Die Wagen fuhren durch den milchig-kalten Vormittag. Sie verließen die Siedlung. Der Totenwagen führte. Sein rechter Richtungsanzeiger blinkte breit und rot fürs Abbiegen auf die Autobahnrampe, und dann der linke, vor dem Einwechseln in die schnelle Fahrbahn.

Der Friedhof befand sich am Rande einer kleinen Ortschaft. Die Wagen parkten an der langen, weißen Mauer, nur der Wagen des Toten fuhr durch ein seitliches Tor hinein. Das Geviert des Friedhofs lehnte sich auf zwei Seiten an Wege oder Straßen des Dorfes, im Übrigen schlossen sich kurze Felder an. In südlicher Richtung folgte nach einem Acker von zweihundert Schritt der Damm der Autobahn. Scharf drängten die Fahrzeuge auf diesem Korridor der Geschwindigkeit. Im Osten standen Kräne. Und eine Straße trieb sich entlang des Baugeländes vor. Geradlinig brach sie das Erdreich auf, dann wurde das breite Fundament exakt gewalzt. Und die exakte Linie des Randsteins besiegelte den geplanten Aufschluss des Geländes.

Zwischen Süd und Ost stand die Sonne weißlich über der äußersten Ecke des Friedhofs. Die gekalkten Mauern liefen dort zusammen. Innerhalb des Mauerngeviertes stand eine Hecke als herbstgrüne Liebesgebärde für die Gräber. Die Gruppe schritt über Kies auf die Stelle zu, wo Erdreich frisch aufgeworfen lag. Dort manövrierte auch der große Wagen die letzten Meter zum Grab. Ohne Geräusch trat Dampfwirbel aus dem Auspuff. Das Dach des schwarzen Wagens war von einer Chromleiste umrandet und an den vier Ecken trug es metallene Fackeln, eine vergessene Erinnerung an Mithras, die Fackel des Aufgangs, des Lebens, und die Fackel des Untergangs, des Todes.

Der große alte Mann in Schwarz stand neben dem Grab auf dem Kiesweg und hielt das Buch an seine Seite. In seinem Rücken fuhren, jenseits des Feldes, quietschend die Laufkatzen der Kräne. Rechts lag die Kulisse der schnellen Fahrzeuge der Autobahn.

Severin Sattler fragte sich immer wieder, wie dieses Lebewesen Mensch, das zwischen Bäumen und Tieren aufgewachsen war, und seine Feste mit dem unschlüssig flackernden Licht von Fackeln feierte, in einer Welt ohne gerade Linie und ohne rechten Winkel, plötzlich von sich aus Linien ziehen und Wald und Wiesen in Quadrate teilen konnte. Auf welche Weise, und vor wieviel tausend Jahren, kam uns die gerade Linie in den Sinn?

Wie kommt der Enkel eines, der zwischen krüppeligen Ästen nach einem Apfel greift oder unter Algen-schlüpfrigen Ufersteinen nach Fischen sucht, wie kommt dessen ferner Enkel zu scharfen Scheinwerferkegeln, die durch die Nebel schneiden?

16

Am Vormittag kam Kurt ins große Büro und schaute fragend zu Gumbrigg, denn er kam unangemeldet. Gumbrigg deutete auf den Besucherstuhl. Es gab Probleme mit der Belüftung der Montagehalle, ein Teil war zu warm, in einem anderen wurde über Zugluft geklagt. Gumbrigg und Kurt waren schnell einig, was zu geschehen hatte und welche Firma was umzubauen hatte. Eines der alltäglichen Probleme. Aber Kurt stand nicht sofort auf, er legte den Kopf schief, als Geste der Entschuldigung. „Chef", sagte er, „Sie wissen besser als ich, was diese Prüfungen und Unterbrechungen die Firma kosten!"

„Ja, Kurt, wir prüfen am Anfang, in der Mitte und am Ende, und das ist teuer, und wir wissen nicht, ob es sinnvoll ist. Ein Chef muss in jeder Sekunde wissen, was zu tun ist und was richtig ist. Ich weiß es nicht, Kurt."

„Chef, es ist ja nicht so, dass ab und zu eine schlechte Feder geliefert wird, die wir vielleicht finden können. Nein, dieser Fehler, diese angeschmolzenen Stellen sind in einem ganz besonderen Prozess" – Kurt stockte kurz – „mit Absicht! entstanden." Bei den Worten „mit Absicht" machte Gumbriggs Kopf eine kurze Bewegung. Er ärgerte sich, dass Kurt diese Bewegung sah.

Aber dann kam der Buchhalter etwas erregt herein. „Carducci zahlt nicht!", sagte er, und setzte sich, ungebeten. Kurt wusste, dass es um einen hohen Betrag ging.

Gumbrigg beruhigte: „Ich werde mit Carducci reden". Gumbrigg sprach mit einer Stimme, die andeutete, dass er solche Probleme immer lösen könne. Das sei sein Handwerk.

Carducci war ein guter Kunde, zum Freund geworden. Einer mit ähnlichen täglichen Problemen wie Gumbrigg, mit Ideen und mit einer Handvoll guter Leute, vertrauter, beständiger, mitdenkender Leute. Carducci schickte Jahresberichte an seine Geschäftsfreunde. Ungewöhnlich offen und ehrlich schrieb er zuletzt von ‚Dunklen Wolken' über seiner Firma, die aber bald verzogen sein sollten.

Wenn Carducci den ausstehenden Scheck nicht schickt, dann warten auch andere auf Schecks. Alle kann er nicht zahlen. Aber wenn ich, Gumbrigg, ihm gegenübertrete, ihn begrüße, ihm die Hand schüttle, dann gibt er mir vielleicht den Scheck. Es bleibt dann weniger für die anderen Gläubiger. Aber wo ist der Schwerpunkt der Verantwortung?

Der Erfolg eines Fluges zu Carducci war zweifelhaft, aber es stand eine beträchtliche Summe auf dem Spiel. Gumbrigg nahm das Risiko. Als die Motoren ihre volle Wucht entfalteten und Gumbrigg in die Rückenlehne gepresst wurde, da stellte sich bei ihm ein euphorischer, traumähnlicher Zustand ein. Ein Traum von Mächtigkeit und Möglichkeiten ohne Ende. Der Zustand der Zuversicht hielt an, als die Berge, im schrägen Blick durch das Fenster, höher und steiler wurden. Schnee bedeckte schon die hohen Regionen. Der Flug wanderte über die vielgestaltigen weißen Ketten. Mit eintöniger Leichtigkeit, ohne Inanspruchnahme, ohne Vorwurf. Gumbrigg ließ dies eine Weile geschehen.

Er hatte Carducci nicht um einen Termin gebeten, sondern den Besuch ohne Rückfrage angekündigt. Der Empfangsraum von Carduccis Firma war ein Museum und ein Ausstellungsraum. Sehr sauber, sehr ordentlich, gut ausgeleuchtet. Alles Erdenkliche an sportlicher Ausrüstung, auch VerySticks in vielen Spielarten – und medizinische Hilfen. Mitarbeiter, die durch den Raum kamen, grüßten höflich und freundlich. Carducci kam mit schnellen Schritten auf

Gumbrigg zu. Er war mittelgroß, korrekt gekleidet. Und er grüßte, wie es zu einer langen guten Bekanntschaft gehört.

In seinem Arbeitszimmer, als Gumbrigg ihm gegenübersaß, begann er, etwa nach dem Text seines Jahresberichtes, von dunklen Wolken zu sprechen, und davon, dass diese Wolken wohl demnächst wieder verzogen wären. „Carducci“, sagte Gumbrigg, „auch wir sind verletzbar, ich brauche das Geld!“

Gumbrigg spürte, er wusste, wie die Gedanken Carduccis liefen: Gumbrigg den Besuch zu verweigern, war unmöglich gewesen. Nun saß Gumbrigg hier. In unrealistischer Hoffnung hatte Carducci gedacht, mit Hilfe der ‚schwarzen Wolken‘ einen Zahlungsaufschub erreichen zu können. Jetzt: So kann man ja nicht handeln, sein langjähriger Partner Gumbrigg ist nur wegen des Schecks hergeflogen! Carducci verließ den Raum. Und Gumbrigg wusste, gegen den guten Rat seines Finanzmanns ließ Carducci jetzt den Scheck ausstellen. Irgendwie wird es, muss es, weitergehen!

Carducci brachte den Scheck und übergab ihn. Man schüttelte die Hände und wünschte gutes Gelingen und glückliches Wiedersehen, demnächst. Carducci telefonierte persönlich um ein Taxi.

Der Schub der Motoren hatte beim Rückflug nicht die gleiche erhebende Wirkung. Gumbrigg fühlte nach dem Scheck in seiner Brieftasche. „Die eigene Haut gerettet“, ging ihm durch den Kopf. Schäbig. Die anderen Gläubiger sportlich ausgetrickst! Gute Leistung! Der Lauf von Gumbriggs Firma vorerst gesichert. Ein bleibender Fleck in Gumbriggs Erinnerung.

Zum Abendessen kam er etwas verspätet. Er murmelte eine Entschuldigung, und ging, um den Tisch herum, zu seiner Mutter. Die saß zurückgelehnt auf ihrem Stuhl und beobachtete ihren Sohn aufmerksam, während er zu ihr kam. Sie saß zurückgelehnt, weil sie das Essen unterbrach, um zu schauen, und auch weil ihr Sohn ihr so leichter, wenn er sich über die Stuhllehne zu ihr beugte, einen Kuss auf die Stirn geben konnte. Ihre Hände suchten Kontakt mit ihm.

Alle um den Tisch Versammelten schwiegen während dieser Begrüßung, während dieser Zeremonie. Als Gumbrigg neben Hanna Platz genommen hatte, sagte Jutta: „Na, konntest du dich doch von deinen Stöcken losreißen!" Sie hatte einen rosa Bolero an und dazu eine hellgrüne Hose. Von ihren Ohrläppchen baumelten kleine silberne Segelboote.

Der Tisch blieb nach Juttas Bemerkung stumm. Aber als Gumbrigg sich auf seinen Platz neben Hanna gesetzt hatte, sagte die alte Dame: „Mein Sohn hatte sicher einen guten Grund, später zu kommen."

Gumbrigg schaute zu seiner Frau Hanna, die mit ihrem braunen, perfekten, englockigen Haarschopf und ihren gesunden Wangen neben ihm saß. Er schaute mit einem Versuch zu lächeln, um, eventuell, von Hanna auch ein Lächeln als Antwort zu bekommen. Hanna nickte. Das bedeutete: Ist schon gut, die Verspätung entschuldigt.

An diesem Abend war auch Till erschienen. „Schwesterlein!", sagte er. Er sprach lauter als nötig, er rief beinahe; wahrscheinlich, um diesem zu stillen Raum irgendein akustisches Ereignis zu geben. „Schwesterlein", rief er zu Jutta über den Tisch: „Was hast du denn heute angestellt?"

„Wir haben heute ...."

Jutta sprach zuerst laut, dann aber immer leiser, so als wäre diese Mitteilung etwas, das nur sie und ihren Bruder anginge, etwas, über das später, mit Till, unter vier Augen, weitergesprochen werden sollte.

Als Grand'mère ihren Nachtisch beendet hatte, stand Hanna auf und stellte Teller mit Besteck auf der Kommode ab. Jutta beteiligte sich indem sie Grand'mères Teller nahm. Dabei ließ sie die Schiffchen an ihren Ohren tanzen und blitzen. Till saß gemütlich und zwinkerte seiner Schwester zu.

Grand'mère nahm ein Büchlein zur Hand. Das hatten alle erwartet. Alle gestanden der alten Dame dieses Zeremoniell zu; alle akzeptierten dieses Stück alter Zeit, auch Jutta. Es war die Erwartung einer Feier, die demnächst nicht mehr abgehalten werden würde. So kam Ehrfurcht zustande, die eher der Vergänglichkeit galt als dem Inhalt.

Grand'mère setzte sich zurecht und schlug das Büchlein auf. Ihre Finger spielten in minimalen Bewegungen mit den Kanten der Seiten; die Finger spielten in Erinnerung.

„Hanna hat mich gebeten, etwas zu lesen, das ich selbst geschrieben habe. Die Gelehrten werden sagen, dass meine Verse holprig sind. Sie sind mir so gekommen, irgendwo waren sie so vorhanden.

Grand'mère setzte sich nochmals zurecht. Die unzähligen Fältchen auf ihrem Gesicht formten ein Muster der Strenge, auch von Feierlichkeit.

„DAS LÄCHELN", sagte sie.

Im Vorbeigehen ward mir ein Lächeln geschenkt,
Als ich lächelnd den Blick
In das Aug' eines andern gesenkt.

Das Lächeln umweht mich wie Frühlingswind,
Und macht mich so fröhlich, als wär' ich ein Kind,
Die Menschen seh'n mich verwundert an,
Doch auch sie fällt ein freundliches Lächeln an.

Mir ist's, als flög's um der Erde Rund
Und tät' als Frühlingsbote sich kund.

Jutta, mit ihrem rosa Bolero, der hellgrünen Hose und den blinkenden Schiffchen am Ohr, sprang auf, lief zu Grand'mère und drückte ihr einen lauten Kuss auf die Wange. Grand'mère machte, ohne es zu wissen, immer eine abwehrende Bewegung, wenn ihr ein Kuss gegeben wurde, aber zugleich sah man, dass ihr dieses Zeichen von Zuneigung wohl tat. In vielen Situationen war deutlich, dass Grand'mère mehrere, einander widerstreitende Gefühle gleichzeitig haben konnte.

„Schön!", rief Jutta. „Sag, Mum, wie warst du als junges Mädchen?"

Grand'mères Stuhl hatte Armlehnen. Dort stützte sich Jutta, während sie sich über ihre Großmutter beugte. Und auf diese junge Hand legte die alte Dame ihre Hand:

„Ich? – Ich war ein wildes Kind, voll Freude, voller Vorsätze und, ja, mit viel Widerwillen gegen so manches."

Jutta zog sich auf ihren Platz zurück. Und Gumbrigg, der Sohn, sagte: „Mutter, lies uns noch eines!“ Sie blätterte in ihrem Büchlein und begann:

Birke im goldenen Kleid
Über schneeigem Grund.
.....
Wie ein fernes Ahnen um Aufersteh'n.

Einen Augenblick blieb es still. Aber Till wurde unruhig. „Bitte um Entschuldigung, ich muss weg“, sagte er mit zurückgehaltener Stimme. Jutta nickte nur. Sie verließen beide den Raum.

Gumbrigg ging um den Tisch herum zu seiner Mutter, ließ ihre Hand, die ihn suchte, seinen Arm fest fassen, und führte sie in ihr Zimmer. Er blieb dann vor dem Abgang zum Keller stehen, unschlüssig, ob es nett, fair, ja zulässig war, hier, jetzt, ohne ein Wort zu verschwinden. Er fühlte sich müde, von zu vielen Ereignissen des Tages in zu verschiedene, zu unvereinbare Befürchtungen, Erwartungen gedreht, und dann in die Welt seiner Mutter. Er fühlte sich zu einem Gespräch nicht geeignet und ging hinunter.

Dort unten standen die verglasten Welten seiner Ameisen. Dort konnte er zusehen, wie seine Völker arbeiteten und zielstrebig liefen, wenn man ihnen nur eine geeignete Welt zur Verfügung stellte, die richtige Temperatur, das richtige Futter. Das forderte regelmäßige Zuwendung. Dazu war Gumbrigg nicht immer in der Lage. Er bat dann Severin Sattler, sich um die Terrarien zu kümmern.

Die Arbeiterinnen suchen Nahrung. Finden sie etwas, dann tragen sie so viel sie können nachhause, in ihren Bau. Den Weg markieren sie mit Duftnoten, damit andere Arbeiterinnen das Futter finden. Sie tun das ein Leben lang. Stets arbeiten für andere, für alle. Ein Leben lang nur das. Gumbrigg musste nun doch etwas lächeln, wenn auch nicht vorbehaltlos, denn das Verständnis blieb mangelhaft. Als Kind, damals waren alle Fragen noch zulässig, wollte er von seiner Mutter wissen, wofür sie lebe. „Für meine Kinder!“, war die Antwort. Und die Kinder wieder für ihre Kinder? Ohne Mehrwert? „Meine Kinder machen mir viel Freude!“, hatte die Mutter gesagt. Ist so jeder Lebenskreis abgeschlossen? Sich selbst genug? Ein Nullsummenspiel?

Meine Mutter hat nicht die ganze Antwort gegeben, dachte Gumbrigg. Das war eine Abkürzung ihrer eigenen Antwort, denn wer, wenn nicht diese Mutter, hatte ein unbändiges Verlangen nach Schönheit, nach dem Guten, nach Besserung, Weiterentwicklung von Generation zu Generation, und in ihrem eigenen Leben. Sie ist, dachte Gumbrigg, wenn irgendjemand, einen Schritt weitergekommen. Gumbrigg genierte sich, im Keller, für diese hohen Gedanken, genierte sich vor seinen sechsbeinigen Völkern, dass seine Augen feucht wurden.

Es kam jetzt mehr Ruhe in Gumbrigg. Er konnte die Geschäftigkeit hinter den Scheiben ohne Gedanken betrachten, ohne treibende oder gelenkte Gedanken. Gumbrigg sah, dass mehrere Arbeiten an den Terrarien überfällig waren. Aber auch zu ganz einfachen Arbeiten hatte er keine Lust. Er dachte an Sattler. Und er griff zum Telefon und rief Sattler an: Ob er könne.

Mit Sattler unterhielt Gumbrigg ein Verhältnis auf unterschiedlichen Ebenen. Gumbrigg war der Chef und Arbeitgeber. Er war für Severin Sattler aber auch ein diesen Teil seines Lebens bestimmender Anker. In unerklärlich glücklicher Weise war dieser Anker für Severin ausgeworfen. Denn wer sollte einem von Alpträumen heimgesuchten, aus einer Klinik kommenden, vom Arbeitsamt aufgedrängten Mann Arbeit geben? Es gab genug Probleme mit den Charakteren und Vorgeschichten der Übrigen. Und Sattler war bis auf die Knochen mager, mit kleinen unkontrollierten Bewegungen und deutlich mutlos. Was hatte Gumbrigg veranlasst, Sattler eine Stelle zu geben? Nicht der Verstand. Eines war besonders an Sattler: Er hatte nicht auf die Tischfläche geschaut, und nicht auf seine zuckende Hand, und nicht zum Fenster, er hatte einfach zu Gumbrigg geschaut. Und da hatte Gumbrigg gesagt: „Wollen Sie Nachtwächter werden?" So war es geschehen, unsinnig, nicht zu verantworten: ausgerechnet Nachtwächter!

Nun war Sattler Angestellter und Nachtwächter und Vertrauter. Sattler stand durch sein asketisches Äußeres und durch seine Tätigkeit in der Nacht so außerhalb der normal kommenden und gehenden Menge, dass Gumbrigg in die Gewohnheit kam, mit ihm über andere zu sprechen, ja über seine ganz eigenen Gedanken, Gedanken, die Firma betreffend, die sonst mit niemandem zu teilen waren. Ein Nachtwächter stand außerhalb des Geschehens, stand abseits, auf neutralem Boden.

Severin kam. Gemeinsam reinigten sie die Terrarien und teilten Futterrationen aus. „Severin", sagte Gumbrigg,

„heute war ich bei Carducci." „Neuen Auftrag bekommen?", fragte Severin. „Nein, einen Scheck habe ich geholt, beinahe erpresst". Und Gumbrigg sprach wie zu einem schon immer nahen Freund und sagte, er habe schalen Geschmack im Mund, wegen seines überfallsartigen Besuches. Er hoffe, sagte er, Carducci nicht in noch größere Schwierigkeiten gestürzt zu haben. „Sie hatten schon recht; auch wir haben Sorgen", beruhigte Severin.

Severin setzte an, noch etwas zu sagen, tat es aber nicht, und dann doch: „Die Vorarbeiterin geht mit ganz verbissenem Gesicht an mir vorbei. Über die Prüfungen wird abfällig gesprochen. Und Kurt, habe ich gehört, diskutiert ständig mit den Ingenieuren. Das tut er sonst nicht."

Gumbrigg legte seine Hand auf Severins Schulter. So als hätte er genügend Kraft in seinem Arm, alles gut werden zu lassen. „Ich bin jetzt müde, Severin", sagte er. Sie gingen gemeinsam die Treppe hinauf. Severin verließ das Haus.

Gerd Gumbrigg zog sein Pyjama an und ging, so leise er konnte, ins Schlafzimmer. Hanna schlief. Auch als er neben ihr lag und seine Hand ihre Schulter berührte, änderte sich nur leicht der Rhythmus ihres Atems.

17

Eine der Wunden, die Severin Sattler mit sich herumtrug, war der Bruch mit dem Mädchen Silke, der Bruch den er selbst begangen hatte, mit seinem verbrecherisch dummen Argwohn. Er hatte Silke mit einem anderen stehen gesehen, und böse Gedanken waren in ihm hochgesprungen.

Er war ja ein Eigenbrötler, er hatte ja keine Erfahrung im Umgang mit Menschen, er wusste ja nicht wie vielgestaltig die menschlichen Beziehungen sind und wie viele Deutungen eine Szene haben kann.

Immer wieder ging er allein, nicht mit den anderen, von einer Vorlesung zur nächsten und dachte an etwas, das weit abseits lag. Er konnte auch, ohne ein Ziel, immer wieder mit dem Schuh zustoßend, einen Stein hierhin und dahin treiben.

So war es auch mit der Liebe. Es gab keine Verliebtheit, schon gar nicht eine spielerische Verliebtheit, und keine Eroberungslust. An tollen Abenden nahm er nicht teil. In diese farblose Leere brach das Bild Silkes ein.

Eines Tages schien die Sonne durch den Herbstnebel, der über dem parkartigen Hof des Campus lag, über dem Hof, den er meist durchquerte. Und, an einen Baum gelehnt, in einem Buch blätternd, stand Silke. Der von der Sonne durchleuchtete Nebel war hinter ihr besonders hell. Sie, und der Baum, an den sie sich lehnte, hatten einen überaus strahlenden Hintergrund. Severin kannte Silke aus den Hörsälen. Hier stand sie vor ihm wie in einem großen Medaillon von Licht. Severin meinte einen Schlag zu spüren, der ihn in die Gegenwart brachte. Als wäre er aus seinen Träumereien geholt worden und müsste Stellung beziehen.

Silke hatte ein schmales Gesicht. Ihr helles Haar stand etwas unordentlich, wie von Wind zerzaust, um ihren Kopf. Es wurde vom dahinter liegenden Licht durchleuchtet. Severin war in seinem Leben noch von nichts ergriffen gewesen. Deshalb stand er still und wusste nicht, was tun. Silke half, „Hallo, Severin", sagte sie und danach einiges über Vorlesungsangelegenheiten. Diese Details blieben Severin nicht in Erinnerung. Er rettete sich mit einem angedeuteten Gruß und einer Gestik der Eile.

Severin hatte noch nichts Außergewöhnliches erlebt, keine besondere Freude, keinen schneidenden Schmerz. Es war noch kein Toter vor ihm gelegen, dessen Anblick ihn erschreckt und in harte Trauer gebracht hätte. Aus ihm selbst, das war eben seine Art, hatten ihn auch keine brennenden Wünsche und heißen Sehnsüchte bewegt. Er war deshalb schutzlos gegenüber der Erscheinung im sonnendurchleuchteten Nebel.

Auf mehreren Wegen wurde Severin jetzt angegriffen. Das Bild Silkes gelangte in denjenigen Teil der Erinnerungen, die nicht gelöscht werden können. Das Bild der Mutter ist in diesem Bereich, oder der Einschlag einer Granate. Es ist die Ebene der Empfindung des Wunders. Diese Erinnerungen können nur durch heftige Erlebnisse in ihrer Farbe und Bedeutung modifiziert werden. Auch für die Person weniger fundamentale Fixierungen können kaum verändert werden: Auch nach stundenlangen Bemühungen, den anderen zu überzeugen, geht jeder mit seinem eigenen Gott wieder nachhause.

In diesem tiefen Bereich kam das Bild Silkes an, und die Festigkeit des Bildes war bei Severin besonders groß, weil er doch in seinem Leben noch so wenig Vielfältigkeit gehabt hatte.

Erst langsam, in der Nacht, und auf nächtlichen Gängen, löste sich Silkes Bild in mehrere Schichten auf. Was das Auge sah, das Medaillon mit Silke im Licht, war die erste Schicht.

Dieses Bild brachte Severin in Betroffenheit. Erst langsam entwickelte sich daraus das Bild des Weiblichen, vorzugsweise des Mädchenhaften, und dieses Bild ging einher mit einer imperativen Anziehung. Es kam ihm selbst, Severin, der Mythos des Aristophanes, den er wohl gelesen hatte, in den Sinn: Die Vorstellung eines kugelförmigen Zwitterwesens, das in Mann und Frau zerrissen worden war. Diese Teile strebten mit essentieller Gewalt zueinander. So zwingend spürte sich Severin in Silkes Nähe getrieben. Es war der Wunsch, nahe zu sein. Wie die Hoffnung, einem wundersamen Vogel nahe zu sein, ihn betrachten zu können.

Für Severin war es nicht leicht, in Silkes Nähe zu kommen. Zwar sah er sie auf den Gängen der Universität und auch in Hörsälen, aber diese Begegnungen vergingen in der Formlosigkeit des Betriebes. Ihr in den Weg zu treten und sie ohne weitere Vorbereitung anzusprechen, etwa um einen Spaziergang oder ein Essen vorzuschlagen, das konnte Severin nicht, das lag nicht in den Möglichkeiten seiner Art. Das hätte er auch als einen zu profanen Schritt empfunden.

Ihre Wege kreuzten sich allerdings so oft, dass es auch für Severin eine Gelegenheit gab, persönliche Worte zu formulieren. Sie trafen im Supermarkt aufeinander. Es hatte an der Kassa Aufenthalt gegeben, und so stand Silke mit einem Einkaufswagen am Förderband und Severin hinter ihr. Severin brachte sich dazu, über Professoren und Themen der Vorlesungen zu sprechen. Dazu gab Silke jeweils Antworten. Mit jedem Wort von ihr und von ihm nahm Severins Spannung und Ratlosigkeit ab.

So wagte Severin den Sprung zu Dingen, die ihn ganz eigentlich interessierten: „Meinst du“, sagte er, „dass es wirklich gut ist, für immer mehr Menschen auf der Welt Platz zu schaffen, sodass jeder sich mehr und mehr einschränken muss? Jemand sagte, die Wohnungen müssten kleiner werden, damit mehr Menschen in den Städten Platz haben. Wo soll das enden?"

Für Severin bedeutete dieser Übergang von Alltäglichkeiten zu einem für ihn ernsten Thema einen Einstieg in Intimität. Wenn Severin ohne geschmeidige Einleitung, in seiner gedanklich groben Art, in ernste Gedanken sprang, erntete er meist ironische Bemerkungen: Er sei Pessimist oder Weltverbesserer. Silke hatte den Einkaufswagen an der Hand. Sie stand rückwärts gewendet, zu Severin, am Förderband. Sie trug ein grobes, blassblaues Hemd, ihr helles Haar schimmerte im Leuchtstoffröhrenlicht. „Was schlägst du vor, Severin?", fragte sie. Das Gespräch ging nicht weiter, denn die Kassa funktionierte wieder und das Band lief an.

Aber damit war für Severin die Brücke geschlagen. Sie liefen auf waldigen Strecken und ein Ufer entlang. In den Ruhepausen sprudelten die Worte aus Severin heraus. Seine Gedanken hatte er noch nie jemandem mitgeteilt, jedenfalls nicht so frei und unbekümmert. Sie waren zu ernst, zu zart und vorläufig. Silke hörte zu. Sie sagte einiges. Sie provozierte auch, und stellte Fragen, die seine Gedankengebäude bis zur Lächerlichkeit zerlegen konnten. Für Severin war das gleichsam das eigene Ich, mit dem er sprach. Sie war ein Zuhause mit Echo.

Der stillere Teil war nun eher Silke. Sie ließ sich an der Hand nehmen. Und die durch die Hände verbundenen Arme schwenkten in leichter Fröhlichkeit. Von sich selbst berichtete Silke kaum. Severin bemerkte das nicht. Er war voll von einer ungekannten Wärme und einer Lebendigkeit und Gegenwärtigkeit, wie er sie noch nicht gehabt hatte. Die Lebendigkeit lebte nicht nur in den Gesprächen, sie wirkte in allen Bereichen des Tages. Träumerisch und bedächtig war seine Vergangenheit, jetzt herrschte Freude und Unternehmungslust.

Für Severin kam die glücklichste Zeit seines Lebens, eine kurze, die einzige, in der er sich ausgewogen, in seinem eigenen Zentrum, fühlte.

An einem Samstag sagte Silke, sie müsse verreisen, zu ihrem Bruder. Severin wollte sie zum Bahnhof begleiten, sie sagte aber, nein, sie müsse noch das eine und andere erledigen, auch in der Nähe des Bahnhofs, und da sei die Begleitung nicht gemütlich. Am Tag darauf, am Sonntag, war Severin allein. Er fühlte sich wie zur Ader gelassen. Er sah Silke vor sich und liebte sie, und er liebte ihre schlanken Finger. Die Leere des Aderlasses füllte sich mit Silkes Lebendigkeit.

Später als üblich ging er ans Ufer um zu laufen. Er tat zunächst so, als liefe Silke neben ihm. Auf die Bäume schaute er und auf das Wasser. Er sah, wie das Gras am Ufer, teils mit vergilbten Halmen, von einem leichten Wind bewegt wurde; so als striche ein aus Luft bestehender Besen darüber hin und versuche, es ins Wasser zu kehren. Er sah auch das Wasser, das in einer unendlichen Vielzahl von Mustern gegliedert und gekräuselt wurde.

Die rechte Lust zu laufen hatte er nicht. Mit Silke zu laufen, das war ein Fest für die Gliedmaßen und für das Ich, ein Spiel mit Freude und ohne Gedanken. So hetzen Hunde spielerisch hintereinander her, und ihre Freude ist dem Menschen sichtbar. Severin erlahmte und lächelte über sich, denn er wusste, dass er sich schwach werden ließ, weil Silke fehlte. Den Weg ging er noch eine Weile weiter, um doch allerlei Gedanken nachzugehen. Bis er auch dies aufgab und umkehrte.

Es war Sonntag. Das Kalenderblatt war leer. Severin wählte einen Umweg, denn er wollte wenigstens die Tür des Hauses sehen, in dem Silke wohnte. Er machte sich intellektuelle Vorwürfe wegen dieser Sentimentalität, denn was sollte der bloße Anblick der Tür enthalten, von Silke enthalten? Er musste auch ohne äußere Hilfe Silke vor sich stellen können. Und doch ging er diesen Weg.

Er ging, wieder seinen Gedanken folgend, die Straße entlang und blickte erst auf, als er schon nahe war. Im Bild lag vor ihm ein sauberer aber feuchtgrauer Gehsteig. Links liefen, zwei Häuser weit, die Linien der Fassaden mit ergrauter Scheinarchitektur perspektivisch auf den Ort des Haustors zu. Dort stand Silke mit einem jungen Mann, den sie verabschiedete. Mit Küssen auf die Wangen.

Severin drehte sich um und bog in die nächste Nebenstraße.

Irgendwie kam er in sein Zimmer. Er stürzte auf sein Bett und schlief ohne Traum. Schließlich schossen Romane, Berichte und Dramen ein, die über das Verlassen berichteten. Aber all das konnte er nicht glauben und musste es doch glauben. In diesem Hin und Her kippender Gedanken vergingen der Rest des Tages und die Nacht. Das war Severins Bürde, als sein Körper noch seine jungen Kräfte hatte: Mitten in der Ruhe seiner Gedanken konnte eine Kleinigkeit blitzartig zu Jähzorn führen. Dann hatte er Scheuklappen, dann sah er nur noch das Böse. Am Morgen kam deshalb die

Frage: Soll er alle Brücken abbrechen und irgendeine andere Stadt suchen? Jetzt sofort, in dieser Stunde? Die Augen Silkes tauchten vor ihm auf. Sie schauten eindringlich und hell und ernst wie am ersten Tag. Aber sie verwandelten sich, sie schauten stechend, verachtend. Es entwickelte sich Wut. Er wollte Silke weh tun. Sie zur Rede stellen und vernichten.

Obwohl er zu früh dran war, ging er am Montag Morgen hektisch zur Universität. Er wartete auf Silke. Sie kam flott und fröhlich, Severin sah sie schon von weitem, sie schien immer heller als ihre Umgebung. Severin stand wie ein Klotz in ihrem Weg. Eine solche Stärke hätte er vor seiner Zeit mit Silke nicht gehabt.

Sie kam mit ihrem fröhlichen Begrüßungsgesicht, dann sah sie Severins Pose und blieb auf Abstand stehen. Noch fühlte sich Severin standfest, und dazu berechtigt.

„Du hast gesagt, du fährst zu deinem Bruder!", sagte er barsch. Und er wunderte sich über den harten Ton seiner Stimme.

Silke erschrak. Sie setzte zu einem Wort an, sagte aber nichts.

„Wer war der Mann? Du hast dich so nett von ihm verabschiedet!" Wiederum war Severins Ton hart.

Silkes Augen wurden weit. Ihr Kopf machte eine kleine verneinende Bewegung, eine kleine Bewegung: hin, her; hin, her. Dann ging sie.

Viele Ärzte bemühten sich um Severin. Aber er wurde nicht wiederhergestellt. Zunächst lag er nur in seinem Zimmer. Niemandem fiel das auf. Er trank nur Wasser und schlief stückweise. Einmal wurde ihm heiß, er spürte sich im Korridor Silke gegenüberstehen, und schauderte bei dem barschen Ton, mit dem er seine Silke konfrontiert hatte; einmal wurde ihm kalt, nasskalt, wenn er Silke mit dem anderen Mann vor dem Haustor sah. Er spürte Gehässigkeit.

Auf Anrufe reagierte er nicht und Post öffnete er nicht. Seine Familie fand ihn und versuchte, ihn zu trösten und redete stundenlang auf ihn ein, ratlos. Die Ärzte bemühten ihr Instrumentarium von Fragen und Suggestionen. Sie mussten feststellen, dass die Verzweiflung zu tief in seiner Konstitution verankert war. So gab es schließlich Pillen und Injektionen.

Severins Kopf- und Nackenhaltung entwickelte sich damals zu der geduckt-aufrechten Haltung, die er auch jetzt, hinter der Empfangstheke, hatte. Zwischen den Schultern krümmten sich die Wirbel nach vorn, dann aber knickte der Hals nach oben, um den jetzt kahlen Schädel zu tragen. Die Zustände des Schreckens milderten sich im Lauf der Jahre. Und da er schließlich lernte und akzeptierte, dass einige Zahnräder in seiner Psyche nur holprig funktionierten, bekam er Freundlichkeit. Doch auch wenn man ihn nur aus dem Augenwinkel sah: Er blieb seltsam, verstörend, beunruhigend.

18

Gumbrigg musste zum Flughafen fahren, um einen Geschäftsfreund abzuholen, einen Geschäftsfreund und dessen Frau. Der Gast war einer von Gumbriggs wichtigsten ausländischen Vertretern. Die Verbindung bestand schon seit Beginn von Gumbriggs Firma. Es hatte in den geschäftlichen Abläufen nie wesentliche Holprigkeiten gegeben. Viele Anregungen und Vorschläge für Variationen der Very-Sticks waren von dort gekommen. Und aus der geschäftlichen Beziehung hatte sich bald Freundschaft entwickelt.

Die Konstruktion solcher Beziehungen, die Konventionen des Besuchens und Begrüßens, erforderten von Gumbrigg, dass er zum Flughafen fuhr und diese Gäste abholte, mit Freude abholte, sich Stunden mit ihnen beschäftigte, sie einlud. Wie ist das zu vereinbaren mit dem Zustand seiner kleinen Firma. Sie steht auf der Kippe, und der Grund lässt sich nicht fassen. Diese verschmorten Stellen: Irgendein exrem unwahrscheinlicher, seltsamer Zufall? Oder doch eine böse Absicht? Kurt sagt das.

Gumbrigg fuhr Richtung Flughafen. Er kam aus den städtischen Gassen und Alleen heraus in neu erschlossenes Gelände, in dem große Straßenzüge und Straßen-Eingliederungen dominierten, und großflächige Parkplätze, die den Menschenzustrom und den Menschenabfluss aus glasgegliederten Kolossbauten bedienten. Niedrige Industriegebäude folgten auf freierem Gelände. Dort gab es neben den flachen Dächern auch hochragende Stahlgerüst-Türme und Rohrleitungen, die auf Stelzen mit Krümmern und Bögen einen Weg durch das Gelände verfolgten.

Der Flughafen hatte ähnlichen Charakter. Er führte in seiner Komplexität alle Arten von Verkehr zusammen. Der Gedanke des Rades war in tausendfältiger Weise materialisiert. Wagen fuhren vor und entließen Fußgänger, die lange Korridore zu wandern hatten. Die Kofferkulis, die sie zogen, hatten Räder, die Koffer, die sie schoben, hatten schwenkbare Räder, Spezialfahrzeuge des internen Verkehrs glitten auf beinahe lautlosen Rädern an den Fußgängern vorbei. Rolltreppen und Rollsteige glitten auf verborgenen Rädern. Das Rad, wird gesagt, ist 5000 Jahre alt.

Gumbrigg stand an der Balustrade, an der Barriere, die die Ankommenden von den Empfangenden trennt. Die Begrüßung war freundlich und herzlich. Geschäftlich gab es wenig zu verhandeln, denn der Besuch war im Wesentlichen touristisch gedacht. Ein Gang durch Gumbriggs Firma gehörte allerdings dazu.

Gumbrigg ging durch die automatische Glastür voraus in seine Firma. Er freute sich auf diese Führung, und er empfand Stolz. Zugleich aber versuchte er, den Stolz zu unterdrücken, schon gar nach außen. Auch sich selbst gegenüber versuchte er, diesen Stolz lächerlich zu machen, denn ohne die Hilfe seines Freundes Brioni – das rief er sich immer wieder als Mahnung ins Bewusstsein – hätte er weder anfangen noch weiter aufbauen können. Aber der Stolz ist eigenartig zäh und drängt sich auf. Auch nach einem Lottogewinn entsteht das Gehabe eines stolzen Menschen, wie unsinnig das auch sein mag.

Gumbriggs Gäste kamen aus Frankreich. Er führte sie an der grauen, geschwungenen Theke der Rezeption vorbei. Dort saß Fenne. Gumbrigg stellte sie vor und erinnerte: das sei die junge Dame, an die oft Telefongespräche zurückfielen. Sie war es, die Bitten um Rückruf und andere Mitteilungen notierte.

Fenne kam hinter der Theke hervor und übernahm Reisetaschen, die beim Rundgang durch die Firma hinderlich gewesen wären. Überraschend hoch gewachsen war Fenne. Das Gepäck übernahm sie wie eine selbstverständliche Kleinigkeit.

Gumbrigg führte zunächst in sein großes Büro. Dort war man allerdings nicht allein, an den Tischen der Administration wurde gearbeitet. Der blassfarbene Besprechungstisch diente auch für Gäste. Bei Kaffee und kleinen Süßen Sachen wurde über die VerySticks und ihre Liebhaber geplaudert. Der Geschäftsfreund drängte Gumbrigg, wie schon mehrmals zuvor, seine Produktpalette auf den medizinischen Bereich auszudehnen. Der werde immer wichtiger und biete ein weites Feld für neue Ideen. Gumbrigg antwortete positiv, aber doch ausweichend. Seinen Gästen zeigte er eine Fassade fröhlichen Aufbaus. Das war Anstrengung genug! Ein Vorschlag neuer Produkte schien Gumbrigg Spott und Hohn. Aber natürlich wollten seine Gäste nur Positives sagen. Er spürte sein lächelndes Gesicht und spürte gleichzeitig, wie ungültig dieses Lächeln war.

Aber er erneuerte das freundschaftliche Lächeln, zog die Augenbrauen hoch und sagte: „Jetzt zeige ich Euch etwas, das noch kein Besucher gesehen hat“. Er führte in die Räume der Produktentwicklung. Für die Freunde war der erste Eindruck eine verwirrende Helligkeit von weißen Tischen mit Messgeräten, blinkenden Lichtern und bizarren Aufbauten. Gumbrigg führte in einen abgegrenzten Bereich. Dort stand ein Stuhl, der Sitz vergleichbar dem eines Rollstuhls. Der Sitz ruhte aber nicht auf Rädern sondern auf einem vielgliedrigen Gestänge. „Eine Spinne!“, rief die Frau des Geschäftsfreundes.

Gumbrigg ließ eine Weile vergehen. Ingenieure näherten sich, neugierig, wie die Besucher auf ihre ‚Spinne' reagieren würden. „Ein Spinnenstuhl", sagte Gumbrigg. „Einen guten Namen müssen wir noch finden." Gumbrigg wandte sich zu einem der Ingenieure und winkte ihn zu den Besuchern. Der hagere, hochgewachsene, etwas schüchterne junge Mann blühte während seiner Erläuterungen zu Begeisterung auf. Ein Rollstuhl sei wegen seiner Räder an ebene Flächen gebunden, der Spinnenstuhl aber könne mit seinen acht Beinen mühelos Stiegen steigen, und sogar über Stock und Stein könne er ruhig, gleitend sozusagen, führen.

Die Gäste lächelten mit einem anerkennenden Staunen, etwas ungläubig. Gumbrigg führte weiter in die Räume der Produktion, wo Kurt übernahm. Der Geschäftsfreund wandte sich an Gumbrigg und sagte: „Ich bewundere Ihre Firma! Was in so wenigen Jahren entstanden ist!" Die kleine Gruppe ging auch an den Tischen vorbei, wo die leidigen kleinen Federn geprüft wurden. Gesprochen wurde nicht. Vielleicht beachteten die Besucher die Emsigkeit.

Und wieder saß am Morgen, ganz früh, noch bevor in der Montagehalle der Takt der Arbeit einsetzte, vor Gumbrigg sein Adlatus Kurt. Der Besuch am Vortag hatte eine Kulisse von Lob und Bewunderung aufgebaut. Aber jetzt saß Kurt da, zwar mit einem verunsicherten Lächeln, aber doch mit Bestimmtheit: „Sie sprechen nicht gern über die Feder, aber: Wir müssen herausfinden, wie diese Bruchstelle entstanden ist." „Die Ingenieure sollen damit zu ihren Kollegen an der Uni gehen. Lassen Sie die Feder gründlich untersuchen!"

Es war Gumbrigg deutlich, dass er zu diesem Vorschlag Ja sagen musste. Aber die Feder kam aus der Fabrik seines Gönners und Freundes Brioni. Er hatte das Gefühl, einen Verrat zu begehen.

Gumbrigg wusste nicht, warum er an Pelikan denken musste. Doch! Er wusste es. Das war ein Fleck in seiner Erinnerung. Solch ein Fleck war auch geblieben, nachdem er Carducci überrumpelt und mit einem Scheck nachhause geflogen war.

Pelikan gegenüber hatte er sich schlecht benommen. Das lag einige Jahre zurück, aber es blieb widerlich, nicht auslöschbar.

Der Anlass war ein Fest gewesen. Vater Brioni hatte letztendlich die Geschäfte der BrioMet seinem Sohn Alfons übergeben.

BrioMet lag in einem breiten Tal ebener Wiesen, von dem zu beiden Seiten bewaldete Rücken steil anstiegen. Die Gebäude waren deutlich in verschiedenen Zeiten entstanden. Die ältesten schmiegten sich an den Wald. Dort stand auch das herrschaftliche Haus des Gründers. Auf der anderen Seite des Tals zog der Fluss, und dort reihten sich einige Dutzend Häuser um eine Kirche. Talab gab es neues Gewerbe.

Alfons Brioni hatte Hanna und Gerd Gumbrigg schon für den Tag vor dem Feste eingeladen. Es war Sommer, und sie gingen am Abend nur ein kurzes Stück das Tal entlang und zwei Windungen eines Waldwegs hinauf zu einem Restaurant. Ein Gasthaus eigentlich, ein umgebauter und etwas erweiterter Bauernhof. Vor der Westseite des Hauses stand ein langer grober Tisch. Dort setzten sie sich, Carmen und Hanna mit dem Rücken zum rustikalen Gemäuer des Gebäudes, Brioni und Gumbrigg gegenüber. Alfons Brioni war, über den Tisch hin, Hannas Partner, Gumbriggs Gegenüber war Carmen. Gekreuzte Beziehungen, denn Gumbrigg stand damals schon Hanna sehr nahe, und Brioni war immer mit Carmen zu sehen.

Und das Licht des Horizonts, hinter Gumbrigg, schien Carmen direkt in die Augen. Carmen ließ diese Augen auf Gumbrigg gerichtet. Ohne irgendeine Bewegung der Augenlider, ohne irgend eine Bewegung. Gumbrigg konnte nicht aus, ein seitwärts-Blicken hätte den Charakter von Flucht oder auch von Geringschätzung gehabt. Im Augenwinkel sah er Hanna, die mit Brioni sprach, mit ihrem treuherzigen Blick. Vielleicht sah er sie auch nicht im Augenwinkel, nur in seiner Vorstellung. Carmens Augen waren vom Abendlicht hart ausgeleuchtet. Die kurzen Haare standen in Fransen um den Kopf. Eine Komposition, denn ein geflochtener Zopf glänzte hell über der Stirn. Die Iris von Carmens Augen schien ausgebleicht, wie nichtssagend, zugleich aber kryptisch. Gumbrigg wusste, dass Carmen gerne Spiele trieb. Als eine handfeste Kellnerin kam, konnte er atmen, wie nach dem Öffnen von Handschellen. Alle schauten sie dann auf den Abendhimmel, obwohl oft gesehen, immer wieder neu, und auf das beinahe scharfe letzte Licht über der vielfach gebrochenen Grenze zum schon Dunklen, zu den gestaffelten Schatten der Entfernungen.

Franz Pelikan kam erst am nächsten Tag, am Tag der Feierlichkeiten. Pelikan hatte einen schmalen, intelligenten Kopf. Seine Haare waren dunkel und kurz geschnitten. Der Schnurrbart hatte rötliche Töne. Mit gesenktem Kopf schaute er von Zeit zu Zeit wie abtastend um sich, oft seitlich.

Pelikan kam allein, und so blieb er neben den Paaren Gumbrigg mit Hanna und Brioni mit Carmen ein Außenseiter. Bei aller Freundschaft, wegen der Gemeinsamkeiten der frühen Jahre, hatten die zwei Paare doch für Franz Pelikan nur hin und wieder eine nette Bemerkung, nur hin und wieder ein kaum verbindliches Wort.

Das Fest lief ab, wie eben Firmenfeiern gestaltet sind: in der Kantine, mit Tribüne und Rednerpult. Es sprach der alte Brioni, er sprach von alten Zeiten und alten Schwierigkeiten, er rief seinen Sohn Alfons ans Rednerpult, sagte, dass er die nötige Ausbildung, die richtige Einstellung, und jetzt bereits Erfahrung habe, und bat um Vertrauensvorschuss für ihn. Das Fest dauerte bis spät, mit reichlich Bewirtung, Musik und auch Tanz.

Am nächsten Morgen fragte Gumbrigg an der Rezeption des Hotels nach seiner Rechnung. Die Rechnung sei bereits bezahlt, wurde ihm gesagt. Auch Franz Pelikan kam an die Theke der Rezeption. Im Weggehen sah Gumbrigg, wie Pelikan sehr wohl zahlen musste. Einen Augenblick hielt Gumbrigg seine Schritte an. Dann ging er mit seinem Gepäck weiter, durch die Drehtür und zum Parkplatz.

Gumbrigg wusste auch nach vielen Jahren noch nicht, warum er nicht kehrt gemacht und mit Pelikan gesprochen hatte. Er hätte sagen können, dass das sicher ein Versehen war, er hätte eine Beteiligung anbieten können, weil er doch, zusammen mit Hanna, zwei Tage eingeladen worden war. Nein, Gumbrigg war zum Hotel hinaus gegangen und hatte Pelikan zahlen lassen.

Einer der Flecken in Gumbriggs Erinnerung, die nicht zu löschen waren, eine Unterlassung, die nicht wieder gut zu machen war. Ein Fleck, der immer im Hintergrund auftauchte, wenn Gumbrigg in Pelikans Nähe kam.

19

Dass Gumbrigg ihm in diesem kurzen Vorstellungsgespräch einen Arbeitsplatz gegeben hatte, war für Sattler zunächst unbegreiflich. Aber aus dem gleichbleibenden Rhythmus seiner Tätigkeit entwickelte sich ein Gefühl von Normalität. Das war für Sattler unglaublich. Es konnte also auf dieser Welt für ihn noch Gutes geben. Und er bekam Bezahlung. Nicht viel, nur für die Nächte, aber das reichte doch für einen Türspalt voll Licht und Freiheit. Und in den Nächten hatte er auch Freiheit für seine Gedanken. Die kreisten immer um den Ursprung der menschlichen Gefühle, der Wünsche und Reaktionen, der Neugierde.

Freilich musste Severin Sattler auch die Banalitäten eines Tageslaufs durchleben: Frühstück, Mittagessen, Abendessen, Einkaufen. Für ihn alles verschoben. Er schlief, nach seiner Nachtwache, bis elf. Frühstück und Mittagstisch fielen in eins. Am Abend kochte er etwas für sich, nicht ungern. Allein der Geruch über dem Herd konnte ihm ein positives Lebensgefühl bringen. Manchmal dachte er auch an Abwechslung, sozusagen einen Sprung über die als selbstverständlich angesehene Einsamkeit. Manchmal ging er in ein Restaurant, ein kleines, eine Bude eher.

So ging Severin zum einzigen an diesem Abend nicht besetzten Tisch, nahm Platz und wartete auf das Abendmenü des Tages. Es war speziell für Schicht-Arbeitende konzipiert.

Eine junge Frau kam durch den Windfang, der, von zwei dunklen Vorhangtüchern gehalten, durch eine rundgeführte Vorhangstange, gebildet war. Die junge Frau, der Erscheinung nach konnte man sagen, ein erwachsenes Mädchen, sah sich bei ihrem Eintreten um, sah, dass alle Tische besetzt waren, und sah, dass an Sattlers Tisch ein Stuhl frei war. Severin erkannte sofort deutlich, dies sei jemand, der nüchtern und zweckmäßig dachte. So überraschte es ihn auch nicht, dass sie ohne Zögern zu ihm trat und fragte, ob es gestattet sei. Sattler machte eine einladende Geste. Da er nun, aus seiner Einsamkeit sozusagen aufgerufen, sich als Gastgeber fühlen konnte, spürte er eine neue Beweglichkeit in seinem Körper. Das ließ ihn über sich lächeln. Das Mädchen, oder die junge Frau, nahm ihre graublaue, gestrickte Haube ab, wand sich den graublauen, gestrickten Schal vom Hals und hängte ihren schwarzen Anorak an einen Haken.

„Sie entschuldigen", sagte sie, „ich will nicht aufdringlich sein!" Severin machte eine beschwichtigende Geste. Dabei hielt er die rechte Hand waagrecht und wiegte sie auf und nieder. „Ich bin Cäcilie", gab die junge Frau bekannt. „Severin Sattler", sagte er. „Dieses Lokal ist nicht ‚heimelig'", sagte sie, „aber preiswert und immer offen. Deshalb praktisch. Das brauche ich. Gestern hatten wir im Club so einen unsinnigen Streit. Verzeihen Sie, das ist für Sie uninteressant!" „Nein, nein!", sagte Severin – wie hätte er anders antworten können? Cäcilie sagte: „Wir spielen Billard. Und wirklich gut – na ja, nicht Weltklasse. Aber so ein Verein! Da versteht man die große Politik, wenn schon ein Verein nicht vernünftig funktionieren kann!"

Das Mädchen sprach ohne Unterlass; nein, doch nicht Mädchen, ihre Stirn hatte ein Netzwerk kleiner Fältchen. Übrigens war die Stirn blass. Severin musste nicht viel sagen, er hätte auch nicht gewusst, was hier zu sagen war. Er hörte zu und er hörte von Spinden, die widerlich schmutzig waren und von Fehlern in der Vereinsbuchhaltung und Streit um die neuen Klauseln der Spielregeln. Zwischen ihren Sätzen voll Ärger und Bedauern schaute sie zu Severin, und sie bekam jeweils ein Nicken. Severin lebte sich ein in die Welt dieser Frau und begann, sie in seinen Betrachtungen, die stets neben ihren Berichten herliefen, Cäcilie zu nennen.

Severin kam die Erinnerung an einen Film, den er gesehen hatte. Allein beim Gedanken daran musste er Rührung unterdrücken. Der alte flimmernde Streifen erzählte vom Leben eines Mädchens auf einem Bauernhof in der Einschicht. Als Kind hatte das Mädchen die Pflicht, die Hühner zu füttern, die Eier zu holen, den Stall zu säubern, Holz für den Herd zu holen, später auch Feuer zu machen, Kühe zu melken, Butter zu machen, die Betten zu machen, Wäsche zu waschen; dann zu heiraten, Kinder zu kriegen und Wäsche zu waschen, zu kochen, für kranke Tiere zu sorgen; dann sich um Enkel zu kümmern, die Betten zu machen, zu flicken, zu nähen, den Osterputz zu machen.

Und diese nicht unterbrochene Kette von Arbeiten brachte Severin in seiner Erinnerung an den Film immer wieder zum Heulen: Diese Frau, die nie in ihrem Leben eine Minute ohne Handgriff gekannt hatte, war immer freundlich gewesen.

In solch einer Einschicht, in solch einer Einöde schien Cäcilie zu leben, obwohl in der großen Stadt, obwohl gemildert durch das ehrgeizige Zielen auf Kugeln über grünem Tuch. Ihr Tag war eine Abwicklung von Tätigkeiten, auch in ihrem Brotberuf, im Meldeamt: Ordnen. Das Leben bestand aus Ordnen. Und sie dankte fürs Zuhören.

Nachdem Cäcilie weggegangen war, saß Severin noch eine Weile allein am Wirtshaustisch. Er brauchte Zeit, um sich nach diesem Sprudeln von Worten wieder zu beruhigen. Die junge Frau hatte ihre Ärgerlichkeiten ausgeschüttet. Severin erinnerte sich an ihre graublaue, gestrickte Haube und den graublauen, gestrickten Schal, auch an die beinahe weiße Stirne. Frisur und Haare fehlten in der Erinnerung. Diese Cäcilie war so unkompliziert, die Abläufe ihrer Tage und auch die Wege ihrer Gedanken so eindeutig! Sie hatte sich einem Mann gegenüber gesetzt, der zugänglich schien, und so sagte sie alles, was ihr über die Tage ihrer Woche in den Sinn kam. Sie schien, was der Mensch für das praktische Leben braucht, in guter Weise mitbekommen zu haben. Sie lebte in einem für sie übersichtlichen Kreis, der festen Stellung in der Administration, und im Billard-Club. Dort spielte sie. Und außerdem gab sie dem Club ihren Einsatz, ihre Sorge.

Dieses einfache Leben übte auf Severin große Anziehungskraft aus. Die menschlichen Fakultäten schienen alle beteiligt: die Arbeit, die Sorge, das Spiel, der Ärger. Vielleicht auch Liebe; Cäcilie hatte sie nicht erwähnt. Severins eigene Welt schien ihm aufgepfropft, schulisch, wie Spalierobst in Ranken und Verrenkungen gezüchtet. Dadurch allerdings konnte er heulen bei schönen Versen und Sehnsucht haben nach dem Verständnis des Unendlichen. Oder? Verhielt es sich anders? Er könnte nochmals in dieses Wirtshaus gehen, vielleicht müsste er mehrmals gehen, bis Cäcilie wieder erschiene. Er könnte ihr vorlesen. Den Tod des Cornets. Würde sie die Sprache befremden? Oder würden ihre Augen, diese sachlich schauenden Augen, aufleuchten? Vielleicht. Das ist möglich.

Nicht so, wie mit Silke. Das hätte Severin nicht zulassen sollen! An Silke zu denken! Er zitterte, es zog ihn zusammen, er legte seinen Schädel auf die kalte, schmierige Tischplatte. Aber nach den Jahren ging solch ein Anfall doch wieder mit Hilfe einiger bereits geübter Atemzüge vorbei. Mit Silke hätte er über die Unendlichkeit, über Anfang und Ende und über die Schönheit des Vogelfluges gesprochen, und sie hätten sich, gemeinsam, in hohe und heiße Gefühle erhoben.

Aber Sattler nahm sich zurück. Er sollte so nicht über Cäcilie denken.

Wenn er alleine war, fiel er doch unweigerlich in diese Sehnsucht, diese Sucht, sich uralte Zeiten vorzustellen. Woher kommt es, dass die Zahl Eins so eine besondere Faszination hat? Es wurde gesagt, die Zahl Eins sei der Vorfahre aller anderen Zahlen. Das Eine wurde von ganz alten Denkern als das einzig Wahre gefühlt. Es ist ewig und unendlich. Das Viele setzt das Eine voraus, das Viele ist vergänglich. Woher kommt es, dass diese Denkweise uns vielleicht sehr alt vorkommt, uns aber nicht befremdet? Wir suchen immer nach dem Prinzip, nach dem sogenannten Obersten, dem Idealen. Es muss in den Denkstrukturen niedergelegt sein.

Die Kugel ist als Bild des Einen gesehen worden. Die Kugel ist das einfachste geometrische Element. Sie hat, könnte man sagen, keine Eigenschaften. Die Astrologen sahen vor vielen tausend Jahren, wie sich die Himmelskugel um die Erde dreht. Der Himmel muss ein Ideal sein, muss ewig sein, muss mit dem Einen identisch sein. Dass aber die Sonne nicht auf dem Himmelsäquator wandert, sondern auf dem Weg durch die Sternzeichen einmal hoch über dem Himmelsäquator, einmal tief darunter, das war ein Bruch des Einen, das war ein Bruch der Einfachheit, die wir als magisch und heilig empfinden, das musste die Folge eines schrecklichen Ereignisses sein, eines Sündenfalls. Erzählt wird auch, Prometheus – oder sein Jahrtausende älterer, himmlischer Vorfahre – sei beim Drehen des himmlischen Feuerquirls, der Weltachse, ausgerutscht, deshalb sei die Weltachse gekippt, der Tierkreis gegen den Himmelsäquator gekippt. Vielleicht kam so das Leid in die bis dahin vollkommene Welt.

20

In der Pause, um 9 Uhr 15, brach in Gumbriggs Firma große Unruhe aus. Gumbrigg hörte ungewöhnlich lebhaftes Gesprächsrauschen aus dem Pausenraum. Und Rosa kam mit hochrotem Kopf ins Büro und legte eine Morgenzeitung auf Gumbriggs Tisch. Rosa standen, unter ihrem stets etwas unordentlichen dunklen Haarschopf, Schweißperlen auf der

Stirn. Sie legte ihre Hand nochmals mit Nachdruck auf die Zeitung, um auf die Wichtigkeit und Außerordentlichkeit hinzuweisen. In der Zeitung stand, ein VeryStick habe in Spanien zu einem tödlichen Unfall geführt. Eingeknickt. Noch ehe Gumbrigg den Artikel ein zweites Mal lesen konnte, war der spanische Vertreter am Telefon. Ein Herr, stets zurückhaltend, mit einer bescheiden-korrekten Art. In diesem Gespräch aber konnte er kaum artikulieren, er war deutlich den Tränen mehr als nahe. „Das arme Mädchen! Das arme Mädchen!“ rief er immer und immer wieder ins Telefon. „Was soll ich tun!?“ In dieser Frage ging es nicht nur um die Verunglückte, sondern auch um die Existenz der spanischen Vertretung, denn die lebte ganz wesentlich von den Wanderstöcken aus Gumbriggs Fabrik.

Gumbrigg hatte in diesem Augenblick noch keine Vorstellung, was die Situation verlangte. Klar war, dass er sofort nach Spanien fliegen musste, dass er sich vor Ort stellen musste, dass er vor dem toten Mädchen stehen musste. Und vor ihren Angehörigen. Eine Geste würde diese Reise sein, ein Eingestehen einer Schuld. Alle Aussagen, dass in Zukunft so etwas nicht passieren könne, nicht passieren werde, hatten keinen Boden. Sie mussten aber gesagt werden.

Gumbrigg reiste ab. Vor dem Abflug noch rief er Alfons Brioni an: „Hast du gelesen? Ich weiß nicht, wie es weiter geht.“

In dieser Situation wäre Gumbriggs Anwesenheit in seiner Firma besonders dringend gewesen. Auch wenn er nichts Erlösendes hätte sagen und auch keine souveränen Direktiven hätte geben können. Als bloße Anlaufstelle hätte er schon beruhigend gewirkt. In der Fertigung verbreitete sich das Gefühl, es sei gar nicht sinnvoll, weiter zu produzieren. Die Frauen, die hundert Prozent der Federspangen kontrollierten, beschuldigten sich, jede sich selbst, dass ihr wahrscheinlich eine fehlerhafte Spange bei der Kontrolle entgangen sei, die jetzt in Spanien den Unfall verursacht hat. Die Vorarbeiterin hatte große Schwierigkeiten, eine gewisse Disziplin aufrecht zu halten. Aber sie war eine nüchterne Frau, durch die Art ihrer Position immer zu sofortigem Handeln gezwungen. Sie rief Kurt und Rosa zu einem Gespräch an den Konferenztisch. Eigenartig hohl klang das große Büro. Der Platz des Chefs war leer.

Kurt kannte das Produkt in allen seinen Einzelheiten und er kannte alle Maschinen und Prozeduren in der Fertigung. Rosa, trotz ihrer körperlichen Gewichtigkeit, hatte das flinke technische Verständnis. Die Vorarbeiterin wusste nicht alles über die Technik in dem Saal, den sie regieren musste, aber sie wusste, was die Menschen brauchten, für die sie da war.

Zu dritt saßen sie am Konferenztisch, und die Vorarbeiterin hatte das Wort, ohne es sich genommen zu haben: Wir arbeiten normal weiter, bis wir mehr wissen. Keine Verkürzung der Arbeitszeit, keine Urlaube, es sei denn, sie seien bereits geplant.

Gumbrigg wurde von seinem spanischen Vertreter empfangen. Der war jetzt einsilbig. „Wir fahren zur Familie“, sagte er. Gumbrigg nickte. Gumbrigg versuchte, sich vorzustellen: In einer halben Stunde, einer Stunde, wird er vor den Eltern der verunglückten jungen Frau stehen. Für diesen Todesfall war er verantwortlich; sein Produkt, einer von seinen

VerySticks. Es entstand aber kein Bild von diesem bevorstehenden Moment: Er – und ihm gegenüber die Eltern. Er sah nur heiße Straßen im Sonnenlicht und vorüberziehende Gebäude.

Schließlich kam doch die Gegenüberstellung. Die Eltern grüßten stumm und ohne laute Anklage. Höflich. Dass der großgewachsene Mann aus einem weit entfernten Land gekommen war, wirkte – nicht tatsächlich, aber doch an der Oberfläche – als Genugtuung. Gumbrigg sprach die Formeln des Beileids. Und er fragte nach dem Stock. Der war bei der Polizei.

Dort zeigte man ihm einen Stock. Er war geknickt. Geknickt, nicht ineinandergeschoben, nicht eingesackt, wie der Stock, mit dem sich Rosa bei ihrer Prüfung verletzt hatte. Und es war kein Stock aus Gumbriggs Produktion, es war kein VeryStick, der Stock trug eine andere Marke. Gumbriggs Vertreter konnte sich nur schwer beherrschen, einen Freudensprung zu machen. Er musste Gumbrigg erklären, wie es zu dieser falschen Nachricht kommen konnte: Die VerySticks waren so beliebt, dass einfach alle Wanderstöcke VeryStick genannt wurden, und wenn man doch einen anderen Stock kaufte, dann war das eben ein VeryStick Fabrikat AA oder BB. Gumbrigg legte seinem Vertreter die Hand auf die Schulter. An der Bar in Gumbriggs Hotel tranken sie noch ein paar Granizados.

Zuhause setzte sich Gumbrigg mit Hanna auf das Sofa im Wohnzimmer. Er berichtete ihr. Er sprach leise, beinahe flüsternd. Er hatte kein Verlangen mehr, laut und deutlich zu sein. Er war sehr, sehr müde. Zuerst die Hinreise im Zustand des Schreckens, dann die Erlösung, aber nur die teilweise Erlösung, denn das Mädchen war doch tot. Gumbrigg saugte die zutraulichen, liebevollen Blicke seiner Frau auf. Hanna war eine Konstante, nie zänkisch, nie aufbrausend. Gumbrigg meinte, ihr Gesicht umrahmt von dem leicht rötlichen dunklen Haar könne gar nicht anders schauen als herzlich, die hellen grünbraunen Augen, Augen eines kleinen Gesichts, wohlwollend. Und doch blieb bei Gumbrigg das Gefühl, er sei, oder zumindest ein Teil von ihm, sei allein gelassen. Denn Hanna wollte zwar ihn trösten, aber für seine Mühen in der Firma und seine Freuden und seine Schrecken dort hatte sie, so empfand er, kein Verständnis. Was aber sonst war seine Existenz?

„Ich gehe in den Keller", sagte er zu Hanna, „zu meinen lebendigen Soldaten."

„Das wird dir gut tun!" Hanna akzeptierte, dass er sie jetzt allein ließ, dass er seine Völker brauchte, um sich zu beruhigen.

Dort unten, in der vollkommenen Lautlosigkeit, konnte er durch die Scheiben der Terrarien seine Ameisen bei ihrer Unermüdlichkeit sehen. Immer wieder stand er stundenlang, ohne das Stehen zu spüren, an die Vorratskästen gelehnt und schaute. Zwischen einem Nest und einem Futterplatz hatten sie, Severin Sattler und er, eine Brücke gebaut, eine einfache Brücke, sie bestand nur aus einem nackten Zweig. Darüber wanderten die Arbeiterinnen und kamen einander entgegen. Wenn sie so aufeinander trafen, blieben sie stehen und die Antennen der einen tasteten die Antennen der anderen ab. Wie ein Hände-Geben oder wie ein Schulterklopfen sah das aus. Man sagt, sie hätten ein Vokabular von mehreren hundert Geruchsstoffen zur Verfügung, um Mitteilungen zu machen. Die wichtigste Mitteilung ist, „Ich bin vom gleichen Volk wie Du". Wenn das in Ordnung ist, dann kann jede ihren Weg fortsetzen, zu dem für sie wichtigen Ziel, zu ihrer Pflicht. Gumbrigg empfand solch eine Begegnung als sei er einer der Partner: Das Innehalten auf einem schmalen Pfad, das Prüfen des anderen, das Weitergehen wie nach einem Grüßen, das Streben nach einem Ziel, das Balancieren auf dem Zweig, all das in dem winzigen Kopf mit den schwarzen Punktaugen. Gibt es auf der Welt einen Stoff des Grüßens, von dem der Mensch etwas hat, von dem die Ameise auch etwas hat?

Die bloße Betrachtung genügte Gumbrigg an diesem Abend nicht. Zu viele Gedanken waren mit in den Keller gekommen. Er brauchte Tätigkeit. Er rief Sattler an, er solle zu den Ameisen kommen. Sattler war sowieso der Hüter des ganzen Systems, der Fütterung, der Reinigung, der Temperaturen. Es war schon spät, aber Sattlers Tagesablauf ließ ihm noch Zeit, bevor er seinen Nachtdienst antreten musste.

Gemeinsam säuberten sie die Terrarien, die Formikarien, stellten Futter bereit, korrigierten die Feuchtigkeit. Das gemeinsame Tun war wie Balsam für Gumbrigg, er hantierte eifrig, als ginge es um ein Fest. Es war für Gumbrigg nicht die Zeit, Feste zu feiern. Seine Wirklichkeit war Ungewissheit. Aber es regte sich Widerstand gegen die von seiner Situation auferlegte Besorgnis; vor den Visionen, es gebe keinen Ausweg. Die Kreatur in ihm wollte ausbrechen, wenn vielleicht auch nur hier.

„Wir lassen sie kämpfen", sagte Gumbrigg zu Severin Sattler.

Sie bauten eine Brücke aus Strohhalmen von einem Terrarium zum nächsten, von einem Volk zu einem anderen, und beobachteten. Von beiden Seiten wagten sich Arbeiterinnen auf die Strohbrücke. Auf beiden Seiten folgten weitere. Als die ersten Arbeiterinnen einander nahe kamen und die Antennen den fremden Geruch wahrnahmen, wurde die Brücke zur Arena. Der Hinterleib der Ameisen, größer als die anderen Teile des vielgliedrigen Insekts, richtete sich hoch, senkrecht, auf. Eine Drohgebärde und Kampfansage. Gefahr signalisierten auch die weit geöffneten Mandibeln, diese spitzen, auch säbelförmigen, Fress- und Greifwerkzeuge. Sehr bald kam es zu einem Gemenge von Kriegern. Eine Ameise nahm die Antennen der Gegnerin in die Zange, eine Gruppe zerrte konzertiert an einer Feindin. Boten liefen in die Nester, um Verstärkung zu holen.

Eine Ameise bekam ihre Gegnerin an der dünnen Verbindung zwischen Thorax und Abdomen, dem großen Hinterleib, zu fassen und biss durch. So begann das Töten.

Gumbrigg und Sattler, zunächst gebannt und gebückt zuschauend, richteten sich auf. Sattler schaute zu Gumbrigg. Der nickte, und Sattler entfernte die Brücke zwischen den Terrarien. Er blickte auf seine Armbanduhr und sagte, seine Zeit sei jetzt gekommen.

21

Am nächsten Morgen lag ein Zettel des Buchhalters auf Gumbriggs Tisch. Der Buchhalter bat um ein Gespräch.

Die Angestellten, die ihre Plätze so wie Gumbrigg im großen Büro hatten, kamen, grüßten und setzten sich an ihre Arbeiten. Gumbrigg, der mit der Post und der Produktionsplanung beschäftigt war, fand dieses sparsame Grüßen seltsam. Die Leute hätten ja zu ihm kommen können, ihm gratulieren können, dass nicht ein VeryStick schuld war an dem Unfall, sondern ein anderes Fabrikat. Sie hätten sich freuen können. Natürlich: Ein Mädchen war gestorben, wenn auch nicht an einem VeryStick. Aber Gumbrigg glaubte zu spüren, dass es die allgemeine Unsicherheit in der Firma war, die die Leute stumm machte, ratlos, wie sie ihm, Gumbrigg, begegnen sollten.

Kurt kam. Wenigstens Kurt hatte ein nettes Wort. Er legte sein kleines, spitzkinniges Gesicht schief und lächelte: „Erleichtert?" „Ja!" Das Ja kam beinah zu laut aus Gumbrigg, und er spürte, wie er sich, wegen Kurts Lächeln, entspannte. Kurt berichtete, er habe in der Universität nachgefragt: Die Untersuchung der Federspange sei noch nicht abgeschlossen. „Chef", sagte Kurt, „ich weiß, sie denken nicht gern an diese Möglichkeit, Chef, aber die verflixte Spange hat keinen Materialfehler und keinen Fabrikationsfehler, da ist etwas anderes geschehen."

Gumbrigg schaute auf seine Schreibunterlage. Er sprach sehr leise, aber deutlich genug für Kurt: „Wer sollte so etwas tun? Wenn einer klug genug ist, die Feder so raffiniert zu beschädigen, dann weiß er auch, was er unserer Firma antut, dann will er sie zerstören." Gumbrigg schaute einen Augenblick lang Kurt an, dann wieder irgendwohin. Ein Chef darf nicht über die Gebrechlichkeit der Firma sprechen. Er muss immer Sieger sein. „Wer sollte uns das antun wollen?"

Gumbrigg rief Brioni an und berichtete von seinem Besuch in Spanien. „Lieber Freund“, sagte Brioni, „Du solltest dich jetzt beruhigen. Es ist einmal etwas passiert. Wie viele Stöcke hast du schon produziert? Eine Million? Und der Unglücksstock ist gar nicht außer Haus gegangen! Vielleicht hat deine Rosa nur zu heftig geprüft!“

Gumbrigg fühlte sich auf die Schulter geklopft, zur Beruhigung. Ja, Alfons Brioni war sein Freund. Inzwischen aber auch Unterstützer und Gönner, in einem Maß, das peinlich wurde. Aber Brioni hatte einen jovialen Ton in der Stimme: „Kommt doch wieder einmal zu uns!“, sagte er, „Komm mit Hanna, und wir machen uns einen gemütlichen Abend!“

Gumbrigg brauchte Bewegung. Er ging zu Rosa. Sie war im Auslieferungslager und machte ihre speziellen Prüfungen. Diese Prüfungen am fertigen, verpackten Produkt, um festzustellen, ob alles, wirklich alles, richtig gelaufen war in den Stationen der Produktion, bis zum letzten Aufkleber. Jedes Mal, wenn sie einen sorgsam und ordentlich verpackten, für den Versand bereiten Karton aufriss, kostete sie das Überwindung; Aber das gehörte zum System.

Und so schaute Rosa mit einem unglücklichen, zweifelnden Blick zu Gumbrigg auf. „Der Kelch ist an uns vorbeigegangen“, sagte Gumbrigg. Sie ließ ab vom Karton, mit dem sie beschäftigt war, und fragte: „Gibt es schon ein Resultat von der Universität?“ „Noch nicht.“

Gumbrigg ging wieder, und ging hinüber in die Produktionshalle zur Vorarbeiterin. Dort hatten Nachdenklichkeit und Zweifel keinen Platz, es herrschten Arbeitstakt und Ordnung. Die Vorgaben für den Tag galt es zu erfüllen. Eine angenehme Wirklichkeit für Gumbrigg. Er ging auch zu den Prüferinnen an den Lupenleuchten und betrachtete selbst, zum sovielten Mal, eine Federspange durch das dicke, verzerrende Glas. Er drehte das Federchen zwischen Daumen und Zeigefinger und sah die Riefen, die die Stanze auf dem schmalen Stahlband hinterlassen hatte und die engen Biegungen, die die Feder nach seinem Patent haben musste. Alles war korrekt und blank und sauber.

Die gebrochene Spange lag jetzt irgendwo in einem Labor der Universität. Elektronenmikroskopische Untersuchungen wurden angestellt und mikrochemische Analysen. Es schauderte Gumbrigg beim Gedanken an mögliche Bescheide. Jetzt aber schreckte ihn das Klingelzeichen für die Pause um 9 Uhr 15 auf. Die Arbeiterinnen strömten in die Pausenräume. Er hatte zwei Pausenräume einrichten müssen, für Raucher und für Nichtraucher. Manche Frauen und Mädchen litten in der zigarettenlosen Zeit zwischen Pause und Pause. Der Raucherraum war vernebelt, man konnte kaum durchblicken. Das Rauchen war vielleicht das größte Personalproblem, denn manche Arbeiterinnen hängten beim Toilettengang noch eine Zigarettenlänge an. Die anderen verübelten ihnen diese zusätzliche Auszeit.

Gumbrigg ging zu seinem Buchhalter. Der machte ihn darauf aufmerksam, dass die Zahlungseingänge sich verzögerten. Verständlich, weil ja auch die Lieferungen verzögert waren. „Ja", sagte Gumbrigg. All die störenden und vielleicht sinnlosen Prüfungen in der Produktion besetzten sein Bewusstsein, und es stellte sich das widersinnige Gefühl ein, er müsse sich vor seinem eigenen Buchhalter rechtfertigen, denn er, Gumbrigg, war für den reibungslosen Ablauf in der Firma verantwortlich, und der Buchhalter sein Kontrolleur. „Sprechen

Sie noch einmal mit der Bank", sagte er. „Die Rechnung von BrioMet können Sie noch liegen lassen." Verzögert zahlen, nur weil Brioni ein Freund ist?

Gumbrigg saß bis spät an seinem Schreibtisch und erledigte Dinge, die erledigt werden mussten, aber nicht unbedingt an diesem Tag. Doch es tat ihm gut, lästige Dinge abzuarbeiten.

Gumbrigg fuhr gerne in seinem ruhigen Wagen abends nachhause. Er wurde dann plötzlich müde und angenehm gelockert. Hielt er schließlich in der schmalen Allee vor der alten Villa und öffnete die Gittertür, dann war das ein Signal für den Eintritt in eine andere Welt. So muss es sich anfühlen, wenn man durch einen Notausgang in einer Schallschutzwand der Autobahn tritt. Diesseits rauscht der Verkehr zischend und dröhnend. Auf der anderen Seite stehen Bäume und die Gebüsche eines Waldrands.

Die Familie war schon versammelt, als Gumbrigg eintrat. Immer wieder ließ Gumbrigg es zu solchen Verspätungen kommen, obwohl er diese Peinlichkeit nicht wollte. Er schätzte das Familienritual des gemeinsamen Abendessens. Es wurde aus Respekt vor Grand'mère, Respekt vor seiner Mutter, eingehalten. Ohne diesen feierlichen Zwang hätte etwas gefehlt. Selbst Jutta richtete sich danach. Heute war sogar Till mit Shu gekommen. Shu suchte den Blickkontakt zu Gumbrigg. Immer war sie bedacht auf Verbindlichkeit. Mit freundlichen Augen unter den schrägen Lidfalten wollte sie Gumbrigg bedeuten, dass sein Zuspätkommen selbstverständlich entschuldbar war.

Shu war die Tochter von Gumbriggs Vertreter in Hong Kong. Sie wollte in Europa Musik studieren, und Gumbrigg war ihr bei der Aufnahme ins Konservatorium behilflich gewesen.

Erstaunlicherweise hatte es Jutta übernommen, die Zeit, in der die Familie auf Gumbrigg wartete, zu überbrücken. Sie hielt ein Blatt Papier vor sich und hatte offenbar vorgelesen. Ihr dunkelblondes Haar war für diesen Abend schlicht und straff nach hinten gezogen und zu einer Rolle gesteckt. Als Gumbrigg sich gesetzt hatte, begann sie wieder zu lesen, wahrscheinlich vom Anfang:

Ich seh dich im Wind stehn.
Dein Haar weht über die Stirn,
die Locken lösen sich auf.
Du lehnst im Wind am Laternenpfahl
und wiegst dein Handy in der Hand.
Und siehst mich nicht.
Ich muss vorüber gehn.

„Toll!“, rief Till. „Und das meine raue Protestschwester!“

Jutta hatte diese Szene geplant. Sie trug einen schlichten grauen Jumper mit Norwegermuster am Kragen.

Grand‘mère sah und betrachtete dieses Kleidungsstück Juttas, und jetzt, nachdem Jutta ihre Zeilen gesprochen hatte, runzelte sich ihre Stirn, diesmal nur sehr wenig, und die Augenbrauen hoben sich nur leicht. Sie wusste, dass Jutta eine gute Schauspielerin war und dass sie Kleidung und Gedicht als Szenerie für diesen Abend geplant hatte.

„Es ist schön, Kind, dass du solch ein Gedicht geschrieben hast. Ich bin froh, wenn dir zarte Empfindungen nicht fremd sind. Aber das Wort ‚Handy' solltest du in diesem Gedicht nicht verwenden, das passt nicht."

Till: „Sag doch Griffi!"
Jutta: „Bewegli! ‚mobile phone' ist ja auch verboten."
Till: „Phonophor"
Jutta: „Das hat schon Ernst Jünger vorausgedacht!"
Till: „Zelli!"

Grand'mère sah bei diesem Abtausch unglücklich aus. Einerseits waren all diese Vorschläge unbrauchbar, unsympathisch; andererseits freute sie sich über die Lebendigkeit ihrer Enkel. Ernst aber war die Frage, ob sie selbst ein Wort finden könnte. Oder ob vielleicht ein Gedicht empfindsamer Art mit den Wörtern der heutigen Sprache gar nicht möglich sei.

Rund um den Tisch blieb es kurz still. Dann sagte Till, ganz trocken, ohne die Stimme zu heben, ganz beiläufig: „Wir werden heiraten". Shu errötete, soweit das ihrem glatten weißen Gesicht möglich war. Vater Gumbrigg schaute zu Till, der neben ihm saß, und schaute zu Shu. Ein kurzes Zögern musste er überwinden, aber er mochte Shu, ihre sparsame Gestik, die Höflichkeit, die in ihrer Natur lag, die nicht anerzogen war, bestenfalls durch die Lebensart ihrer Herkunft verstärkt.

Gumbrigg schob seinen Stuhl zurück, geräuschvoller als nötig, und stand auf. Er trat hinter die Zwei, die Brautleute sein wollten, und legte ihnen seine Hände auf die Schultern. „Liebe Leute", sagte er, „kommt in einem Monat wieder, und sagt uns das noch einmal!"

Jutta sprang mit wütenden Bewegungen auf. „Wie kannst du so selbstherrlich versuchen, einzugreifen!“, fauchte sie ihren Vater an. „Shu und Till sind erwachsene Menschen! Wenn sie sagen, sie heiraten, dann heiraten sie!“

In der Stille, die durch diesen Ausbruch entstand, wandten sich die Blicke auf den Zeigefinger der alten Dame. Grand'mères Hand ruhte mit dem Handgelenk auf der Kante des Tisches, die Hand selbst aber war aufgerichtet und führte hin und her, hin und her, eine beruhigende Geste aus. Die Geste galt auch als Hinweis, dass solch hitzige Ausfälle bei Tisch nicht vorkommen sollten.

Ihre Hand blieb schließlich in ihrer Bewegung stehen und der Zeigefinger senkte sich seitlich in eine Stellung, die Besinnlichkeit bedeutete, oder auch nur: ‚Gebt Acht‘! Dann rezitierte sie:

Durch die Liebe Menschen Göttern gleich!
Liebe macht den Himmel himmlischer ...

Jutta kommentierte leise und gleichsam zu sich selbst gesprochen, „Großmama ‚Schillert‘.“

Gumbrigg reagierte nicht auf Juttas Fehlgriff. Warum musste Jutta die Feierlichkeit, die Grand'mère mit Schillers Zeilen an den Tisch holen wollte, durch eine schnoddrige Bemerkung brechen!?

Er hätte Jutta zurechtweisen müssen. Dafür war Jutta aber schon zu erwachsen. Er hätte, der erwachsenen Jutta gegenüber, sich empören müssen. Aber bei solch einem Wortwechsel blühte Juttas Wortgewandtheit auf und das

Ende wäre eine zugeschlagene Tür gewesen. Gumbrigg bemerkte auch, dass er sich gekränkt fühlte.

Da Hanna nie anders als freundlich und herzlich sein konnte, blieb ihr auch diesmal die Überzeugung, dass mit liebevoller Zuwendung, die das Böse ignoriert, das Böse auch besiegt werden kann. „Jutta“, sagte sie, „Dein Vater wollte doch nur, dass sich Shu und Till ihre Pläne noch einmal überlegen. Schließlich geschieht genug Unheil durch schnelle Beschlüsse.“

„Das ist Sache von Shu und Till!“, sagte Jutta, etwas ruhiger.

„Solch einen Ratschlag kann auch ein Freund seinem gleichaltrigen Freund machen.“

Gumbrigg versuchte, sachlich zu werden: „Wie stellt ihr Euch das denn konkret vor? Wann wollt Ihr heiraten? Sucht Ihr schon eine Wohnung?“

„Wir werden in Hong Kong wohnen“, stellte Till fest.

Das schien selbst für seine Schwester Jutta neu zu sein. Sie schaute Till skeptisch an. Es kam selten vor, dass Juttas Gesicht kein schnell bewegtes Mienenspiel zeigte.

Hanna schaute an Gumbrigg vorbei zu ihrem Sohn. Sie versuchte, sich zu einer melodischen und verbindlichen Stimme zu bringen. Das Gesicht ihres Mannes war leer. Trotzdem sprach Hanna. Sie sagte, „Till, musst du uns so erschrecken? Willst du zwischen uns und Hongkong hin- und herfliegen?“

„Wir werden in Hongkong wohnen“, wiederholte Till.

Jutta, die sonst immer von der Partei ihres Bruders war, sagte, sie schrie beinahe: „Willst du dich bei deinem Schwiegervater einklinken?“

Shus blasse Wangen wurden rot. Aber ihre Stimme blieb ruhig, zart könnte man sagen: „Mein Vater hat Till eine Mitarbeit angeboten.“

Grand'mère meldete sich. Sie sprach mit großer Beherrschung. Nur die Finger ihrer rechten Hand arbeiteten aneinander.

„Gefällt es dir hier nicht, Shu, fühlst du dich hier zu fremd?"

Jutta sprach weiter zu Till, mit großer Schärfe: „An deinen Vater denkst du überhaupt nicht. Was überfällst du ihn so!"

Gumbrigg stand auf, drehte sich um und ging. Wahrscheinlich ins Untergeschoß.

22

Severin Sattler hatte in den Nachtstunden zu viel Zeit. Die Statistiken, die man ihm zu führen gab, über Produktionszahlen und Lagerstand, füllten nicht die langsame Zeit. Immer wieder explodierten Erinnerungsbrocken. Auch wenn viele Jahre vergangen waren, brannten die Bilder noch. Die Ölspur sah er, auf der abschüssigen Straße der Sonne entgegen. Schwarz spiegelte das Öl auf dem Asphalt. Und er war machtlos. Die Kinder hinter ihm kreischten noch vor Vergnügen in ihrem Spiel, während der Wagen schon kippte. Dann lagen da Körperteile.

Und der Tag einer Prüfung an der Universität. Er hatte sich nicht getraut, zur Prüfung zu gehen. Den Stoff hätte er schon beherrscht. Aber er traute sich nicht. Es hatte ihm das Prinzip des Trauens gefehlt. Irgendwo in der Chemie seiner Zellen fehlte etwas. Er war das Gegenteil eines Waghalsigen. Er war kleinmütig. Sein Mut war zu schwach. Jetzt, als ausgemergelter Mann in späteren Jahren, konnte er sich schon Problemen stellen, wenn sie nicht zu groß waren. Diese Art des Trauens, ein erlerntes Trauen, kam nicht als Impuls, sondern als Resultat von Überlegungen auf mehreren Wegen, in aller Nüchternheit. Wenn er sich in seinen jungen Jahren nicht traute, dann war das ein Großereignis seines Gemüts, dann schlug sein Herz, aber die Hürde baute sich hoch vor ihm auf. Solche Hürden waren für ihn zu hoch gewesen.

Wenn der Abschied von Silke in die Erinnerung kam, dann stieg Wut in ihm auf, eine zweifache Wut. Die eine, schwächere, bedauernde, zeigte ihm Silke, wie sie sich mit Kuss von einem jungen Mann verabschiedete. Hatte er genau hingesehen? War es Mund zu Mund oder ein Wangenkuss? Im Bild dieser Wut stand Silke dann ihm, Severin, wortlos gegenüber, schuldig, wortlos, weil schuldig.

Dies war aber das Eigenartige des Augenblicks: dass ihm, als er Silke mit dem jungen Mann sah, der Gedanke gekommen war, Silke könne mit dem jungen Burschen eine Liebschaft haben. Nur ein Gedanke war das gewesen, wie man im Zustand der Überraschung Szenen sieht, beliebig vorbeilaufende Bilder, jedes kann richtig oder falsch sein; Deutungsversuche eben. Und das Unglückliche und Bedauerliche war, dass der Argwohn sich in Severin festsetzte und durch einen Trotz, der aus irgendeiner Tiefe seiner Verwundungen kam, unauslöschbar wurde.

Dies war die größere, gegen sich selbst gerichtete Wut: dass er diesen Trotz zugelassen hatte. Er wusste auch, dass sein Blick sofort kalt und feindselig gewesen war, und dass er kein milderndes Wort mehr zugelassen hatte.

Silke konnte zuhören. Sie hörte nicht nur zu, sie dachte mit und fühlte mit. Für Severin waren so viele Dinge wichtig, so herzlich wichtig. Silke hatte er erzählen können, wie großartig diese Straßenverschlingungen und die schlanken Hochhausfassaden waren, wie die Straßen mit ihren Abzweigungen Schneisen durch die hohen Strukturen geschnitten hatten, wie die waagrechten Fensterstrukturen auf dem einen Gebäude eine andere Sprache hatten als das Glasrautengewebe auf dem anderen. Silke verstand die Wichtigkeit dieser Empfindungen. Sie trug selbst mit Bildern aus ihrem Leben bei und Severin konnte mitempfinden, mitsehen. Er hatte durch Silke ein weiteres Leben bekommen, in dem er auch leben konnte. Es ergab sich, dass er, wenn er in die Erlebniswelt von Silke einstieg, selbst anders empfand, eben die Empfindungsart von Silke übernommen hatte.

Nun war dieses Gegenüber schon Jahre nicht mehr zugänglich. Severin hatte kein Gegenüber. Gumbrigg, ja. Aber das war eine andere Ebene. Mit Gumbrigg vor seinen Ameisenkästen zu stehen, das war, sozusagen, diesseitig, kumpelhaft. Natürlich war Gumbrigg auch herzlich, aber das blieb eine praktische Herzlichkeit. Natürlich war Gumbrigg herzlich. Allein die Entscheidung, Severin aufzunehmen! Bei dem verqueren Lebenslauf hätten alle Berater Nein! gesagt. Gumbrigg hatte diesen früh-alten, klapprigen Mann zur Tür hereinkommen gesehen und ihn aufgenommen. Ohne in die Papiere zu schauen. Herz hatte Gumbrigg. Aber vor den Ameisen in seinen Formikarien, in seinen gläsernen Terrarien, da war Gumbrigg wie ein Fußball-Fan auf dem Sofa. Er konnte sich auch vor Freude auf den Schenkel schlagen, wenn eine Soldatin eine andere Ameise besiegte, auch tötete. Vielleicht wollte Gumbrigg sein Herz gar nicht herauslassen. Vielleicht brauchte er eine Routine der Oberflächlichkeit, um sich zu beruhigen. Von welchem Politiker hieß es, er habe nach einer schlechten Botschaft zunächst einen Bleistift, einen richtigen alten Bleistift, genommen und mit seinem Taschenmesser behutsam gespitzt, so spitz wie nur möglich, und sich erst danach eine Reaktion erlaubt?

Gumbrigg war zu Severin wie ein zuverlässiger Freund. Aber Severin hatte nur einen Teil dieses Freundes. Über seine Familie sprach Gumbrigg nie. Über die Firma beinahe nie. Es war nur zu bemerken, dass Severin meist dann zu den Ameisen gerufen wurde, wenn Gumbrigg in der Firma Probleme hatte.

Also hatte Severin für seine eigenen Gedanken kein Gegenüber. Severin liebte den Ursprung. Den Ursprung der Liebe, den Ursprung des Staunens, den Ursprung der Astronomie. Dass die viele tausend Jahre alten Steinbauten der ersten Astronomen auf den Reiseprospekten erschienen, störte ihn. Die heiligen Steine wurden profan gezeigt. Er wollte sich in die Gedanken dieser frühen Vorfahren hineinfinden. Diese exakte Wiederkehr der Sonne an einen bestimmten Punkt in jedem Frühjahr! Entstand dadurch der Gedanke, es gebe Gesetze? Entstanden so die geraden Linien des Ackerbaus? Die Jäger kannten gerade Linien nicht.

Wann begann das Denken in Begriffen, die keine Gegenstände darstellen, in allgemeinen, sozusagen leeren Bildern, die keine Bäume oder Steine oder Reißzähne enthalten. Die ältesten Philosophen, die wir kennen, sprachen von dem

Einen. Das Eine ist ewig und unveränderlich, dachten sie, und alle Dinge der Welt, der Dinge, die sich verändern und vergehen, gehen aus dem Einen hervor. Entstehen solche allgemeinen Begriffe nur, weil wir verallgemeinern können? Wenn wir viele Räder gesehen haben, bilden wir den Begriff Rad. Dieses allgemeine Rad existiert aber nicht. Werden wir durch die Verallgemeinerung irregeführt und glauben, dass das Allgemeine eine Existenz hat? Weil es viel Böses auf der Welt gibt, glauben wir, dass es das Böse als Wesenheit gibt, als Teufel, der eine Person ist? Wo es doch nur um eine Sammlung böser Ereignisse geht!

Sattlers Gedanken verstrickten und verfingen sich in der Nacht. Vielleicht war es das Fangnetz der animalischen Instinkte, das ihn ohne Arg und Planung in das kleine Café oder Bistro führte, in dem Cäcilie, die Billardspielerin, an seinen Tisch gekommen war und gefragt hatte, ‚ob es gestattet sei'. Weil alle anderen Tische besetzt waren. Severin Sattler ging oft in dieses Bistro, denn es war preiswert und einfach und gut. Dort saß er am Abend, bevor sein Dienst begann, aß bescheiden und trank langsam sein Bier. Aber, wie es offenbar sein begleitendes diesseitiges Ich schon vorhergesehen hatte, erschien dort auch Cäcilie. Und Cäcilie war für seine Gedanken gesund. Denn alle Gedanken über das Eine oder das Absolute oder das Ewige sprengten von ihr ab wie Wassertropfen von einem Südwester oder einer eingeölten Plane. Sie sprach von ihren Kolleginnen und Kollegen, warum der oder der unnötig in den Krankenstand gegangen war oder warum eine spätjunge Kollegin sich so indigniert hatte über eine flüchtige und gutgemeinte und anerkennende Bemerkung ihre Kehrseite betreffend. Und sie sprach natürlich über ihren Billard-Club. Und über Kreiden. Denn der Queue muss mit Kreide rutschfest gemacht werden. Es gab mehrere Marken. Manche wirklich besser!

Severin machte sich am Abend manchmal Spiegeleier. Oder Kartoffeln mit Salat. Oder Haferflocken mit Schokoladenstreusel. Oder er gestattete sich ein kleines Abendessen auswärts. So saß er wieder an einem Tisch alleine, als Cäcilie kam.

Sie setzte sich zu ihm und fragte, weil irgendjemand, die Großmutter vielleicht, sie gelehrt hatte, zu fragen, ob sie das dürfe, ob sie sich zu ihm setzten dürfe. Und damit war Severin auf der Oberfläche des Erdballs angekommen und hörte von Billard-Intrigen, manipulierten Queues und manipulierten Kreiden. Das tat Severin gut: Konkrete Manipulationen und konkrete Schwindel haben handfesten Charakter. Im Gespräch mit Cäcilie fühlte sich Severin erleichtert, weil es nicht um Gedanken, um das Allgemeine und das Eine ging, sondern um Situationen, auf die Cäcilie reagieren musste und die sie ihm zur Beurteilung präsentierte. Sie berichtete von einem Vorfall und schaute Severin dann mit weit offenen Augen an. Er sollte dann mitteilen, ob er ihre Meinung in Ordnung fand.

Von sich selbst hätte Severin gesagt, dass ihm seine eigenen Gedanken als Partner genügten. Aber das Bistro wechselte er nicht. So wurden die Treffen mit Cäcilie Routine. Sie sprachen darüber, was bei ihr und bei ihm vorgefallen war. Über Gumbriggs Firma sagte Severin kaum etwas; Es gab genügend tägliche Ereignisse anderer Art. Cäcilie lieferte Geschichten über seltsame Charaktere im Meldeamt. Ihre regelmäßigen Berichte wurden ein gesprochenes Tagebuch.

Es kam auch dazu, dass sie das Bistro gemeinsam verließen und in einen Supermarkt gingen, um die notwendigsten Dinge für ihren und für seinen Miniatur-Haushalt zu kaufen. Einmal legte Cäcilie auch eine Flasche Rotwein in den Korb. Severin sah die Flasche, aber er sagte nichts dazu. Und Cäciliens Scheu vor dem Mann mit seinem vielen Wissen war zu groß, um etwa zu sagen, die Flasche wäre ja gut für zwei. Severin konnte sich diese Flasche mit zwei Gläsern in einem kleinen privaten Raum nicht vorstellen. Vielleicht hätte er in seiner Jugend – oder er nicht: Andere junge Leute hätten die Flasche vielleicht schnell als Angel- und Startpunkt ergriffen. Jetzt hatte Severin zu viele Narben und seelische Staubschichten auf seinem Körper. Und Cäcilie doch ebenso.

23

In vor langer Zeit gegründeten Firmen steht das Herrenhaus, das Haus der Familie, oft mitten zwischen Fabrikhallen und den Flächen des Werkverkehrs. Das Haus der Brionis stammte aus dem neunzehnten Jahrhundert und hatte eine Fassade von bescheidenem Stolz. Die Mauer des Erdgeschoßes bestand aus Quadern, deren Sichtfläche grob behauen war. Über den Fenstern, unter angedeuteten Giebeln, zeigten Medaillons die Symbole der Musen und einige Köpfe antiker Philosophen. In der Mitte des Obergeschoßes diente ein Balkon als Dach über dem Eingang und – schon lange nicht mehr – als Empore für die Ansprache des Herrn an das ihm anbefohlene Arbeitsvolk.

Als die Gumbriggs vorfuhren, stand Alfons Brioni bereits in der Eingangstür. Er stand ruhig, aufrecht, in entspannter Gelassenheit da, und ließ die Besucher an sich herankommen. Hinter ihm tauchte der Kopf Carmens auf. Ihre Augen schauten groß, als erwarteten sie Besonderes. Sie erschienen knapp über Brionis Schulter.

Die gesunde Ruhe Brionis war für Gumbrigg, so empfand er das ungewollt, eine Kränkung, eine Zurücksetzung. Er, Gumbrigg, lebte in ständiger Ungewissheit: Die Lieferungen seiner Firma verzögerten sich, die Zahlungen gingen verzögert ein, die letzte Rechnung Brionis hatte er noch nicht gezahlt. Und die angeschmorte Spange war immer noch ein Rätsel. Gumbrigg hatte nicht die Ruhe Brionis. Aber vielleicht war das nicht sichtbar.

Carmen kam hinter Brioni hervor, gab Hanna die Hand und dann Gumbrigg. Brioni sagte nur „Kommt, meine Lieben, kommt!“ und trat von der Tür zurück. Das Entree des Hauses war eine zwei Stock hohe Halle. Rechts führte die gediegen aus Holz gearbeitete Treppe ins obere Stockwerk. Über den Handlauf waren viele Hände geglitten. Oben lief eine Galerie über die ganze Breite des Raumes. Dort führten Türen, aus dem gleichen Holz gezimmert, in die oberen Räume des Hauses. Brioni nahm Hanna am Ellenbogen und führte sie die Treppe hinauf, Carmen folgte und dann Gumbrigg. Carmen trug ein Chiffonkleid. Das dünne seidige Gekräusel schmiegte sich an Carmen. Es ließ einen weiten runden Raum um ihren Hals. Schmunzeln musste Gumbrigg, weil das Etikett des Kleides im Nacken hochstand. Die erste Tür, rechts, führte in die Räume von Brionis Vater. Sie waren seit Generationen unverändert, ein Museum der Familie und der Firma. Die mittlere Tür führte zum Konferenzraum. Brioni ging weiter und öffnete die Tür zur Wohnung.

Hanna war schon immer angetan von der rücksichtslosen Modernität dieser Wohnung in einem solch geschichtsschweren Gebäude. Carmen hatte die Räume mit viel Glas und weiß getünchten Flächen verändert. Solche Nüchternheit konnte Hanna gefallen, aber Carmen hatte etwas Zusätzliches getan. Die Linien der Einrichtung, der Glasplatten und Zierstücke auf polierten Granitsockeln waren aufdringlich. Hanna ging interessiert, doch mit Vorbehalten in diese Räume. Zunächst kam man in einen breiten Gang mit Garderobe und den Türen zu den Nebenräumen. Dieser Gang hatte noch viel von der ursprünglichen Ausstattung, und auch, meinte man, vom ursprünglichen Geruch. Am ziemlich weit entfernten Ende des Ganges ging ein Fenster in den Garten. Zweige waren zu sehen, in Bewegung.

Eine Flügeltür führte ins Wohnzimmer. Brioni öffnete und hielt die Tür. „Grüne Hölle!", dachte Hanna, als sie eintrat, und Gumbrigg zog skeptisch das Kinn an. Carmen betrachtete aufmerksam ihre Gäste. Sie wollte gelobt werden. Carmen hatte das Wohnzimmer, einen Saal, taghell in frischgrünem Licht angestrahlt. Die Einrichtung des Raumes, die Stühle, die Bilder wurden schwarzweiße Schemen in den grell und grün angestrahlten Flächen der Wände. Nur im Bereich der Fenster, die noch Tageslicht hatten, bekam ein Halbkreis heimeliges, tagbuntes Licht.

Carmen hantierte an einem Paneel an der Wand. Das Grün wurde dunkelgrün, dann düster-braun. Aber ein Tisch an der linken Seite des Raumes strahlte hellgelb, in der Mitte sogar orange. Dort standen Gläser und ein Sektkühler. Rundum Platten mit in kunstvollen Mustern gelegten Brötchen, jedes ein Handwerksstück. Carmen nahm Gumbrigg bei der Hand und führte ihn zu diesem Tisch. Auf der Rückseite lag ihr Kleid im düster-braunen Licht und schien schwarz bis auf Teile des Musters, die weiße Fäden enthielten. Vorne brachte das hellgelbe, orangene Licht das Kleid zu einem beinahe wilden Leuchten. Am Ausschnitt war das feinquirlige Gewebe zu Falten gefasst, die dann locker aufspringen konnten.

Gumbrigg löste sich von Carmens Hand und fand Gelegenheit, Carmen ein Glas weiterzureichen, das Brioni eingeschenkt hatte. Sie stießen mit den Gläsern an. Brioni trat mit seinem Glas nahe zu Gumbrigg: „Na, Gerd, Spanien ist doch gut vorüber gegangen! Falscher Alarm!" Brioni schlug Gumbrigg leicht, freundschaftlich, auf den Oberarm und drehte sich wieder zum Sektkühler, um nachzuschenken. Gumbrigg fühlte sich in dem exzessiven Farbenspiel und der absoluten Perfektion des Raumes, der Gläser, der Blumen, der kunstvoll gestalteten Brötchen zugleich wohl und fremd, er war nicht dort, wo er gebraucht wurde.

Das Licht zog Gumbrigg von den Gedanken an Verrichtungen ab und leitete ihn in eine Verfassung des Schwebens. Kurz dachte er, er solle kein weiteres Glas Champagner trinken. Das Licht pulsierte, nicht nur in Helligkeit, auch in der Farbe. Farben spielten an den Wänden. Und, zunächst leise, nicht bemerkt, dann lauter und voller, wurden die Farben durch Musik, durch einzelne, einfache aber eindringliche, rhythmisch pulsierende Töne begleitet. Gumbrigg betrachtete ein Bild. Es bestand aus drei Teilen, drei schmalen Bildern hinter Glas; zwei, senkrecht, gegeneinander verschoben, mit schwarzen Mustern, eines quer, mit einem langen Streifen einer violetten Struktur. Je nach der Farbe des Lichts im Raum blieb diese Struktur schwarz oder leuchtete lila auf; einmal wurde sie hellblau. Carmen kam zu Gumbrigg. Sie trat sehr nahe zu Gumbrigg. Er spürte ihre Nähe. Sie fragte, was er von dem Bild denke. Der warme Ton, den sie ihrer Stimme gab, konnte der schon lange dauernden Freundschaft entsprechen. Gumbrigg drängte es aber zu Veränderung der Situation. Er ging zum nächsten Bild. Es stellte eine scharf zerklüftete Szenerie dar, mit öde einsamen Flächen. Eine verfremdete Fotografie? Eine minutiös gemalte Utopie? Die Bilder hingen über einem langen Sofa mit niedriger Lehne, einem Sofa, das sich über einen großen Teil der Länge des Raumes hinzog. Wenn das Licht einmal weiß wurde, bekam das Sofa Senffarbe. Ein Sitzsystem.

Carmen war ohne ein Wort verschwunden. Brioni führte Hanna und Gumbrigg durch den langen Raum, bis helles Licht einen exquisit gedeckten Tisch ausleuchtete. Der Raum um den Tisch wurde dunkler. Brioni wies Hanna ihren Platz und rückte ihren Stuhl. Dann zündete er Kerzen an. Das Licht von oben ließ nach. Carmen kam mit Suppenschalen. Sie bewegte sich, als hätte sie nicht Speisen, sondern Kunstwerke in den Händen. Das Muster ihres Kleides leuchtete wirr auf, als sie in den Lichtkreis des Tisches kam. Von den Suppenschalen ging ein sehr intensiver, süßlich-scharfer Geruch aus. Gumbrigg meinte, in dem aggressiven Geruch, den orchestrierten Lichteffekten und der in einfachen Tonreihen schlagenden Musik bewusst atmen zu müssen. Dieser Abend lief nach einem Drehbuch ab. Nichts war dem Zufall überlassen. Obwohl die Speisen mit komplizierter Perfektion zubereitet waren, schien Carmen kaum abwesend zu sein. Sie brachte Schüsseln und Platten mühelos gleitend, sie ging auf Schuhen ohne Absätze, vielleicht waren es Mokassins. Alfons Brioni sagte – es klang wie eine spitze Bemerkung: „Euer Till geht nach Hongkong?" Hanna war überrascht: „Ja wieso ...?" „Man hört vieles". Und zu Gumbrigg: „Und was sagt deine Mutter dazu?" Gumbriggs Hände hoben sich in einer Geste der Hilflosigkeit. Zu antworten brauchte er nicht, denn Brioni hatte sich unvermittelt Hanna zugewandt und versuchte, sie mit allerlei Sprüchen und provokanten Worten zu irritieren. Beide schmunzelten, Brioni aggressiv, gönnerhaft, Hanna etwas gequält. Carmen, die Gumbrigg gegenübersaß, schien das alles nichts anzugehen. Sie saß Gumbrigg gegenüber und sah ihn mit großen Augen an. Sie sagte nichts, sie schaute nur direkt. Gumbrigg kannte solches Fixieren von Carmen. Sie hatte für ein Licht gesorgt, das ihr Haar wie einen goldenen Kranz aussehen ließ.

Die Freundschaft zu Carmen und Alfons war inzwischen schon viele Jahre alt. Natürlich hatten sie zusammen Streiche ausgeheckt, und er hatte Carmen beim Tanzen ganz gern im Arm gehalten. Aber zu Hanna hatte Gerd Gumbrigg eine einfachere, eine selbstverständliche Beziehung. Geheiratet hatten sie in einer Doppelhochzeit. Das waren Zeiten mit unbelasteten Gedanken. Jetzt war das Verhältnis nicht so einfach. Brioni hatte seine materielle Überlegenheit nie spüren lassen, aber es blieb das Ungleichgewicht.

Franz Pelikan, anfangs der Dritte im Bunde, fiel immer weiter aus dieser Freundschaft heraus, er war der tüchtige Betriebsleiter, aber eben einer der Angestellten. Und Gumbrigg erinnerte sich an den schrägen Blick Pelikans, hinter dem alle möglichen Gedanken stecken mochten, als er vor nicht so langer Zeit an der automatischen Stanze gestanden hatte, aus der die kleinen Spangen in schneller Folge herausfielen.

So vielfältig, mit so vielen Erinnerungen und Abhängigkeiten verquickt, war die Freundschaft zu Brioni inzwischen geworden, dass es Gumbrigg schwer fiel, einfach und selbstverständlich an diesem höchst fein gedeckten Tisch zu sitzen und den unentwegten Blick der großen blauen Augen Carmens durch launiges Reden aufzubrechen. Was immer für ein Spiel Carmen betrieb, es war für Gumbrigg mühsam, dieses Mahl erlesener Speisen und Gerüche bis zum Ende ruhig durchzustehen.

Das Licht über dem Speisetisch nahm ab. Brioni stand auf und führte zum anderen Ende des Raumes. Dort glänzten Gläser und Flaschen. Brioni fragte nicht, sondern mischte nach eigenem Rezept exotische, sehr stark gewürzte Getränke. Er bot nicht an, sondern überreichte die Gläser. Hanna wollte abweisen. Er ließ das nicht zu, er fasste Hanna am Arm und nötigte ihr das Glas in die Hand. Dabei neigte er das Gesicht zu ihr und schaute sie mit etwas hochgezogenen Augenbrauen an.

Carmen kam; Sie hatte die letzten Teller weggetragen und der Speisetisch sah wieder unberührt aus. Tanzmusik setzte ein, Musik für langsame Schritte. Brioni nahm Hanna an sich, wiederum jeden Widerstand leicht ausmanövrierend. Gumbrigg sah besorgt und überlegend zu Hanna, es blieb ihm aber keine Zeit, Carmen legte ihm die Hand auf die Schulter und begann, ihn zu führen. Sie schaute ihn wieder an, ohne etwas zu sagen.

Plötzlich stürzte Hanna. Es sah gefährlich aus, alle beugten sich über sie. Brioni trug sie zum Sofa. Hanna stöhnte, ihr rechter Arm legte sich auf ihre Stirn, über ihre Augen. „Ruf die Rettung!", sagte Carmen zu Brioni. „Nein! Nein!", kam es von Hanna, „das gute Essen und die Gerüche! Ich muss nur nachhause."

Gerd Gumbrigg nahm Hanna und verabschiedete sich mit Bedauern und einem flüchtigen Dank. Die Gastgeber standen wie aufgeschreckt in der Tür ihres Hauses. Dann sahen Carmen und Alfons Brioni einander an.

Auf der Heimfahrt war Gumbrigg äußerst beunruhigt und fragte Hanna immer wieder, wie es ihr gehe und tastete mit seiner Hand zu ihr. In Hannas Gesicht entstand aber wieder ihr zutrauliches, und jetzt auch ein verschmitztes Lächeln. „Entschuldige", sagte sie, „ich wusste mir nicht mehr zu helfen."

24

Hanna hatte Architektur studiert. Fasziniert war sie von den kunstvollen Lehmbauten südlich der Sahara, dort, wo nur über eine kurze Zeit des Jahres Regen fällt. Aus Lehm werden Häuser, Festungen und Moscheen gebaut.

Der Lehm diktiert die Formen; sie sind in jeder Dimension abgerundet, der Lehm verlangt es. In der trockenen Zeit zerbröselt der Lehm in der Hitze des Tags und der Kälte der Nacht. Deshalb wird nach dem Regen eine neue Schicht aufgetragen. Aus den Mauern und Türmen und Kuppeln ragen Holzbalken heraus. Es sind Trittbalken, auf denen man bei der Arbeit mit Lehm Halt findet. Bis in alle Höhen. Hanna war begeistert von der Vielfalt, die innerhalb des Diktats des Lehms entwickelt worden war. In ihren Arbeiten verglich sie die unterschiedlichen Behausungen der Menschen, die sich aus den jeweils anderen Materialien ergeben hatten. Die Tonne des Diogenes, dieser Rundbau aus Pfählen, die in einem Kreis gesteckt werden und Zweigen, die von Pfahl zu Pfahl gewunden werden. Ganz anders das Haus aus Balken, das durch die bronzene Axt möglich wurde, das Vierkanthaus mit Dach und mit Vordach, das durch senkrechte Balken gestützt wird: die senkrechten hölzernen Pfosten: das Vorbild der steinernen Säulen der Tempel.

Hanna hatte immer geschwankt, einmal wollte sie sich völlig in die Formenvielfalt der Architektur versenken, auch in die neuen Möglichkeiten von Glas und Stahl, dann wieder hatte sie Verlangen nach einem wärmeren Leben. Sie beobachtete ihren Mann, diesen Gerd Gumbrigg. Von der Villa der Brionis war er stumm bis zum eigenen Haus gefahren. Hanna versuchte, sich vorzustellen, welche Gefühle und Überlegungen in diesem wortlosen Kopf arbeiteten oder vielleicht tobten oder schwankten. Sicher war er in den letzten Minuten des Besuchs verstört und ratlos gewesen. Er hatte zu ihr herübergeblickt. Ob er alarmiert und zugleich auch erlöst war? Warum hatte er nur in diese Abhängigkeit gehen müssen! Diese Firma Gumbrigg! Den ganzen Tag Stöcke im Kopf, bis in die Nacht!

Sie selbst, Hanna, hatte doch ein lebendigeres Leben! Den halben Tag im Institut. Jeden Morgen freute sie sich auf die Arbeit mit den so überraschend vielfältigen Ideen, die die Völker für die Gestaltung ihrer Häuser und Tempel entwickelt hatten. Sie verließ das Institut meist mit dem Gefühl, gelernt zu haben, herrlich gelernt zu haben.

Sorgen machte ihr Jutta – so amüsant. Aber wohin sollte das gehen? Und jetzt Till. Sie mochte ja Shu, dieses Mädchen mit den sanften, schräggestellten Augen in makellosem Teint. Nie kam von Shu ein falsches Wort, nie eine falsche Bewegung. Till und Shu konnten doch auch hier leben. Was trieb Till nach Hongkong? Wollte er dort bleiben? Till, doch ein schöner – Hanna lachte über sich selbst – junger Mann, alles schien richtig an ihm, aber ja, er hatte etwas Unberechenbares, etwas Sprunghaftes, als müsse er sich selbst immer wieder hinter sich lassen.

Mit ihrem Mann hatte Hanna noch nicht über Tills Pläne gesprochen. Der liebe Gerd denkt vielleicht überhaupt nicht an die Zukunft, weder über seine eigene noch über die Tills. Er lebt nur im Augenblick, angestrengt. Die Firma und er, das ist für ihn eine Person. Dass er einmal weg sein könnte, die Firma aber noch lebendig bliebe, dieser Gedanke ist ihm noch nicht gekommen. Aber im heimlichen, unbewussten Bild der Zukunft hat sicherlich Till existiert. Wann kommt Till aus Hongkong zurück?

Hanna ließ ihren Mann in seiner Wortlosigkeit. Er war bockig gegen seine eigenen Gedanken. Er musste erst selbst in diesen Gedanken Ordnung schaffen. Dieser Tollpatsch! Das hatte sie ja zur Liebe gebracht. Dieser bärige, ungeschickte, gutmütige Mann. Sie liebte dieses Tier. Hanna konnte schon ausgefallene und scharfzüngige Vergleiche machen. Dazu gehörte aber immer ein Lächeln über sich selbst.

Welches Verhältnis hatte Jutta zu ihrem Vater? Sie sah wahrscheinlich nur, dachte Hanna, einen Mann, der müde an den Tisch kam und im Morgengrauen wieder verschwand, jemanden, der wie ein Süchtiger werkelte und werkelte, weil seine Banausenseele von nichts anderem wusste. Schade. Keiner der beiden machte einen Schritt zum anderen. Vielleicht nur ein kleiner Schritt, und sie würden ein unzertrennliches Tochter-Vater-Paar. Ihrem leidenden Tollpatsch musste Hanna aber jetzt Ruhe lassen. Sie konnte ja umsteigen zu den verzaubernden Turmformen aus Lehm, in Nachbarschaft der Wüste oder zu gebrochenen Fassaden aus Glas.

25

Franz Pelikan: In einem großen Metallwerk war er Betriebsleiter. Jeden Tag ging er durch die Hallen. Aus einem Anlass - oder weil es seine Regel war. Ist man Betriebsleiter, dann muss man in seine Hallen gehen. Und nur dastehen und schauen. Man sieht dann, ob alles läuft, man hört, ob die Geräusche die richtigen sind. Ein Unmut, ein soeben verklungener Streit: Man spürt das, man weiß das. Man geht hin, muntert auf, beruhigt. Vielleicht ist auch etwas zu verändern. Dieses Schauen und Spüren konnte Pelikan. Er hatte ja den schnellen Blick, nicht nur nach vorn, auch zur Seite. Meist blieben seine Hallen ruhig, und das war Gold wert für Firma BrioMet.

Aber da waren die zwei anderen, Brioni und Gumbrigg. Brioni, das war keine Frage, das war der Chef. Aber dieser Gert Gumbrigg! Als sie damals an den kalten See kamen, waren sie noch zu dritt. Dann kamen die zwei Frauen dazu. Ganz locker, beiläufig und einfach hatten Alfons und Gert sie gefunden. Franz Pelikan hatte nicht so eine leichte Hand, ein so leichtes Gemüt. ‚Leicht' dachte er. Er ging gezwungen lächelnd neben den Paaren her.

Einen Versuch hatte Pelikan gemacht. Er konnte Menschen schon gut ansehen. Er suchte, kritisch. Er fand eine junge Frau. Aber zu oft kritisierte er, was sie sagte und tat, und er verlangte, sie solle das und jenes anders sagen und tun. So endete sein Versuch.

Aber dieser Gumbrigg! Pelikan hatte zusehen müssen, wie Gumbrigg glühend vor Stolz aus Brionis Büro gekommen war, als er sein Patent angemeldet hatte. Diese kleine Feder! Gar kein Patent wert! Und Gumbrigg ging aufrechter und schwenkte seine Schultern. Wie Brüder gingen Brioni und Gumbrigg durch die Korridore und mit betont jugendlichen Trippelschritten die Treppen hinunter. Manchmal trug Gumbrigg kokett das erste Muster seines automatischen Wanderstocks unter dem Arm. Sein, Pelikans, bester Mechaniker hatte Handmuster dieser ominösen Spange, die Gumbrigg für sein Modell benötigte, anfertigen müssen. Gumbrigg dankte dafür nur kurz und förmlich.

Und dann hatte Brioni noch die Gründung von Gumbriggs Firma finanziert. Als zwei Unternehmer – abgehoben! – marschierten die Beiden. Er, Pelikan, durfte, zusammen mit diesem Kurt, die automatische Stanze für die Spange einrichten. Nicht Gumbrigg kam, nein, Kurt wurde ihm geschickt. Nach der Doppelhochzeit wurde Pelikan lustlos, eigentlich schlicht traurig. Die Kränkung wandelte sich zu Stolz und Trotz, schließlich zu Verachtung. Er hasste diesen jetzt selbstherrlichen Gockel Gumbrigg.

26

Grand'mère, die alte Dame, saß viele Stunden ihres Tages an ihrem Schreibtisch. Es war ein feines Stück aus altem Familienbestand, in verschiedenen Hölzern gearbeitet, mit fein geschwungenen Beinen. Zur Linken konnte sie durchs Fenster in den Garten schauen. Sie freute sich über jede Blume, die neu erschien, und während sie auf die Blüten und das leicht bewegte Blätterwerk schaute, sah sie Bilder aus ihrem Leben vorbeiziehen. So vieles lag in diesem Gedächtnis. Da gab es einen Strom sonniger Erinnerungen. Die hatten bei Grand'mère immer den Vorrang. Aber sie konnte nicht hindern, dass Peinliches auftrat, und Unfälle, und so viele Gänge zu Grabsteinen. Manche Situationen, und mochten sie ein halbes Jahrhundert zurückliegen, machten ihr heute noch heiß, denn sie hatte immer nach einer Welt gestrebt, die gerecht und frei wäre, und auf das Gute ausgerichtet. Über viele ungute Vorfälle hatte sie mit anderen, mit ihren Nachkommen, gesprochen, um zu warnen, um Erfahrung weiterzugeben. Einiges hatte sie immer in sich bewahrt. Die Welt ist besser, wenn über Schlechtes, das nicht zu ändern ist, geschwiegen wird.

Grand'mère hatte ein Buch aufgeschlagen. Die Bücher auf ihrem Tisch waren immer solche, die Nachdenkliches enthielten, Gedanken über das Woher und das Wohin. Romane mochte sie nicht. Liebe, Verlust und Verzweiflung hatte sie selbst in vielfältiger Weise erlebt. Nein: Nie hatte sie es sich gestattet, in Verzweiflung zu fallen! Und diese Romane enthielten oft Lebensläufe, die sie nicht gut heißen konnte. Über solche widerwärtigen, leeren, destruktiven Charaktere sollte nicht geschrieben werden. So würde nur die Welt vergiftet.

Auf ihrem Tisch lagen die Reiseberichte des Jesuiten und Anthropologen Pierre Teilhard de Chardin. Grand'mère machte häufig Notizen. Zu den Seiten 50/51 hielt sie fest: „ ... denn die wahre Wissenschaft ist die Wissenschaft der Zukunft, die nach und nach durch das Leben verwirklicht wird."

Und zu Seite 66:

„Es ist eine riesige Stärke, scheint mir, die wolkige Zone überwunden zu haben, wo sich der Großteil der Menschen amüsiert – aber vorausgesetzt, dass die Sonne in einem freigemachten Himmel weiterleuchtet: nur mehr an einer Sache festhalten, aber an einer ganz genauen, ganz konkreten Sache, die so hoch und so groß ist, dass sie alles übrige erleuchtet. Das ist offenbar das große Glück."

Immer strebend, revolutionär Freiheit-suchend, das war der ideale Mensch für Grand'mère. Und diese Eigenschaft hatte Teilhard, wenn auch von anderen Wurzeln kommend.

Er war tiefgläubiger Jesuit und zugleich Paläontologe. Er beteiligte sich an den Ausgrabungen des Sinanthropus Pekinensis, dessen Gebeine 750.000 Jahre alt sind, und versuchte die Dogmatik seines Glaubens mit der Evolution, die für ihn evident war, in Einklang zu bringen.

Und sie notierte zu Seite 88:

„Ich bin so sehr und vernunftmäßig überzeugt vom grundlegenden geistigen Wert des Strebens nach Bewusstheit."

Das Streben war der Kern von Grand'mères Charakter. In ihrer Jugend hatte sie gehofft, mit eigenen Gedanken in die Kreise von Vordenkern gelangen zu können. Die praktischen Umstände haben ihr das verwehrt. Aber das Streben und das Revolutionäre waren ihr geblieben. Und dieses Vertrauen, dass die Welt gut sei, und dass man dazu beitragen könne, das Gute zu finden und zu verbreiten, verband sie mit Teilhard de Chardin.

Grand'mère hatte sich nicht, wie Teilhard, aus einem Korsett von schriftlich fixierten Glaubensstücken befreien müssen, nein, sie glaubte wahrscheinlich von Kindheit an, dass die Welt von einem guten, immer zu helleren Höhen führenden Geist durchdrungen sei.

Oft saß sie auch an ihrem Tisch, sah in den Garten hinaus und dachte an die Menschen in diesem Haus. An ihren Sohn Gerd. Mit unsäglicher Liebe und Freude hatte sie dieses Kind unter ihrem Herzen getragen. Ja, ‚unter ihrem Herzen'. Denn es wäre zu grob und zu profan, zu sagen ‚in ihrem Bauch'. Ihr schauderte vor dieser Ausdrucksweise, die sie in diesen Tagen gehört hatte. Mit Liebe im Herzen hatte sie dieses Kind getragen, und in der Überzeugung, dass ein Fluidum die Liebe aus ihrem Herzen zum Kind leite.

Still war dieser Sohn jetzt. Liebe hatte er schon. Das spürte sie, wenn er ihr über die Schulter strich oder vorsichtig über das Haar. Aber er sprach jetzt so wenig. Wie sie mit dem kleinen Buben hatte sprechen können! Über alles, die ganze Welt. Bemüht hatte sie sich, schon dem kleinen krabbelnden Kind als einem ganzen Menschen zu begegnen. Jetzt saß dieser große Mann, den sie einmal hervorgebracht hatte, wie ein Bär groß, zumeist stumm bei Tisch. Was ging in ihrem Kind vor? War er glücklich? Zufrieden? Hatte er noch die hochfliegenden Gedanken wie das Kind? Er schien in seiner Arbeit verstumpft. Er hatte Sorgen um Triviales, aber Wichtiges.

Ob Hanna ihm die richtige Stütze war? Diese Schwiegertochter schien immer freundlich und herzlich. War das nur Oberfläche? Aber auch das ein Verdienst! Nein, Hanna regierte mit einer wohlmeinenden Hand. Auch das ist ein Schatz. Aber das Innerste des Sohnes, ihres Mannes, Gerds, hatte sie das verstanden? Oder war das Innerste von Gerd, das Innerste dieses begeisterten Kindes, vertrocknet, hatte kein Streben mehr, nur die Sorgen um die lebensnotwendigen Banalitäten der Existenz? Warum ging er in den Keller zu seinen Ameisen?

Hanna hatte ihre Architektur. Betrachtete sie die Familie nur als eine Lebenspflicht? Oder liebte sie Jutta und Till und Gerd? Hinter die freundliche Maske von Hanna konnte man nicht sehen. Aber wenn das auch nur eine Maske war, die Maske wirkte doch, als eine Tugend. Nur:

War sie ihrem Gerd wirklich eine Kameradin? War da Liebe? Es wäre schön.

Hanna und ihre Architektur. Es ist gut, dachte Grand'mère, dass sie sich um diese exotischen Lehmbauten kümmert, denn Gerd ist wenig zuhause. Es ist gut, dass jeder seine eigene Lebenswelt hat. Die Berührungen sind dann vielleicht, hoffentlich, schön. Und warm und herzlich!

Jutta, das liebe Kind! Sie hat doch einen guten Kern. Und Witz! Sie, Grand'mère, war ja auch in ihrer Jugend aufmüpfig gewesen, aber das war für Freiheit des Geistes, für Wahlrecht, für Natürlichkeit. Sie hatte ihre Kinder an der eigenen Brust gestillt, nicht, wie es bei besseren Damen die Mode war, einer Amme übergeben. Jutta hat einen guten Kern, aber für sie ist das ganze Leben nur ein Spiel. Sie hat die Kraft, zu streben. Aber wohin? Sie weiß nicht, was Ideale sind. Oder, vielleicht, sind sie so geheim, so zart, dass sie sie verborgen hält. Ich kann nur hoffen, dass Jutta keine große Enttäuschung erlebt.

Und Till, mein lieber Till! Ich bin ungerecht, ein Sohn ist für eine Mutter etwas anderes als eine Tochter. Ungerecht! Aber auch eine Mutter sieht das Männliche in einem Sohn und freut sich, dass sie soetwas zur Welt gebracht hat. Soll es denn wirklich diese Asiatin sein! Ich muss mir ja eingestehen, ich sehe Shu auch gerne. Sie hat eine so feine Art, sie ist immer höflich. Und dieses Gesicht, wie aus feinem Porzellan. Und wenn die beiden nach Hongkong ziehen? Was tut dann mein Gerd? Er hat ja Till noch gar nicht einbezogen in scine Firma. Wollte ihm vielleicht Zeit lassen. Aber sicher war es für ihn selbstverständlich, dass Till eines Tages übernimmt. Und was denkt Gerd jetzt?

Grand'mère nahm wieder die Briefe von Teilhard zur Hand und notierte einen Absatz, der ihr bedeutsam schien: Über das Universelle, das weltweit Gemeinsame der Menschen. Zögerlich glaubte auch sie daran:

„Was mich da verführt, ist keineswegs die Idee, konfessional oder national zu wirken, an einem Ort (China), der bisher verschlossen war, sondern der Gedanke, über viele falsche Scheidewände zu triumphieren und mich auf dem Gebiet einer wahren Menschlichkeit, die in der gemeinsamen Verfolgung der Wahrheit gesucht wird, mit ganz verschiedenartigen Menschen zu verbünden."

Sie notierte in ihrer schönen alten Schrift, gleichmäßig und auf Ordentlichkeit bedacht. In ihrer Schulzeit hatte es Noten für „Schönschreiben" gegeben. Allerdings, wenn das Papier nicht reichte, aber ein neues Blatt nicht lohnte, konnte die letzte Zeile rechts auf den Rand ausweichen.

Grand'mère sah zum Fenster hinaus und freute sich am Sonnenlicht, das auf die Blätter fiel. Sie atmete tief, und meinte zu spüren, wie Kräfte in sie einströmten.

27

Gerd Gumbrigg stand im Morgengrauen auf, denn er wollte zu einer Federfabrik fahren. Er musste für die verdammte Federspange einen zweiten Lieferanten finden. Er schloss die Tür der alten Villa behutsam, ging auf dem Kiesweg die wenigen Schritte zur Gittertür, öffnete sie, und schaute nach seinem Wagen. Der stand nicht weit geparkt unter den Bäumen der Straße.

Gumbrigg hatte am Abend nicht bedacht, dass er für sein Gespräch noch Unterlagen brauchte. Die Federspange bestand aus einem Stahl genau definierter Komposition, und für den Lieferanten gab es Vorschriften, nach dem Stanzen des schmalen Stahlbändchens und dem Biegen, statistische Prüfungen der Biegekräfte vorzunehmen. Gumbrigg musste noch einmal in seine Firma, um die Papiere zu holen. Er liebte diese Fahrten zu ganz früher Stunde, wenn nur vereinzelt Fahrzeuge unterwegs waren, die Vögel aber schon zu singen begonnen hatten. Die Luft war herb, kalt und feucht.

Selbstverständlich saß Sattler um diese Zeit an seinem stillen Platz hinter der Empfangstheke. „So früh unterwegs!?“, fragte Sattler. Und Gumbrigg sagte ihm, dass er sich um einen alternativen Lieferanten für die Federspange kümmern müsse, und dass er noch Unterlagen brauche. Es gab Gumbrigg einen Stich, als er vom zweiten Lieferanten sprach, denn er empfand dies als Verrat an Brioni, der die Federspange von allem Anfang an geliefert hatte. Einen zweiten Lieferanten zu suchen bedeutete, dass er den Lieferungen aus Brionis Firma BrioMet nicht vollständig traute, bedeutete Argwohn. Die Aktion widerstrebte Gumbrigg, aber rundum wäre Unverständnis gewesen, stumme Vorwürfe wären gekommen, hätte er jetzt nicht eine zweite Lieferquelle für seine Federspange gesucht.

„Das ist gut“, sagte Sattler. Er kannte natürlich die Stimmung in der Firma, aber er unterließ weitere Kommentare. Gumbrigg sah hinunter, über die Empfangstheke, auf Sattlers Arbeitsplatz, und beugte sich, um genauer zu sehen: Es lag dort ein Buch mit großen Abbildungen. Sattler lächelte. Es musste ihm vor Gumbrigg nicht peinlich sein, und doch war es ein verlegenes Lächeln. Die Bilder zeigten Höhlenmalerei: Bisons, Rentiere, deutlich auch den Stoßzahn eines Mammuts. „Du bist wieder in deiner Steinzeit!", sagte Gumbrigg. „Ja, schau!", sagte Sattler, plötzlich höchst lebendig, beinahe aufgeregt: „Schau hier, eine Galerie, ein ganzes Panorama, vielleicht fünfzig Tiere in einer bestimmten Anordnung. Aber wir verstehen sie nicht!" Sattler machte eine bedauernde, fast verzweifelte Handbewegung. „Ich muss weiter", sagte Gumbrigg und wies auf die Glasschwingtür, die ins Innere der Firma führte.

Auf langen Autofahrten konnte Gumbrigg seinen Gedanken nachgehen. In dieser Zeit der Ruhe – ohne die ständig zu seinem Schreibtisch hereinbrechenden größeren und kleineren Hiobsbotschaften aus der Personalabteilung, der Fertigung, von Rosa, von Kurt, vom Vertrieb konnte er halbfertig gedachte Gedanken weiterführen.

Die Gedanken tauchten auf, wie wenn nach dem Schließen der Straßentür die eigenen Stimmen des Hauses wieder zu hören sind. „Wir werden in Hongkong wohnen!" Das klang in Gumbriggs Ohren. Es gibt Vermutungen, die sich im Hintergrund bilden. Sie sind vorhanden, aber man kennt sie selbst noch nicht. Wenn sie dann durch eine Situation, ein Gespräch, hervorgeholt werden, sagt man: Ja, natürlich!

Der Gedanke, dass Till nach Hongkong gehen könnte, war Gumbrigg noch nicht gekommen. Eine der Reaktionen, die Gumbrigg hatte, war Wut. Wut, dass Till sein Zuhause verachtete. Das musste es ja sein, Till schätzte all das gering: das Haus, die Familie, und die Firma als Lebensbasis. Darüber hatte Gumbrigg mit seinem Sohn noch nicht gesprochen, aber diese Linie vom Vater zum Sohn war doch naheliegend, die Welt rund um die Gumbriggs dachte selbstverständlich so. Till ist sein Sohn. Aber ein seltsamer Mensch! Nicht sprechen! Herausplatzen! Ohne Erklärung! Wut hatte Gumbrigg. Alles hinwerfen. Verkaufen. Die Firma an Brioni verkaufen. Dann hätte er wenigstens keine Schulden mehr.

Aber da war Jutta noch, und seine Mutter, und Hanna natürlich. Firma Gumbrigg war die Basis für das Leben. War auch noch Freude daran möglich?

Ob Hanna mit Till sprechen wird?

Dann tauchten vor Gumbriggs Augen wieder seine Ameisenvölker auf. Wie in diesen winzigen Köpfchen eine ganze Welt wohnte und funktionierte. Wie diese Arbeiterin kreuz und quer über ihr Terrain aus Tannennadeln und toten Rindenstückchen nach Nahrung suchte. Wie die Irrungen eines Dementen sah dieser Parcours aus! Dann fand sie eine tote Florfliege und trug sie in gerader Linie nachhause. Wie weiß dieser kleine Kopf diese Richtung!?

Die Straße führte durch ebene Landschaft. Das Land ist kultiviert, durchschnitten von Begrenzungshecken und Entwässerungsgräben zwischen Feldern und Wiesen. Am Wuchs der Halme sind noch die geraden Linien zu erkennen, in denen Sämaschinen ihre Saat gestreut hatten. Aus Gründen, die irgendwo in der Vergangenheit liegen, schneidet ein Weg schräg durch das rechtwinklige Muster der Parzellen. So entsteht ein kleines Dreieck vereinsamten Landes. Unkontrolliert wächst dort Gras und Gesträuch. Ein junger Mann sitzt in diesem ärmlichen Urwald neben seinem Zelt. Vielleicht träumt er von Wildnis und Einsamkeit. Die Einsamkeit hat er, auf das Rauschen der Autobahn braucht er nicht zu hören.

Weitab, jenseits einer Linie von Pappeln, ist die Spitze eines Kirchturms zu sehen. Anderswo glänzt der mächtige Zylinder eines Silos, Wirtschaftshallen daneben.

Links, neben der Autobahn, nähert sich ein altes Bauernhaus. Es muss ein großer, mächtiger Bauer gewesen sein, dem das Land rundum gehörte. Vielleicht auch noch gehört. Die roten Ziegelmauern sind in gutem Zustand und die Balken frisch gestrichen. Neben dem Geläut auf dem First eine Satellitenantenne. Jedoch, die Böschung der Autobahn reicht bis hoch über den Eingang des Hauses und die Räder der Laster und Sattelschlepper mahlen auf der Höhe des oberen Geschoßes.

Ab und an regnete es. Der Strang der Autobahn überkreuzt eine andere Autobahn. Auf dem nassen Beton der Fahrbahn unten hinterlassen die Reifen wirbelnd sprühende Fontänen. Die Wolken strahlen weißes Licht. Davor steht dunkel ein zehn Stockwerke hohes Wohnhaus, hinter einem Parkareal.

Im Norden und Osten ist eine Szenerie von drei Kraftwerken ausgebreitet. Die Dampfwolken ihrer wuchtig-eleganten Diffusoren steigen wie Eruptionspilze von drei Vulkanen in die Höhe. Die bauschigen Dampftürme erreichen Dimensionen ähnlich denen der Wolken, die der Himmel heranträgt. In der regenfeuchten Luft vermischen sich die einen mit den anderen, dunkle mit gleißend hellen.

Natürlich dachte Gumbrigg auch an seinen Buchhalter, der zu ihm gekommen war, in einer Haltung, die man einnimmt, um Vorwürfe zu machen. Er kam, um zu sagen, es werde wegen der verzögerten Lieferungen auch verzögert gezahlt, deshalb könne auch er nicht pünktlich zahlen. Gumbrigg stieg aufs Gas, so als sei sein Problem schneller lösbar, wenn er ein paar Minuten früher zu seinem Gespräch käme.

Dort wurde er freundlich und erwartungsvoll als möglicher neuer Kunde begrüßt, dann ging es um Materialparameter des Federstahls, Schnittgeschwindigkeit der Stanze, Prüfungsmethoden für Dauerbeanspruchung und vieles mehr.

28

Wenn Severin Sattler auch nur die Nachtstunden in Gumbriggs Firma verbrachte, so war er doch in die Stimmung und in das Gerede eingebunden. Er saß hinter der hohen Empfangstheke. Von den vorübergehenden sah er nur die Köpfe und die Oberteile von Anoraks, Blusen und Jacken. Neben sich, auf seiner Arbeitsfläche, standen die kleinen Schirme der Monitore. Als Zusatzaufgabe hatte er seit kurzem auch noch eine benachbarte Firma zu überwachen. So stand eine zweite Reihe kleiner Bildschirme neben ihm. Für die Zeiten zwischen seinen Kontrollblicken und den präzise geplanten Kontrollgängen hatte er seine Lieblingsbücher vor sich liegen.

Die Gerüchte und Klagen, die durch die Firma gingen, hörte er, wenn eine Arbeiterin um halb eins in der Nacht kam, weil sie ihr Blutdruckmessgerät am Arbeitsplatz vergessen hatte und das Herz so eigenartig schlug. Wenn sie es dann gefunden hatte, und zurückkam aus den dämmerig beleuchteten Montagehallen, blieb sie bei Sattler stehen, vergaß den Blutdruck und sagte, „Hast du gehört, Sattler, unser Kurt sagt, der Chef ist wie verwandelt, er reagiert nicht, er reagiert zu langsam!“ Sattler antwortete auf derlei Tuscheleien nur wenig. Mit einem verlegenen Lächeln und Achselzucken. Über solche Klagen und Vermutungen konnte er mit seinem Chef und Freund nur vorsichtig sprechen. Wenn sie im Keller der Villa vor den Terrarien standen.

Auch von den Ingenieuren, die für die Entwicklung des spinnenbeinigen Behindertenstuhls begeistert waren, hörte er Kommentare: Kein Mensch könne länger als eine Stunde unter dem Mikroskop Federspangen betrachten und noch mehr als ein Schimmern sehen. Und die Kontrollen von Rosa! Immer fertige Packungen zerreißen!

Für Sattler war Gumbrigg ein Retter gewesen, und er, Sattler, war vom Geretteten zum Freund aufgestiegen. Seine Gedanken, die so oft in Nebel und Dunkelheit gefallen waren, hatten hier Ruhe und Ordnung. Nun gab es Gerede über Gumbrigg. Er musste an Cäcilie denken. Er wollte ihr gerne gegenübersitzen. Das wäre ein einfach abrollender Abend. Die Frage nach der Speisekarte. Einfach: Die war nicht lang. Die Berichte aus dem Meldeamt. Wer hatte mit wem gestritten. Um einen Filzstift. Akten absichtlich falsch eingeordnet, um sich an der verzweifelten Suche heimlich zu freuen. Und im Billardclub: die Diskussion um die Auslegung einer Regel. Mit großem Ernst und wichtigen Augen sprach Cäcilie über ihren Sport. Und ihre Stirn hatte viele kleine Falten, die einander kreuzten, in Bewegung kreuzten, in immer neuen Mustern, wie in einem Kaleidoskop, nur fein und grau auf ihrem weißen Gesicht. Ob sie wieder mit ihrer gestrickten, graublauen Haube käme, und dem graublauen, gestrickten Schal?

Er ging wieder, mehrmals, in das kleine Lokal, in dem sie sich an seinen Tisch gesetzt hatte. Ihre Frage war einfach gewesen, sachlich, weil eben kein anderer Platz frei war. Sie hatte gefragt, wie wenn man nach einer Straße fragt, nach einer Apotheke. Ohne sichtbares Zögern hatte sie sich zu dem fremden Mann gesetzt.

Cäcilie kam, er sah sie schon durch das Fenster, das zur Straße ging. Als sie eingetreten war, lächelte sie in seine Richtung. Sie hatte sonst beim Eintreten nicht gelächelt. Auch Sattler lächelte. Es war ein zweifaches Lächeln, eine Begrüßung und ein verschämtes Lächeln, weil er wusste, dass er freudig aufgestanden war, freudig, Cäcilie wiederzusehen. Sie sprach auch gleich wieder von den kleinen Reibereien in ihrem Billard-Club. Sie sprach nicht so ernst wie zuvor und gleichsam anknüpfend an schon Berichtetes. Angenehm war das für Severin Sattler. So wurden seine unsteten Gedanken und seine komplizierten Gedanken auf festen Boden gebracht. Er hörte zu, und er fragte auch, warum diese und jene Person so eigenartig reagiert habe. Über seine Firma, die Firma, in der er nachts Dienst tat, hatte er noch nicht gesprochen. Aber er fand es ungerecht, nicht im Gleichgewicht, wenn nur Cäcilie mit ihren detailreichen Berichten den Abend füllte. Er wollte auch beitragen, und so erzählte er von der Vielzahl der seltsamsten Stöcke, die Firma Gumbrigg herstellte und in die ganze Welt, bis zu einsamen Inseln des Pazifik, verschickte: Die Wanderstöcke, die Walking Sticks, die Spazierstöcke mit

Elfenbeingriff oder Silbergriff, die Stöcke mit Radio, auch Stöcke, die vor Radfahrern warnen, wenn sie lautlos von hinten kommen. Und Stöcke mit großen Tellern, damit sie im Gebirge nicht zwischen Gesteinsbrocken rutschen. Und Severin erzählte von verrückten Anfragen: jüngst der Frage nach einem Stock, der eine intelligente Lampe haben sollte, die bei allen Bewegungen des Stocks doch immer nach vorne strahlt.

Es wurde viel gelacht an diesem Abend, und es wurde spät. Severin Sattler fragte nach einem weiteren Abend, oder auch Cäcilie – wer, das war in dieser Atmosphäre nicht wichtig. In einer Woche? Gut.

Severin fühlte sich befreit und gelockert. Im Mund hatte er einen besseren Geschmack, einen flüssigeren, leichteren. Wie es aber seine Art war, führte ihn das nicht zu andauernder Heiterkeit und unterhaltsamer Lektüre. Im Gegenteil, er spürte aufgefrischte Lust, sich mit alten Zeiten, den allerersten Zeiten der Menschen, zu befassen. Was dachten diese Menschen, wenn sie die Sterne sahen? Es gibt die Erzählung vom Wandel der Göttergeschlechter, Untergang und Aufgang alle zweitausend Jahre.

Wann begann das Denken in geraden Linien? Früchte und Kräuter und die Körper der Tiere kennen keine geraden Linien. Wie ist die gerade Linie zu einer Kategorie geworden? Sonnenstrahlen ziehen eine gerade Bahn. Dies zeigt der Schatten. Jedenfalls ist die gerade Linie nicht Teil des Animalischen. So wie die Zeit. Für das Lebewesen ist die Zeit eine Folge übereinander geschobener Bilder. Eine exakte Zeit liegt außerhalb der lebendigen Bilder. Die Sonne gibt eine exakte Zeit, auch der Mond. Und die Sterne. In diesen Bereichen herrscht Unerbittlichkeit. Beim Betrachten der Bewegungen am Himmel entsteht der Begriff der Gesetzmäßigkeit. Er steht im Gegensatz zur Launigkeit und Flexibilität im Lebendigen. Im Lebendigen ist Signalaustausch möglich, auch zwischen Feinden. Gesetze aber wirken unbeteiligt.

Mit der Wahrnehmung undiskutierbarer Gesetze entstand, so scheint es, eine Zweiteilung der Philosophie, die bis heute andauert und in die Zukunft reichen wird: Hier eine Welt, die nach Gesetzen abrollt, dort eine Welt, die zwar auch außermenschliche Gewalten kennt, aber Gewalten, die mit Zorn und Liebe und Barmherzigkeit wirken, also mit menschlichen Mitteln.

Der Versuch, sich in alte Zeiten zu versetzen, führt sicher zu falschen Bildern, versteht doch selbst eine Generation die andere nicht mehr. Aber der Reiz ist zu groß.

Die Philosophen der Sterne, die den Begriff der Genauigkeit, der Exaktheit der Linie, in sich aufgenommen hatten, bauten aus Stein Observatorien. Ganz konnten sie sich vom Animalischen nicht trennen, denn die Sterne wurden als Personen gedeutet, denen geopfert werden musste, und zwar zur genau richtigen Zeit. Der Himmel war mit Zeichen bevölkert. Längs der Sonnenbahn waren es zwölf Zeichen. Und am Tag der Tag-und-Nacht-Gleiche ging die Sonne immer im gleichen Zeichen auf.

Dann muss es im Kreis der Sternkundigen ein Entsetzen, eine Revolution gegeben haben: Der Frühlingspunkt, der Punkt am Himmel, an dem die Sonne im Frühling über den Himmelsäquator steigt, über das Wasser des Himmelsozeans, der Punkt wandert, langsam, aber doch deutlich, in einem Menschenalter. 4.000 Jahre vor Christus war er im Zeichen der Zwillinge. Um 2.000 kam er ins Zeichen des Stiers. In jedem dieser Zeitalter regierte ein Göttergeschlecht. In Urzeiten herrschten Kronos und die Titanen, dann folgte der Olympier Zeus. Um die Zeitenwende kam der Frühlingspunkt ins Zeichen der Fische: Der Fischer ging über das Wasser. Die Überzeugungen waren vielleicht so vehement wie bei Gotteskriegern zu allen Zeiten.

Severin dachte an Cäcilie. Wie er wohl mit Cäcilie über die Philosophie der Barmherzigkeit und die Philosophie der Gesetze sprechen würde? Ob er das könnte? Er hütete seine Gedanken wie einen gebrechlichen Schatz und fürchtete, ein Lächeln zu ernten. Würde er die Frage wagen, woher der Geist, der aus den Wäldern und Wiesen kam, ein Verständnis für die gerade Linie bekam, für die exakte Gerade: Wäre dann Cäciliens Reaktion: „Wieso, man sieht doch, ob etwas gerade ist!?"

Oder tue ich Cäcilie unrecht? Sie kann ja denken. Aber mit dem Denken über das Denken ist sie noch nie in Berührung gekommen. Vielleicht ist nur eine Tapetentür aufzumachen.

Wenn ich sage, schau, Cäcilie, als es noch keine Kalender und Uhren gab, mussten die Bauern im Frühjahr den Zeitpunkt der Aussaat nach dem Sonnenaufgang bestimmen. Sie wussten: Geht die Sonne rechts von der Bergspitze auf, ist es zu früh für die Aussaat, erscheint sie morgens links, dann ist es Zeit. Priester errichteten astronomische Bauwerke, um den Tag genau zu bestimmen. Und sie sahen die exakte Wiederkehr der Sterne und die exakte Wanderung der Sonne. Musste so nicht der Gedanke an Gesetze entstehen, der Begriff des Gesetzes?

Was würde Cäcilie sagen? Etwa: „Ja, man weiß schon lange, dass es Frühling und Herbst gibt." Oder konnte sie nachempfinden, wie ungeheuerlich es war, dass in der Menschheit der Begriff des Gesetzes entstand?

Severin stellte sich Cäciliens Gesicht vor Augen. Das Gesicht wurde schmaler und länger, es wurde zarter, und es war Silkes Gesicht. Denn er wusste: Silke hätte ihn verstanden. Beim Erscheinen des Bildes von Silke erlitt Severin wieder seinen geistigen Unfall, den Schock, den er schon kannte. Es wurde dunkel. Severin fiel in ein Koma aller Empfindungen. ‚Ins Nichts' wird gesagt. Vor Jahren war er oft dorthin gefallen. Vielleicht war der Fall jetzt, weil er älter war, und weil er wusste, dass er schon mehrmals dieses Nichts wieder hatte verlassen können, vielleicht war der Fall diesmal nicht so tief. Dass er so noch denken konnte, galt vielleicht schon als Licht.

29

Die Vorarbeiterin verließ die Montagehalle üblicherweise nur, um nachhause zu gehen. Heute klopfte sie an der Tür zum großen Büroraum, und trat ein, denn es war nicht üblich, dass jemand „Herein!" rief. Gumbrigg schaute auf und winkte ihr. Sie kam zu Gumbriggs Tisch, in ihrer reservierten, beinahe schüchtern wirkenden Art. Aber sie war nicht schüchtern, eher ungewöhnlich dezidiert, nur verwendete sie keine großen Gesten.

„Chef“, sagte sie, „die Leute fragen, wann wir unser Betriebsfest machen.“

Gumbrigg stieß ein kurzes Lachen aus. Das Betriebsfest war in der aller-aller-untersten Schicht seiner Gedanken. Aber es war ein Gesetz. „Ja, natürlich!“, sagte er, „natürlich!“ Es wurde herumtelefoniert, mit Rosa und mit Kurt, und es wurde ein Termin bestimmt.

Selbstverständlich! Die Frauen, die an den Montagebändern arbeiteten und die Mechaniker, die die Maschinen in Ordnung hielten, erwarteten einmal im Jahr ein Fest. Da fallen die Unterschiede, da sind alle Räume für alle offen, und einmal im Jahr ist nicht Arbeit und Disziplin wichtig, sondern Essen und Trinken und Tanzen, auch freche Gedichte über den Chef. Die sind nur Ehre für ihn.

In den Tagen vor dem Fest wurde geplant und getuschelt. Frauen, die morgens für ihre Familie sorgten, tagsüber in der Montage arbeiteten und abends wieder für die Familie sorgten, arbeiteten zusätzlich spät noch an den Vorbereitungen. Es entstanden mit Käse und Wurst überladene Brötchen und Torten und Überraschungen. Gumbrigg musste an diese Üppigkeit denken, für die ja die Firma bezahlte, und bat die Vorarbeiterin, doch etwas zu bremsen.

Er hatte auch Brioni eingeladen, das war seit dem ersten Jahr der Firma üblich. Und Brioni kam. Er brachte auch Pelikan mit. So standen die drei alten Freunde kurz wieder beieinander. Aber im übrigen Verlauf des Festes war Pelikan meist allein und schaute – mit einem Glas in der Hand. Kurt betrachtete Pelikan im Vorübergehen argwöhnisch und Pelikan fing den Blick auf. Er drehte sich ab.

Die lustigsten Damen, die sich an Werktagen verhielten, als wäre der Chef in weiter Höhe über ihnen, forderten Gumbrigg zum Tanz und auch Brioni. Gegenüber Pelikan empfanden sie Scheu. Seltsam, denn er war doch ein gut aussehender Mann, und in den besten Jahren. Aber er schaute nicht mit einem Vorschuss an Freundlichkeit in andere Augen.

Viele hatten sich für das Fest verkleidet, hatten sich übergroße Nasen oder Hasenohren aufgesetzt. Als es spät wurde und schon reichlich getrunken worden war, kamen einige Damen aus der Endkontrolle, die sich mit Resten von Verpackungskartons behängt hatten. Jenen Kartons, die Rosa zerriss, um in einem letzten Versuch der Kontrolle festzustellen, ob mit den VerySticks und allen anderen Varianten von Sport-, Wander- und Spazierstöcken wirklich alles, alles, inklusive Beipackzetteln, in Ordnung war. Die zerrissenen Kartons waren ein Symbol für den verzweifelten Versuch, die absolute Sicherheit der Produkte zu erzwingen. Die absolute Sicherheit gibt es nirgendwo.

Rosa erschrak und wurde wütend, als sie diese Bruchstücke, Hochglanzfotos auf Karton, tanzen sah, und wurde ganz ungewöhnlich scharf mit den angeheiterten Damen. Sie hoffte, der Chef bekäme nichts von diesem Spektakel zu sehen, der makabren Symbolisierung der unsicheren Lage, in der sich die Firma befand.

Pelikan hatte die Vorstellung gesehen. Er konnte das Gefühl der Schadenfreude nicht unterdrücken und dachte, wie es wohl weitergehen solle, und verließ den Schauplatz.

30

Gumbrigg machte bis Mitternacht mit. Das war er diesem Fest seiner Mitarbeiter schuldig. Die Sorge, dass danach keine dummen Exzesse mehr stattfanden, konnte er der Vorarbeiterin überlassen.

Am nächsten Morgen blieb Gumbrigg zuhause bis die Banken öffneten, denn er musste ein Gespräch führen. Er kannte den Filialleiter schon seit Jahren, schon bei der Gründung der Firma hatte der Banker mitgefeiert.

Die Zahlung eines wichtigen Kunden verzögere sich, sagte Gumbrigg, aber der habe immer gezahlt, das Geld käme selbstverständlich bald. Die Bank könne doch sicher den Kreditrahmen etwas erweitern. „Lieber Herr Gumbrigg", sagte der Bankmann, „Sie waren immer ein pünktlich und gewissenhaft handelnder Kunde. Sicher, sicher. Sie werden verstehen, dass ich rückfragen muss." Gut, dachte Gumbrigg, das hat er auch bisher immer gesagt.

Als Gumbrigg in der Firma an seinen Schreibtisch kam, lag dort ein Zettel: Der Arbeitsmarktservice habe angerufen. Und ein zweiter Zettel: jemand habe aus Holland angerufen. Zuerst aber rief Gumbrigg einen seiner Ingenieure und fragte nach der Untersuchung an der Universität. Ja, die Untersuchung sei noch nicht fertig, es sei ein Ungeschick passiert, der erste Dünnschliff der Bruchstelle sei zu Boden gefallen und nicht mehr gefunden worden. Der Querschnitt der Federspange sei ja auch so klein. Und jetzt sei das Elektronenmikroskop für ein paar Tage von einem anderen Auftrag blockiert.

„Machen sie Druck! Machen sie Druck!", sagte Gumbrigg. Der Ingenieur sprach dann noch von der Entwicklung der ‚Spinne'. Sie wollten noch ein weiteres Modell bauen, das viel mehr könnte …

Der Ingenieur sah, dass Gumbrigg für eine solche Erweiterung im Augenblick nicht viel Sympathie hatte. Er sprach aber mit Begeisterung über die neuen Ideen im Labor. Andere, sagte er, arbeiteten an komplizierten Räderkonstruktionen, um über Stufen zu kommen, die achtbeinigen Spinnenstühle seien aber viel flexibler und sicherer. Und jetzt hätten sie doch gerade begonnen, jedem der acht Beine noch eigene Intelligenz zu geben, so könnten Stufen oder Hindernisse viel schneller und geschmeidiger überwunden werden. Der Stuhl könne sozusagen gleiten. Das werde sicher ein tolles Produkt.

Gumbrigg nickte. Der Ingenieur wusste, dass er jetzt gehen musste. „Und fragen Sie in der Universität nach!"

Gumbrigg rief dann den Arbeitsmarktservice an. Dort hatte man die Bitte, eine behinderte Mitarbeiterin aufzunehmen. Gumbrigg wollte bereits sagen, dass dies im Augenblick schwer möglich sei. Er hatte schon einige, die in der letzten Zeit gegangen waren, nicht ersetzt. Aber dem Arbeitsmarktservice die Aufnahme eines Behinderten abzulehnen, das machte schlechten Eindruck. Und die schlechte Nachricht würde überallhin sickern. Also sagte er Ja und informierte die Vorarbeiterin.

Die aber war bestürzt. „Was mach ich denn mit dem armen Mädchen!? In die Linie kann ich sie nicht setzen. Ich muss mir einen Arbeitsplatz ausdenken. Und die anderen, Sie wissen, wie die sind, Chef, die werden das arme Kind hänseln und beschämen, sie wissen wie grob manche sind."

„Wir müssen!", sagte Gumbrigg.

Dann suchte Gumbrigg die Nummer seines holländischen Vertreters und richtete seine Stimme auf einen strahlenden Gruß ein. Es grüßte ihn eine ebenso aufgeräumte, gutgelaunte Stimme. „Wir warten händeringend auf Eure Lieferung. Die Kunden werden ungeduldig. Was ist los?"

Gumbrigg sprach von einem vorübergehenden Engpass, der bald behoben sein werde.

„Wir haben da eine neue Idee! Wenn ihr das machen könnt, gibt es einen schönen neuen Auftrag. Wir müssen unbedingt reden!"

„Neue Idee"! „Neue Idee"! Früher eine freudige Fanfare. Jetzt ein Hohn. Wenn die alten Ideen zusammenbrachen! Gumbrigg musste etwas ins Telefon sprechen. Dazu war aber eine Drehung seiner Stimme nötig, eine andere Einstellung des Kehlkopfes, denn in diesem Augenblick stand der auf Kleinlaut, Verzagen. Er stellte seine Stimme auf sonoren Klang um und sagte: „Ja, demnächst komme ich! Ich freue mich schon!"

Und der Klang der eigenen Stimme trug ihn, für kurze Zeit, und eine freudige Erinnerung kam ihm. An einen Flug nach Holland: Das Flugzeug drehte über Rotterdam. Er sah doch gern die glitzernden Wasserflächen, die Küste mit der heranlaufenden Brandung, die Hafenanlagen, die so gewaltige Vielzahl von Molen und Docks und Kränen, und dann, im Weiterdrehen der Maschine, wieder Grünflächen, alle organisiert, alle bearbeitet, mit Kanälen und Brücken. Und wie die Sonne sich in den Wasserflächen spiegelte, manche knapp über dem Meeresspiegel, manche tiefer gelegen. Und wie der Sonnenpunkt schmale Kanäle entlanglief und von Wasser zu Wasser über das Land wanderte.

31

Sofort nachdem Gumbrigg den Büroraum betreten hatte kam die Vorarbeiterin: „Es geht nicht, Chef", sagte sie.

„Was geht nicht?

„Mit dem armen Mädchen, das uns der Arbeitsmarktservice geschickt hat. Sie wird gemobbt und geschnitten. Sie wollen sie einfach nicht in ihrer Umgebung haben."

„Und wenn sie mit Ihren Damen sprechen und sagen, dass behinderte genauso Menschen sind, dass man sich um sie kümmern muss?"

„Sie wissen, Chef, dass ich meine Damen gut zusammenhalten kann, und ich glaube, sie mögen mich auch."

Gumbrigg und seine Vorarbeiterin saßen eine Weile nachdenklich.

„Und wie wäre es bei Rosa?" Gumbrigg nahm den Hörer und bat Rosa, zu kommen. „Die Damen in der Montage machen Schwierigkeiten mit einem behinderten Mädchen."

„Das hab ich schon gesehen", sagte Rosa.

Und die Vorarbeiterin: „Unsere Liesl soll ihr alle halben Stunden einen Korb mit Teilen bringen. Die soll sie sortieren. Aber die Liesl bringt den Korb nicht. Sie hat vergessen, sagt sie, und macht dabei ein ganz komisches Gesicht. Das arme Mädchen sitzt stundenlang da und hat nichts zu tun. Sie heult."

„Weißt du eine Arbeit für sie?", sagte Gumbrigg zu Rosa.

„Aber wenn wir klein beigeben, das schadet der Disziplin!", meinte die Vorarbeiterin.

Und Gumbrigg: „Bei dir, Rosa, ist die Arbeit nicht so streng organisiert, siehst du eine Möglichkeit?" „Ich versuch es“, sagte Rosa, „Aber Chef! Chef!“ Rosa wollte noch einmal Gumbriggs Aufmerksamkeit. Wenn auch an seinen Bewegungen zu sehen war, dass er wieder allein sein wollte.

„Chef, wir können so mit der Kontrolle nicht weiter machen. Ich zerreiße die wunderschönen Kartons im Auslieferungslager, die meine Kolleginnen gerade erst sorgfältig verklebt haben. Die halten mich für wahnsinnig, die hassen mich schon!“

„Wir bekommen für die Federspange einen neuen Lieferanten. Demnächst müssen Muster kommen.“

Inzwischen ging die Tür des Büros einen Spalt auf und Kurt schaute herein. Neben all seinen Gedanken hatte Gumbrigg den optischen Eindruck, dieses kleine, graue Gesicht mit dem kleinen, spitzen Kinn und dem kleinen Bärtchen sei noch viel mausartiger als sonst.

Gumbrigg war froh, denn er fühlte sich jetzt schon einem Verhör unterzogen, durch die zwei Frauen, die ihm gegenübersaßen. Diese zwei Frauen stellten genau die richtigen Fragen, hatten genau das richtige Gefühl, und er hatte keine Antworten. Hatte er sich das so vorgestellt? Der Chef hat die Sorgen und die anderen haben die Arbeit.

„Wollen Sie BrioMet fallen lassen?“, fragte Rosa.

„Nein! Nein!“, beeilte sich Gumbrigg. Er sah Brioni vor sich, der ihm beruhigend auf die Schulter klopfte, so als wäre dieser Freund für alle Zeiten ein Rückhalt.

„Nein“, sagte Gumbrigg, „das soll nur eine Rückversicherung sein. Wir müssen das Problem lösen. Vorerst keine Veränderungen! Es soll keine Unruhe entstehen.“

Die Damen wussten, dass dies das Ende des Gespräches war. Und Gumbrigg dachte, seine Antwort, die ja ohne Inhalt war, hätten die zwei Frauen nicht verdient.

An diesem Tag blieb Gumbrigg mittags nicht an seinem Schreibtisch sitzen. Er verließ das Haus.

Üblicherweise hatte er in seiner Computertasche belegte Brote. Die legte er auf eine Serviette und trank dazu Kaffee. Ab und zu wischte er sich die Finger ab, griff zu einem Schreibgerät und ließ seine Hand Notizen machen. Die Mittagszeit war ein Ritual, das Entspannung verordnete. Er wurde in dieser Zeit auch nicht gestört. Konsequent und gradlinig durchgezogene Überlegungen hatten in diesem Ritual nur in den hinteren Rängen Platz. Die Gedanken durften sich eigenwillig bewegen und führten zu allerlei Wegen und Abwegen, die in den strengen Stunden ausgegrenzt waren. Gumbriggs Gedanken aber spielten immer noch im Bereich seiner Firma, und seine Hand kritzelte Fragen auf das Papier, die in den Routinestunden des Tages nicht aufgetaucht wären. Später mussten diese Fragen dann abgearbeitet werden.

Aber an diesem Tag verließ Gumbrigg für die Mittagspause das Haus und ging, nur wenige Minuten weit, in einen Park. Dort standen Bänke, und es spielten Kinder. Er war seinen Damen, seiner Rosa und seiner Vorarbeiterin, ausgewichen. Wohin konnte er denn ausweichen? Er hatte in allen Situationen immer noch einen Ausweg gefunden. Der Ausgangspunkt der Firma war seine Erfindung des VerySticks mit der Federspange. Ein kleines Ding, wie eine Haarspange, nur mit besonderen Krümmungen und besonderen Verbiegungskräften. Nun war eine Spange gebrochen; auf rätselhafte Weise; eine von zig-tausend. Aber wenn ein VeryStick auslässt und es zu einem Unfall kommt, kann dies das Ende der Firma sein. All diese Prüfungen bringen nicht wirklich Sicherheit. Ein fehlerhaftes Exemplar kann immer noch übersehen werden. Und der zweite Lieferant? Kann der denn so präzise arbeiten wie Brioni mit seinem Pelikan? Unser Kurt mag ja den Pelikan nicht.

Gumbrigg ging langsam zurück zur Firma. Er ging zu den Ingenieuren. Dort wurde er freudig begrüßt. „Sie müssen sehen! Schauen Sie!“ Er wurde zum Spinnenstuhl geführt. Gumbrigg musste schmunzeln. Das Ding sah noch etwas plump und sperrig aus. Ein Sitz, wie der Sitz eines üblichen Rollstuhls, getragen von acht Gliederstangen, an denen Drähte und dünne Schläuche entlangliefen. Begeistert aber waren die Ingenieure von der Reaktion eines dieser Spinnenbeine: Sieben Beine berührten den Boden und ein Bein ruhte auf einem Holzklotz. Ein Laborant schob den Klotz zur Seite: Da senkte sich auch dieses Bein auf den Boden, und die Messinstrumente zeigten, wie die acht Beine die Belastung jetzt anders trugen. Dann stieß einer der Ingenieure den Klotz gegen das Bein: Das Bein hob sich und stützte sich wieder auf den Klotz. Großer Ausbruch von Freude! „Das wird eine ganz andere Dimension für die Firma!“ „Die Spinne wird wie geölt die Treppen hinaufgleiten!“

Gumbrigg freute sich, er lobte. Und dann: „Ich wollte mit Euch noch über etwas anderes sprechen. Wie steht es mit der metallurgischen Untersuchung an der Uni?“

„Nächste Woche kommen wir dran.“

„Sagt einmal, was haltet Ihr von der Federspange?“

Im ersten Augenblick herrschte Verwunderung. Alle waren ganz auf ihre Spinne konzentriert. „Sie meinen, weil da eine Feder gebrochen ist?“ „Aber das ist doch eine von hunderttausend!“

„Und wenn wieder eine Feder bricht und jemand stürzt?“, fragte Gumbrigg. Er bekam nur fragende Blicke. „Aber das ist doch jahrelang gut gelaufen!“

„Ich möchte euch bitten“, sagte Gumbrigg, „über Alternativen nachzudenken.“ Und nach einer Weile: „Ein VeryStick ohne diese Feder, ein anderes Prinzip. Für den Anwender dieselben Funktionen wie bisher. Lasst Euch was einfallen!“

Die Ingenieure, noch ganz im lustigen Fahrwasser ihrer Gedanken zur Entwicklung der Spinne, schauten verunsichert. Und sie sahen, dass Gumbrigg zögerte, noch etwas zu sagen. Er hatte auf den Boden geblickt und schaute sie schließlich an: „Ich muss euch bitten“, sagte Gumbrigg, „die Arbeit an den Spinnen ruhen zu lassen. Die VerySticks haben Vorrang. Dieses Problem muss gelöst werden!“ Er verließ die Ingenieure schnell.

Während Gumbrigg zu seinem Büro zurückging, bekam er Schwindelgefühle. Er hatte soeben sich selbst in Frage gestellt. Seine Erfindung, sein Patent, auf das er alles aufgebaut hatte. Ein Jahrzehnt. Jetzt desavouiert, zur Disposition. Wenn jetzt einer der jungen Kerle wirklich eine Idee hätte, dann wäre diese Firma nicht mehr sein Werk, dann wäre er nicht mehr nötig, bestenfalls noch Verwaltungsbeamter.

Als Gumbrigg sich wieder an seinen Schreibtisch gesetzt hatte und den Notizblock sah, auf dem er morgens notierte, was an dem Tag sein musste und was darüber hinaus noch geschehen sollte, als er versuchte, sich wieder auf den Tageslauf zu konzentrieren, meldete sich sein Betreuer in der Bank.

„Ja, Herr Gumbrigg, wir können Ihnen noch einmal entgegenkommen. Es ist ja immer alles korrekt gelaufen. Und Sie sind ja auch mit Herrn Brioni gut befreundet, ja."

Das war natürlich eine Erleichterung. Das Darlehen erweitert. Einige Rechnungen konnten jetzt bezahlt werden. Gumbrigg spürte, wie sein Rücken lockerer wurde. Er dachte noch an kleinere Tagesprobleme, er dachte auch, ob er bei seinen Vertretungen andere Produkte in den Vordergrund stellen sollte, Spazierstöcke, in all ihren teils skurrilen Ausfertigungen. Die hatten ja nicht das Problem der sich automatisch einstellenden VerySticks. Er dachte diese Probleme aber nicht zu Ende. Er verließ die Firma schon beim allgemeinen Arbeitsschluss.

Der Kreis um den Familientisch war klein. Jutta hatte sich entschuldigt, und bei Till war sowieso nie zu sagen, ob er käme. Einige Minuten entstand kein Gespräch. Gumbrigg hantierte mit seinem Besteck. Trotzdem spürte er, dass Hanna von Zeit zu Zeit zu ihm blickte, und dass diese Blicke gut gemeint waren.

Grand'mère saß in ihrem Sessel und schien das Schweigen als unangenehm zu empfinden, auch als ungehörig. Denn das gemeinsame Mahl am Abend hatte die Funktion des Kontakts, der Geselligkeit, vielleicht der Diskussion. Sie sah es als ihre Pflicht, diese Gespräche in Gang zu halten. Sie gehörte nicht mehr zur tragenden Generation, aber es war ihre Aufgabe, diese Tradition zu pflegen.

„Unsere Jutta ist ja ein liebes, aufgewecktes Mädchen, aber wie sich das Kind schminkt und herrichtet, ist gar nicht gut, ist unwürdig. Ich habe vor vielen, vielen Jahren etwas über Schönheit geschrieben. Das wollte ich heute Jutta vorlesen. Aber vielleicht ist es gut, wenn ich das zuerst in diesem kleinen Kreis tue.

Es sind meine Gedanken zu einem Artikel, der seinerzeit in unserer Zeitung stand, der Titel war ‚Demokratische Schönheit'. Die wurde gelobt. Als Beispiel war eine Frauenschönheit abgebildet, die wohl jedem klassischen, aber auch Vorkriegs-Ideal von Schönheit widerspricht. Der Artikel und die Abbildung dazu beschäftigten mich sehr, und ich machte mir die folgende Notiz:

„Ist es nicht schade, die Begriffe so zu verdrehen! Ein Makeup, das apart, attraktiv macht, kann doch keine ‚Schönheit' bewirken. Dieses Bild mit den leeren Augen, dem so sinnlich betonten Mund, den künstlich hochgezogenen Augenbrauen! Nein und abermals Nein! Ich zeigte das Bild – ohne leiseste Kritik – halbwüchsigen, jungen Männern, Müttern, Männern in den Vierzigern: Alle reagierten abweisend: kein Geist, kein Gefühl, keine Innerlichkeit! Gemein.

Schönheit kommt von innen heraus und kann nicht aufgepflanzt werden. Es ist gar nicht richtig, dass die Generation vor den Kriegen nicht schön sein wollte. Welch natürlicher Glanz lag damals über einem Ballabend!"

Grand'mère ließ die Hand, die ihre Notizen hielt, sinken.

„Mutter", sagte Gumbrigg, „glaubst du wirklich, dass unsere Jugend nicht zu schönen Gefühlen fähig ist?"

„So will ich nicht sagen, aber wo ist die Besinnlichkeit, die Anmut? Alles muss Spaß sein, eine schnelle Bilderfolge, eine Stakkato-Folge. Schade!"

Grand'mère fuhr sich mit der Hand über Augen und Stirn, als wäre sie nach einem lebenslangen Streben müde geworden. „Ich will euch nicht alles vorlesen, was ich damals geschrieben habe, nur das noch:

„Ohne innerliche Werte, die im Neugeborenen angelegt sind, und entwickelt werden müssen, gibt es keine wirkliche Schönheit. Schönheit muss erfreuen, ein Lichtblick sein im Leben, ob sie nun in Kindern, Frauen oder Männern Gestalt angenommen hat. Ohne Geist, ohne Willen zum Höheren, gibt es nicht Schönheit, die erhebt und erfreut".

„Schön hast du das geschrieben!", sagte Hanna. „Weißt du, ich glaube, unsere Sprache hat sich verändert. Wir können solche Wörter nicht mehr aussprechen: ‚heilig', ‚anmutig'. Wir genieren uns. Wenn Kinder in der Schule ein Gedicht von Schiller aufsagen müssen, kommen sie sich albern vor. Und doch sind es gute Kinder."

Die alte Dame schwieg und blieb in ihren eigenen Gedanken. Sie bedauerte, vielleicht mit vollem Bewusstsein, dass sie nicht mehr die Kraft hatte, mit einer Fülle von Argumenten eloquent ihre Meinung zu verteidigen. Sie bedauerte, dass eine Welt, ihre Welt, versinkt, in der sie, in ihrer Jugend, für das Schöne, das Wahre und das Gute geglüht hatte.

Gumbrigg stand auf, ging um den Tisch herum zu seiner Mutter, trat hinter ihren Sessel, nahm ihren Kopf in beide

Hände und drückte seinen Kopf auf ihr weißes Haar. Mehr konnte er nicht. Auch er war zu müde, in diesem Diskurs geeignete Worte zu finden. Das wäre freilich die eigentliche Würdigung seiner Mutter gewesen.

Gumbrigg ging in den Keller. Das Denken ist weitgehend von den Gefühlen des Körpers bestimmt. Dort unten, wo trotz der Klimatisierung die charakteristische feuchte Kühle der Grundmauern des Hauses herrschte, und wo auch das Licht der Leuchtstofflampen eine fremde, nüchterne Helligkeit verbreitete, die gar nicht in alle Winkel des Raumes reichte, dort konnte er seine vielen Gedanken los werden, beinahe fielen sie von selbst ab. Gumbrigg stand vor den Terrarien seiner sechsbeinigen Freunde und betrachtete ihre Betriebsamkeit.

Wie sie eilig und sicherlich zielgerichtet hin und herliefen. Auf dünnen Zweigen begegnen sie einander und tauschen mit den Fühlern Botschaften aus, mehrere tun sich zusammen, um eine tote Motte zu schleppen, jede fasst die Motte mit ihren Mundwerkzeugen, ihren Mandibeln. Sternförmig um die Motte formiert, ziehen doch alle in die gleiche Richtung, jede weiß die Richtung, ob sie vorwärts, rückwärts oder seitlich geht.

Gumbrigg ließ dieses Geschehen sein Gesichtsfeld erfüllen. So etwa, wie man bei der Betrachtung der scheinbar zufälligen Bildwechsel eines Kaleidoskops träumen kann. Er fühlte sich wohl. Und doch wollte er, um dieses Gefühl länger anhalten zu lassen, über das Schauspiel seiner Ameisen reden. Er rief wieder Severin Sattler an. Es war sowieso einige Arbeit an den Terrarien fällig. Mit Sattler konnte er über Dinge sprechen, die keinen Bezug zu den Zielen,

Zwängen und Hoffnungen des Tages hatten, die nichts mit Familie und nichts mit der Firma zu tun hatten. Sattler war nur nachts in der Firma. Das löste ihn aus der Aktualität.

Sattler hatte eine viel konkretere Beziehung zu den Ameisen. Er sah ihre Tätigkeiten im Einzelnen, nicht als buntes Treiben, das vielleicht unterhaltsam war. Sattler kannte schon viele Signale. Eine Botschaft ist, dass Hilfe benötigt wird für einen Transport, eine andere, dass in den Krieg zu ziehen ist gegen Feinde, eine weitere, dass die Kameradin Hunger leidet: Dann wird sie aus dem Kropf von Mund zu Mund gefüttert.

„Manchmal", meinte Gumbrigg, „hat man den Eindruck, dass eine von diesen unermüdlichen Arbeiterinnen sich freut – oder zumindest sich wohlfühlt. Sie bleibt stehen und nur die Fühler bewegen sich langsam, kann sie ‚bedächtig' sein?"

„Das täuscht wahrscheinlich. Vielleicht sind im Augenblick die Signale zu schwach. Keine Gerüche, keine Signale von Kolleginnen. Bald läuft wahrscheinlich die Uhr der Expedition ab, und sie kehrt zum Bau zurück."

„Aber man hat den Eindruck, dass sie sich freut. Andere Tiere freuen sich ganz deutlich. Niemand bezweifelt, dass ein Hund sich freuen kann."

„Bei den einfachsten Lebewesen", sagte Sattler, „können wir schon jede Lebensäußerung anhand der Ganglien nachvollziehen."

„Und wann wird die Freude erklärt?" Damit schloss Gumbrigg den Abend ab.

32

Für Montage hatte Gumbrigg eine Besprechung um acht Uhr eingeführt. In vielen solcher Besprechungen waren bisher die Themen gewesen: ein neuer Kunde, eine neue Version Wanderstab, eine neue Maschine. Jetzt waren die Augenbrauen hochgezogen und keiner wollte beginnen zu reden. Die Disponentin sagte: „Unser französischer Kunde ist abgefallen. Die Verzögerungen waren ihm zu lang." Sie sagte das in einem schnippischen Ton, verärgert. So als wäre sie von den anderen rund um den Tisch im Stich gelassen worden. Sie konnte ihre Kunden nicht bedienen, weil ihr die Produktion die Ware nicht rechtzeitig zur Verfügung stellte.

Gumbrigg schaute auf und schaute die Disponentin an: „Sie sagen das so, als sei es definitiv!?"

„Ja, in den letzten Wochen gingen alle unsere Lieferungen zu spät raus. Ich hab immer vertröstet. Jetzt ist es aus."

Gumbrigg, der alle seine Vertreter gut kannte und manchen Abend hier oder dort mit ihnen verbracht hatte, dachte, er würde noch einen Versuch machen, er würde später telefonieren.

„Wir brauchen mehr Personal für die Prüfungen!" Diese Bemerkung kam von Rosa. Sie sagte das mit gesenktem Kopf und leise. Sagen musste sie das, denn sie war für die Kontrollen verantwortlich und brauchte zusätzliche Hände. Sie musste das sagen, obwohl sie wusste, dass ihr nicht mehr Personal bewilligt werden würde. Sie schaute nicht auf, man sah nur ihren dunkelbraunen, wuscheligen Haarschopf.

Der Buchhalter hakte gleich nach. In bestimmtem Tonfall sagte er, dass an neues Personal jetzt nicht zu denken sei. Und er fügte die Bemerkung hinzu, dass verzögerte Lieferung auch verzögerte Zahlung bedeute.

„Solange wir bei den VerySticks diese verdammte – ". Das sagte Gumbrigg. Wörter wie ‚verdammt' zu gebrauchen, war nicht seine Gewohnheit. Vielleicht zu sich selbst, wenn er alleine war. Er setzte dann fort: „Solange wir bei den VerySticks diese Qualitätsunsicherheit haben, sollten wir uns mehr um Nebenprodukte kümmern". Er schaute die Disponentin an, sie hatte ja die täglichen Kontakte. „Wie steht es mit Schwerpunkt Jagdstöcke, Sitzstöcke, Schießstöcke mit Schießkerbe aus Geweih? Das ist doch auch ein Markt". „Ja, peanuts", sagte die Disponentin. Solch eine schnippische Antwort war allerdings bisher nur selten der Umgangston gewesen.

Gumbrigg hatte das Gefühl, er sitze da wie ein schmollendes Kind. Mit seinem Schweigen schien er alle diese Aussagen als nutzlos abzutun. Sie schauten ihn immer noch so an, als wisse er, was zu tun sei. Wissen, was zu tun ist, das ist seine eigentliche Aufgabe hier, wenn er noch eine Aufgabe hat. „Ich rufe jetzt noch einmal in Frankreich an", sagte er. „Wir sprechen uns morgen wieder." Die Disponentin blieb bei ihm sitzen, schließlich ging es um ihren Kunden. Die anderen verließen den Raum, aber zögerlich und irritiert.

Das Gespräch mit Gumbriggs Geschäftsfreund war nicht unangenehm. Es ist üblich, in prekären Situationen Scherze zu machen und an alte Zeiten zu erinnern. So wurde nur mit einigem Lachen herumgeredet. Aber es war für Gumbrigg schon deutlich, dass jetzt Aufträge anderswo hingingen. Die Disponentin stand mit einem Achselzucken auf.

Kurz darauf aber meldete sich Gumbriggs Telefon. Der Anruf kam aus Hongkong. Für Hongkong hatten Gumbriggs Leute einen Stock in Drachenform modelliert. Er hatte glosende Augen, glänzte in Gold und Glitzerwerk, aber der Clou war: Er konnte zusammengeschoben werden und sah trotzdem noch wie ein Drache aus. So ließ er sich wie ein Szepter tragen. „Mr. Gumbrigg! Mr. Gumbrigg!, „you have to come!", sagte der Vertreter. Gumbrigg hatte schon alle möglichen Stöcke nach Hongkong verkauft. Jetzt brach sein Partner in helle Begeisterung über den Drachenstock aus. Das sei nicht ein Stock für Festtage oder irgendwelche Zeremonien. Er habe die Muster Teenagern gezeigt, und die seien ganz aus dem Häuschen gewesen ‚freaked out'. „Wir machen einen HYPE daraus! Wir verkaufen hunderttausend! Sie müssen kommen!"

Gumbrigg wurde es schwindlig. Von den anderen Tischen im Büro kamen Blicke. Offenbar hatte er sich ungewöhnlich bewegt, einen Glanz über sein Gesicht bekommen. Er murmelte Worte der Überraschung und Freude; er werde sich bald melden. Vor seinen Augen erschienen hohe Stapel von Kartons mit Aufschrift ‚Hong Kong', und es erschienen Maschinen, aus denen die bizarren Formteile der Drachen fielen, und er hörte bereits Gespräche voraus, über geeignete Kunststoffe für Drachenköpfe und einen abriebfesten Goldlack.

Das Wort Drache hatte Gumbrigg während des Telefonats nicht in den Mund genommen, so konnte also niemand im

Büro wissen, worum es ging. Das musste auch so bleiben. Denn er hatte noch keine Vorstellung, wie er mit dieser Nachricht umgehen sollte. Seine Gedanken folgten nicht konsequenten Linien, sondern glitten zwischen Problemen umher. Und plötzlich sah er eine Lösung vor sich, eine Lösung nicht für den Drachenstock, sondern für die VerySticks. Die verhängnisvolle Federspange sollte nicht optisch geprüft werden, sondern mechanisch. Jede Spange musste vor dem Einbau mechanisch mit doppelt so viel Kraft belastet werden wie je in einem VeryStick auftreten konnte. Das war eine eindeutige Kontrolle! Weg von der Prüfung unter den Mikroskopen, die nur verschwommene Bilder gaben. Und weg von der unsinnigen Endkontrolle mit zerrissenen Kartons. Das Kopfschütteln seiner Leute musste ein Ende haben!

Allerdings, eine Maschine, für automatische mechanische Kontrolle, musste erst konstruiert und dann gebaut werden. Das bedeutet viel Geld und viel Zeit. Gumbriggs Freude über seine Idee zerfiel wieder, sehr schnell. Trotzdem rief er Kurt und die Ingenieure und Mechaniker und erklärte die neue Prüfmethode.

33

Wenn Severin Sattler frühmorgens, im Winter, seinen Arbeitsplatz hinter der Empfangstheke von Gumbriggs Firma verließ, dann war es draußen noch Nacht. Hatte es geschneit, so war der Ton der Stadt, diese Summe aller Geräusche, gedämpft. Und auf den Gehsteigen gab es noch wenige Spuren. Etwa die sich schlängelnden Linien, die das

Fahrrad des Zeitungsburschen hinterlassen hatte. Oft aber waren die Straßen nass. Das Licht von herabstrahlenden Straßenlampen erzeugte beißende Reflexe im nass-schwarzen Asphalt.

In Morgenstunden dieser Art spürte Sattler durch alle Gliedmaßen, dass seine Einteilung von Tag und Nacht die verkehrte Ordnung war. Mit jeder Minute auf seinem Weg nachhause wurden die Straßen belebter, Mädchen liefen, Männer hasteten, Autos hupten ungehalten. Er aber, Sattler, schloss seinen Tag ab. Er hatte sich einen Rhythmus zurechtgelegt: Kam er in seine winzige Wohnung, dann machte er sich ein Brot, nicht mehr, mit Schinken vielleicht, und trank ein Glas Milch dazu. Es folgten zwei Stunden Schlaf. Danach trickste er die Stunden aus, mit allem, was zum Tagesbeginn gehört, mit Duschen und Kaffee. So kam er am Vormittag an, wenn auch draußen noch Vormittag war.

Sattlers Stunden waren nicht leer. Zu viele Gedanken drängten sich stets in seinem Bewusstsein. Sein Problem aber war, dass er nachts alleine hinter der Empfangstheke saß und tags alleine zuhause saß oder alleine nötige Wege auf den Straßen ging. Familie hatte Sattler nicht mehr. Entferntere Verwandte gab es, aber dort zu sitzen und bei Kaffee und Kuchen über völlig Belangloses zu plaudern, das konnte Sattler nicht ertragen. Vor allem auch das immerwährende Klagen über die Zeit. So fehlte Sattler jede Korrektur seiner Gedanken. Allein die Gegenwart einer anderen Person, allein schon die Gegenwart, hätte genügt. Sie bewirkt eine gewisse Disziplin, verhindert irres Gedankenfliehen.

Immer wieder wurde Sattler vom Bild der Ölspur heimgesucht, und er hörte die Schreie der Kinder, so scharf, dass ihn die Ohren schmerzten. Er sah seine Hände am Steuer, und darüber, durch die Windschutzscheibe, die abschüssige Straße mit der hässlichen, teils schwarzen, teils spiegelnden Spur. Die Sonne stand geradeaus über der Straße, niedrig. Es folgte das Knirschen und das Drehen und das Kippen. Eine Erlösung konnte Sattler nicht gewinnen aus dem Argument, dass einem anderen Fahrer dasselbe widerfahren wäre. Diese Rechtfertigung war für den Schrecken kein Gegengewicht.

Durch die wiederkehrenden Bilder wurde Sattler in einen physischen Krampf gestoßen, den er nicht abschütteln, nur verebben lassen konnte. Und auf die Zeitspanne, die das Verebben dauerte, hatte er keinen Einfluss.

Eine andere Heimsuchung kam als schlummernde Traurigkeit, eine immerwährende Traurigkeit. Es war die Sicht auf sich selbst, auf sein gesamtes Leben. Da ging es nicht um den großen Unfall, um das Geschrei der verstümmelten Kinder. Es ging um die Zeit, als er erwachsen wurde, und seine Zukunft vor ihm nur dichter Nebel schien. Wie es in einem Traum manchmal unmöglich ist, die Gliedmaßen zu bewegen, unmöglich ist, den Fuß auf eine Stufe zu setzen, so war es ihm damals unmöglich gewesen, irgend etwas fertig zu machen. In Seminaren war Anwesenheit gefordert. Aber es war ihm unmöglich, das Haus zu verlassen. Es war ihm einfach unmöglich, das Bett zu verlassen. Und wenn er schon aufgestanden war, konnte er seinen Stuhl nicht verlassen. Man hätte ihn peitschen können, man hätte ihn mit einer Pistole bedrohen können. Er hätte wehrlos den

Schuss geschehen lassen. So wie man einem, der sein Bein gebrochen hat, nicht befehlen kann, aufzuspringen, so radikal unmöglich war es Sattler in seinen entscheidenden Jahren, zu tun, was die Welt von ihm erwartete.

Jetzt, wo sein Leben zu mehr als der Hälfte vorüber war, hatte sich sein Körper oder seine Psyche, oder was immer es sein mochte, beruhigt. Er war berechenbar, auch für sich selbst berechenbar. Das dankte er zu einem guten Teil diesem Gerd Gumbrigg. Das war ein guter Mensch. Wie ein Fels. Einfach und deshalb sicher, das war Gumbrigg. Nicht vorzustellen, dass in diesem Gumbrigg etwas zitterte, etwas zweifelhaft war. Was muss, das muss, was nicht geht, geht nicht. Wie aber hatte dieser Mensch, der doch von Daten und Fakten lebte, damals, als Sattler zur Vorstellung gekommen war und die Tür zum Büro öffnete, in Sekundenschnelle, ja, ihn freundlich (!) angeblickt, mit einem Blick, der, sozusagen, ein vollständiger Blick war, und dann einen Ausdruck im Gesicht gehabt, der bewirkte, dass Sattler sich unmittelbar aufgenommen fühlte. Und es war so: Gumbrigg hatte die Papiere schnell zur Seite geschoben und hatte ihn aufgenommen. Als Nachtwächter nur, aber doch.

Im Sommer war Sattlers Einteilung eine andere, zumindest an schönen Tagen. Dann schien auf seinem Heimweg schon die Sonne und er ließ es ruhig zu, dass die Welt aus diesem Grund eine ganz andere war. Er fuhr hinaus aus der Stadt, bis zu den waldigen Hügeln. Er bekam ein ganz anderes Ich, sobald der Boden unter seinen Füßen von altem Laub und braunen Tannennadeln bedeckt war. Der Körper übernahm die Leitung. Die Traurigkeiten und Zweifel wurden durch Schritte auf Steine und Wurzeln und Laub ersetzt. Sattler konnte wieder so denken, als stünde ihm die Welt offen, und seine Lieblingsgedanken stellten sich wieder ein. Er, Severin Sattler, geht jetzt durch den Wald. Er sieht Bäume, und Sonnenflecken auf dem Waldboden. Vielleicht wird er einen Fuchs sehen, das weiße Ende des Schwanzes. Vor tausend Generationen ging auch einer durch den Wald, vielleicht wilder und wuchtiger, aber mit viel Wissen um den Wald. Und sein Gott sprach mit ihm aus Bäumen und Gewässern und Tieren.

Aber es sind so viele Dinge neu beim Menschen! Diese Sehnsucht! Woher kommt die Sehnsucht? Tiere können lieben und hassen. Junge Vögel sind eifersüchtig. Krähen stehlen und täuschen, sie stellen sich vor, was andere Krähen denken. Wo aber kommt die Sehnsucht her? Sie ist der Hunger nach einer Herrlichkeit. Die Sehnsucht kann sich nach einem Menschen richten, der nicht zu erreichen ist, oder nach einem Ort, einem Klang. Aber es gibt die reine Sehnsucht, das Verlangen nach dem Guten und Schönen an sich. Diese, die inhaltslose Sehnsucht ist die schönste. Weil ihr Ziel unerreichbar ist, weil allein der Gedanke schon wunderbar ist, eine mühelose, weil unerreichbare, Erfüllung. Und Severin Sattler, der hagere arme Mann mit der dünn gezogenen Haut über seinem kantigen Schädel, konnte auf einer Wiese liegen und über sein Glück bitterlich weinen.

Sein Verhältnis zu Gumbrigg hatte sich in zwei Ebenen eingerichtet. Er sagte: „Sie, Chef". Und Gumbrigg sagte:

„Du, Sattler". Sattler, der Nachtwächter, war vom Chef viele Stufen entfernt. Als Pfleger der Ameisenvölker jedoch hatte Sattler eine kameradschaftliche, ja freundschaftliche Beziehung zu seinem Chef. Aber er ergriff nicht die Initiative, er stellte keine Fragen. Sattler war nicht neugierig, er hatte gar nicht das Verlangen, Fragen zu stellen. Doch wenn Gumbrigg einmal Gedanken durchsickern ließ, dann hatte Sattler das Gefühl, er sei aufgefordert, mitzudenken.

„Ich hatte einen Anruf aus Hongkong", sagte Gumbrigg und schaute Sattler an. Sattler wartete. „Die wollen Drachenstöcke. Zehntausend. Und Hunderttausend werden angeblich folgen. Ich soll kommen." „Und? Wann fliegen Sie?" Sie standen im Keller und Gumbrigg betrachtete die Ameisen. Sattler sagte nichts. Gumbrigg warf ihm einen Blick, seitlich aus den Augenwinkeln, zu. „Ich schwimme!", sagte Gumbrigg. „Ich habe immer gewusst, was ich tun soll und was ich tun will, jetzt nicht." Er drehte sich zu Sattler und schaute ihn gerade an. Empörung stand ihm im Gesicht, Empörung über seine eigene Unsicherheit.

„Ist es die Spange?", fragte Sattler.

Gumbrigg zuckte die Schultern und drehte sich wieder weg. „Sie wollen einen Stab in Form eines goldenen Drachen, tausende, angeblich viele, viele tausende."

„Das wäre doch gut für die Firma!"

„Ja, aber wir prüfen und prüfen und prüfen diese Spangen und alle sind nervös und finden das Prüfen nutzlos, unsinnig. Ja, wahrscheinlich ist es nutzlos. Aber für die Versicherung! Wenn wirklich einem Menschen mit seinem VeryStick etwas passiert, können wir sagen, wir haben alles getan!"

„Die Versicherung“, sagte Sattler, „findet sowieso eine Lücke im Vertrag.“

Gumbrigg beendete das Kellergespräch und ging in die Wohnung hinauf. Gumbrigg und Sattler konnten nach solch einem Nachtgespräch ohne Worte, ohne Gruß, auseinander gehen. Gumbrigg fand Hanna noch bei Lampenlicht in ihrem Arbeitsraum. Sie schaute mit ärgerlicher Verbissenheit auf den Schirm ihres Computers, ein Gesichtsausdruck, der ihrer Lebensart gründlich widersprach. Es kam auch sofort ein Lächeln, beinahe ein kindliches Lächeln, als sie bemerkte, dass Gumbrigg eingetreten war. „Entschuldige“, sagte sie, „ich bin so wütend, ich ärgere mich über unsere Machtlosigkeit“. Sie zeigte auf den Computerschirm. Es war ein historisches Lehmbauwerk zu sehen, eine Moschee mit Türmen und Zinnen, in der charakteristischen Farbe zwischen Ocker und Sandgelb. Und daneben ein viele Stockwerke hoher Ziegelbau, der schräglaufende Kanten hatte, geboren aus Computerspielen. Hier und da hatte man, ganz unmotiviert, ein Türmchen in den Formen der Lehmarchitektur auf das neuzeitliche Gebäude gesetzt. „Eine scheinheilige Hommage an die Architektur des Landes!“ Nocheinmal regte Hanna sich auf. „Wir hatten schon Konsens, dass das Monster nicht gebaut wird! Aber: mit Schmiergeld!“

Hannas Gesicht wechselte schnell wieder zu ihrer Herzlichkeit. Gumbrigg führte sie zum Sofa und sprach über den Anruf aus Hongkong. Danach empfand er den Abend als geordnet und, auf einem Seitenweg der Wirklichkeit, gemütlich.

34

„Wir müssen die Brionis einladen!“, hatte Hanna noch am Abend gesagt. „Sie sind ja irgendwie seltsam: Carmen, mit ihrer Farbinszenierung!“ Dann hatte Hanna geschmunzelt und verhalten gelächelt. „Dich hat sie ja mit ihren runden blauen Augen angebohrt!“
Und weiter: „Es ist schon peinlich, dass wir uns so lange nicht revanchieren. Und damit es nicht so“ – Hanna lachte noch einmal, leise – „eigenartig wird, können wir ja auch Franz Pelikan einladen. Sehr umgänglich ist er ja nicht. Aber er gehört doch auch dazu, zu unserem alten Klub.“

„Gerade jetzt!?“ Diese Frage war in Gumbrigg entstanden. Vielleicht hatte er sie auch ausgesprochen.

Gumbrigg machte sehr früh die Haustür hinter sich zu und ging die Schritte zur Gittertür des Vorgartens. Die Luft stand kalt und scharf, das Licht kam aus einem diesigen Himmel. Der Rost in den Angeln der Gittertür bewirkte in der Morgenfeuchte ein besonderes Krächzen.

„Wir müssen die Brionis einladen!“, hatte Hanna am Abend gesagt. Ob es klug war, jetzt nach Hongkong zu fliegen? Der Untersuchungsbericht der Technischen Universität musste bald – jetzt endlich! – kommen. Die neue Prüfmethode musste ausprobiert werden! Die Muster der Federspange des zweiten Lieferanten mussten kommen! Die Ingenieure sollten doch eine Alternative zur Federspange entwickeln! Das wollte sein eigenes Ich gar nicht, denn die Federspange war ja sein ureigenstes Kind, sein Patent, die Basis seiner mittleren Jahre.

Der Büroraum war noch leer und still. Kurze Zeit blieb, alleine zu denken. Vor ihm und zur Seite standen halb aufgeräumte Tische. Ihm gegenüber die vier hellen Fenster. Weißlich kam von dort das Licht in den Raum. Was kann Hong Kong bringen?

Gumbrigg sah in die Zahlen der Buchhaltung. Die Außenstände waren niedrig. Verständlich, sie hatten ja weniger ausgeliefert. Es wird also weniger Geld hereinkommen. Noch deutlicher zeigte sich die Situation im Konto der Offenen Posten, im Konto der noch nicht bezahlten Rechnungen. Die Summe dieser Beträge war zu hoch für ein Gleichgewicht. Solch prekäre Situationen hatte Gumbrigg auch in seinen Anfängen erlebt, aber das waren kleine, sozusagen menschliche, Summen gewesen.

Besonders verzögert zahlte der Buchhalter die Rechnungen von Brionis Metallfabrik. Es waren ja nicht nur die Federspangen. Viele andere Metallteile, Rohre, Griffe, Stabspitzen kamen von BrioMet. Wie weit konnte Gumbrigg zulassen, dass sein Buchhalter die Geduld Brionis ausnützte? Und die Summe der Löhne blieb gleich, aber es wurde weniger produziert und mehr kontrolliert.

Viel Zeit blieb Gumbrigg nicht, Türen waren zu hören. Bald darauf kamen Kurt und Rosa. Sie waren erregt. „Chef, die neue Prüfung funktioniert nicht!“, sagte Kurt, „Jede zweite Spange geht kaputt! Die doppelte Belastung hält keine Spange aus!“

Gumbrigg stand auf, und alle drei gingen hinüber in die Produktionshalle. Die Werkstatt hatte eine provisorische Vorrichtung gemacht, und ein Mechaniker zeigte Gumbrigg, wie schnell die Federspangen bei Überlastung brachen.

Wenn die doppelte Belastung zu hoch ist, wäre 50% Überlast sinnvoll? Rosa und Kurt schauten beide Gumbrigg mit groß offenen Augen an. „Habt Ihr mit Pelikan über den Test gesprochen? Weiß er davon? Rufen Sie doch gleich an!", sagte Gumbrigg. Kurt griff nach seinem Telefon und drehte sich vom Tisch ab. In dieser Drehung schaute er noch schräg zu Gumbrigg. Es war deutlich: Er mochte Pelikan nicht.

Der Tag verging, ohne dass Gumbrigg sich um Kunden oder den möglichen zweiten Lieferanten oder die Situation der Bankkonten kümmern konnte, es ging nur um die Prüfungen. Nein, Pelikan hielt nichts von dem Test, in den VerySticks sei die Belastung doch ganz anders! Ja, in Brionis Fabrik wurde der angelieferte Bandstahl mit Dauerbiegebelastung geprüft, bevor dieses Vormaterial zu Pelikans Stanzen kam. Kein Anhaltspunkt für Weiterdenken.

Als das Haus sich am Abend geleert hatte, blieb Gumbrigg noch an seinem Tisch. Es war so still. Er hatte das Gefühl einer trockenen Stille. Wieder ein Tag ohne Lösung. In welche Richtung sollte es gehen? Die Müdigkeit schränkte den Horizont ein, schränkte die Möglichkeit ein, alle Faktoren abzuwiegen. Und die Stoßkraft. Vor nicht langer Zeit war die Stoßkraft noch mit einem Gefühl von Freude und Übermut gekommen. Gumbrigg stand auf und ging nocheinmal in die Montagehalle. Er betätigte nochmals die Prüfvorrichtung, und einige Federspangen zersprangen unter seinen Händen. Er versuchte sich zu trösten, dass dies doch eine viel höhere Belastung der Feder war als nach dem Einbau in die VerySticks. Also ein unbrauchbarer Test.

Zum Abendessen kam er wieder zu spät. Und er wusste, dass sein Gesichtsausdruck dumpf und mürrisch war. Am

Tisch saßen diesmal wieder Till und Shu. Beide machten einen munteren Eindruck. Till, wie meist, mit einem Ausdruck von Widerspruch und Trotz. Shu hatte eine gewisse Fröhlichkeit, die sonst vielleicht durch ihre Zurückhaltung verborgen war. Gumbrigg mochte diese Zurückhaltung sehr gerne, er mochte Shu.

Gumbrigg war in eine lebhafte Unterhaltung gekommen. Jutta schaute Gumbrigg mit schief gelegtem Kopf an: „Na, Väterchen, Grant? Liebst du auch diese E-Musik?“ Till und Shu richteten sich, mit Gestik, gegen Jutta. „Ärgere deinen Vater nicht, er schaut jetzt schon grimmig genug drein!“, sagte Till.

Aber Jutta ließ sich nicht einbremsen: „Diese sogenannte ‚ernste‘ Musik ist Ausdruck des Militarismus des neunzehnten Jahrhunderts. Schau dir diese Geiger an! Mit ihren Fiedelbögen stechen sie in einem wüsten Takt auf und ab, auf, ab, auf, ab, taktaktaktak, wie ein Maschinengewehr, wie ein Tanz mit Bajonetten!“

„Du bist ein Banause! Eine Banausin! Du verstehst einfach die musikalische Sprache nicht!“ Till streckte seine Hand gegen Jutta aus und bewegte seinen Zeigefinger in einer verbietenden Geste. „Wir müssen dich noch zehn Mal in E-Konzerte zwingen, damit dir die Ohren aufgehen!“

„Schau doch, wie sie da sitzen, alle in Reih und Glied, alles reglementiert, wie auf dem Exerzierplatz, und der Dirigent ist der Feldwebel. Hört Euch das doch einmal ohne diese eingebrannte Hochachtung vor dem Alten an! Diese Musik ist ein Abbild der Marschmusik! Und des Drills! BaBaBa-Baaa! Und dann didididа, didididа, dididida! Exakt, koordiniert, diszipliniert. Das Militär ist in alle musikalischen Gefühle hineingeflossen!"

Till war jetzt sehr erhitzt. „Und deine Gitarrenpuppen, die sich in sündteurem Scheinwerferlicht rekeln und sich ihre Gitarre gegen die Lenden schlagen, sind die besser? Mit schmerzverzerrtem Gesicht küssen sie ihr Mikrofon!"

„Du verstehst das nicht!", sagte Jutta.

„Schwache Antwort!"

In der kurzen Pause der Debatte konnte Grand'mère sich melden. Ihr Zeigefinger war hochgerichtet. Aber das Handgelenk lag nach wie vor ruhig auf dem Tisch, auf dem weißen Tischtuch, ruhig.

„Kinder!", sagte sie. „Jutta!"

Wenn Grand'mère die Gefühle ihrer Jugend, die Gefühle, die sie ihr ganzes Leben lang gepflegt und entwickelt hatte, angegriffen sah, dann konnte auch auf ihrem alten, blassen Gesicht noch die Zornesader schwellen.

„Jutta! Halt doch einmal still! Du bist nur mit deinen Aggressionen in das Konzert gegangen, du hast nicht einmal angefangen zu hören. Ich habe einmal ein Gedicht geschrieben, vielleicht weiß ich es noch:

Was hier auf Erden unerfüllbar ist,
....

Auf Gumbriggs Gesicht zogen sich die Wangen etwas hoch. Er liebte seine Mutter über die Maßen, und er wusste, dass diese Art von Gedichten in den Ohren der jungen Leute peinlich klang. Es gelang diesen Zeilen nicht, Jutta etwa, in die Stimmung zu versetzen, die seine Mutter so intensiv spürte, und die sie vermitteln wollte. Zudem waren die Verse etwas unbeholfen, was Gumbrigg wunderte, denn seine Mutter war doch sprachgewandt und behielt in ihren Gedanken doch die Übersicht!

Worüber Gumbrigg aber hauptsächlich dachte, das war Hongkong. Ein Beispiel für eine Entscheidung, die getroffen werden musste, ohne dass Gumbrigg wusste, oder dass irgendjemand sagen konnte, was richtig war. Der Buchhalter würde sagen: In dieser Situation, bei diesem Kontostand, eine teure Reise: ausgeschlossen. Ob Gumbrigg mit einem Auftrag zurückkäme, stand ‚in den Sternen'. Aber: Wenn er mit einem Auftrag heimkehrte, dann wären die Lücken im Auftragsbuch wieder gefüllt. Und es wären vielleicht ganz einfache Drachenstöcke dabei, nicht nur VerySticks, für die man die Federspange brauchte.

Gumbrigg war versucht, jetzt und hier, an diesem weiß gedeckten Tisch, gegenüber seiner Mutter, seine Entscheidung bekannt zu geben. Welche? Sein Puls ging hoch, er kam sich wie ein Spieler mit hohem Einsatz vor, wie ein waghalsiger, unverantwortlicher. Aber hatte er nicht schon oft Ja oder Nein gesagt, nur weil die Situation eine Entscheidung verlangte, auch wenn keine Begründungen zu beschaffen waren?

„Ich werde nach Hongkong fliegen", sagte Gumbrigg. „Hei!", rief Till, und drehte sich zu Shu neben ihm. „Wir kommen mit! Wir besuchen deine Eltern, Shu! Wir bleiben gleich dort!"

Hanna schaute ihren Mann an. Er hatte ihr ja vom Anruf des Vertreters erzählt. Aber damals war Gumbrigg nachdenklich gewesen, beinahe niedergeschlagen, nicht gespannt, wie jemand, der Aktionen plant, er hatte nicht die Kaumuskeln angespannt, wie einer, der den Stier bei den Hörnern packt.

Am nächsten Morgen, an seinem Schreibtisch, überlegte Gumbrigg, wie er es seinen Leuten sagen sollte. Rosa wird sicher betreten schauen. Sie wird fest auf ihren zwei Beinen stehen, aus ihrem Kopf mit dem dunkelbraunen Wusch von Haaren werden ihn ernste Augen anschauen. Sie wird nichts sagen, aber sie wird denken: Unsere Probleme sind nicht gelöst, wir wissen nicht, wie es weiter geht, und jetzt fliegt der Chef weg? Für wie lange?

Kurt wird auch so reagieren. Und er wird seinen Chef mit ziemlicher Deutlichkeit, beinahe mit Härte, fragen, wie sie während seiner Abwesenheit verfahren sollten.

Jeder Tag könnte neue Überraschungen bringen. Der Buchhalter wird empört sein. Er wird einwenden, dass diese Reise, es geht ja nicht nur um den Flug, im nächsten Status der Firma aufscheinen würde. Die Bank verlangt in immer kürzeren Abständen einen aktuellen Status.

Gumbrigg dachte, es wäre das Beste, gleich jetzt in der Früh allen mitzuteilen, dass er diese Reise machen werde, und er ging zur Vorarbeiterin, zu Rosa, zu Kurt, zum Buchhalter. Und alle reagierten, wie er das schon erwartet hatte. Dieses Unangenehme hatte er hinter sich.

Er kam zu den Ingenieuren. Dort lagen einige Versuche, wie man einen VeryStick ohne Federspange konstruieren könnte, aber noch keine brauchbare Lösung. Mit etwas Vorfreude ging Gumbrigg zur Designerin, denn die wird sicher von der Aufgabe begeistert sein, eine Kollektion von Drachenstöcken zu entwerfen! Stöcke mit Steinbock- oder Adlerkopf hatte sie schon zur Genüge gezeichnet. Den

Vormittag saß Gumbrigg in ihrem Studio und besprach, wie eine eindrucksvolle Mappe mit Entwürfen zusammengestellt werden könnte.

35

Es war etwa zwei Uhr morgens. Severin Sattler saß an seinem Platz hinter der Empfangstheke. Seine Arbeitsfläche lief zwar rechts und links von ihm ziemlich weit hinter der Theke, aber sie war nicht sehr tief, und zur Linken flackerte die Batterie der kleinen Überwachungsbildschirme. Er griff zu seinen Papieren und las:

Es gab einmal eine Zeit, in der Gott warmen Atem hatte. Er sprach mit den Menschen, und er lebte im Wald, auf der Steppe, in Steinen und Quellen. Alle Dinge der Welt waren Personen: die Tiere, der geschnitzte Stock in der Hand, der Himmel und Mutter Erde. Ob Gott selbst in den Dingen lebte, oder Elfen und Kobolde, eigenwillige Knospen seines Geistes, einerlei: Der Mensch erwartete in allem, was er sah oder anfasste, einen Willen, und Freundschaft oder Hass.

So vorwiegend waren die Wünsche und Sorgen des Tages durch den Umgang mit Mensch und Tier bestimmt, dass die Automatik der Begriffsbildung hierauf ausgerichtet wurde. Die angeborene Mechanik, mit der ein Ding aus dem farbigen Gequirl der Umgebung herausgegriffen und umgrenzt wird, enthält auch die Regelung, dass die nützlichen oder schädlichen Ereignisse, die mit dem Ding in Zusammenhang stehen, diesem selbst zugeschrieben werden. Das Ding ist eine gute oder böse Person. Nur mühsam gelingt es dem analytischen Verstand, deutlich zu machen, dass der Hammer, der auf die Zehe fällt, nicht aus bösem Willen handelt.

Um halb drei Uhr morgens schlug die Eingangstür auf und Kurt tappte eilig herein. In Richtung Sattlers sagte er nur: „Ich muss noch ..." und verschwand durch die innere Eingangstür.

Kurt ging zu dem Arbeitsplatz, an dem der Überlast-Test aufgebaut war. Er betätigte die Vorrichtung mehrmals, so wie es gedacht war, und wieder brachen einige Federspangen bei der vorgesehenen Überlast. Das waren aber sicher gute Spangen gewesen. Kurt schaute und dachte, dann stellte er die Vorrichtung auf einen Transportwagen und fuhr damit in die Werkstatt. Er warf die Drehbank an und versuchte dies und das, bis er mit einem Stöhnen alles liegen und stehen ließ. Eigenartig: Die mechanische Werkstatt war aufgeräumt, ordentlich und sauber. Drüben, bei den Elektronikern waren alle Tische jahraus, jahrein von einem Gewirr von Drähten und bizarren Teilen bedeckt. Das mussten zwei unterschiedliche Kategorien Mensch sein.

Kurt verließ die Werkstatt langsam und ging hinunter. Bei Sattler blieb er stehen. Er wollte gar nicht reden, aber Sattler fragte: „Was machst du hier in der Nacht? Ist es die Spange?" „Der Chef wird eine Woche nicht da sein, und nichts ist klar. Die halbe Belegschaft produziert, und wir wissen nicht, ob alle Stöcke in Ordnung sind, und die andere Hälfte prüft, und die Prüfungen sind Unsinn!"

Er blieb weiter bei Sattler stehen. Er legte den rechten Arm auf die schmale Fläche der Empfangstheke und klopfte mit den Knöcheln der Hand einen langsamen Takt. „Der Chef", sagte Kurt.

„Der Chef wird das schon", begann Sattler. Er schaute von seinem kleinen Arbeitsplatz hinauf zu Kurt und hatte ein wohlwollendes, ein begütigendes Lächeln, als wüsste er mehr und könnte beruhigen.

„Der Chef ist anders geworden! Er gibt keine geraden Antworten!"

Mit einem letzten Schlag der Fingerknöchel auf die Theke drehte sich Kurt um und schüttelte seinen kleinen Kopf mit dem spitzen Kinn. Hastig ging er auf die Straße.

Über Gumbrigg sprach Sattler mit anderen Leuten nicht. Er lebte im Gefühl, Gumbrigg sehr nahe zu stehen. Ja, natürlich war er Gumbriggs Angestellter, und ein von Gumbrigg aus Seenot Geretteter, aus seiner seelischen Seenot gerettet. Nichts, was er angefangen hatte, war ihm gelungen, immer war der Boden schwankend gewesen. Hier bei Gumbrigg fühlte er sich auf einer riesigen Betonplattform, auf einem sicheren Boden. Und zuweilen schien die Sonne. Lange schon war er nicht mehr in eine dieser tiefen Schluchten von Trostlosigkeit gefallen, in denen seine Gliedmaßen dem Willen nicht gehorchten, seine seelischen Gliedmaßen. In solch einem tiefen Brunnen funktionierte das Denken an einen nächsten Tag nicht, das Wort Hoffnung war wie das Tönen einer fremden Sprache, unverständlich.

Hier bei Gumbrigg war sein Dasein fest gefügt, in einen Rhythmus gesetzt, hier konnte er an Dinge denken, die nichts mit seiner Person zu tun hatten, an Mythen und Sterne und menschenunabhängige Gesetze.

Sattler freute sich über diese Selbstbetrachtung. Unvermittelt aber tauchte Gumbrigg wieder vor ihm auf. Und nicht als Arbeitgeber, sondern als Freund, ein Freund, der in nicht-körperlicher Weise groß ist. Natürlich war Gumbrigg auch körperlich groß, bärig, an allen Gliedmaßen schwer, tappend eher als schreitend. Vor allem aber war Gumbrigg ein freundlicher Mantel. Bei diesem Gedanken zerbrach Sattlers Heiterkeit abstrakter Gedanken und es wurde ihm warm. Er spürte das in den Augen. Also hatte er doch die Dimension der sogenannten Menschlichkeit. Und das öffnete dann seine Erinnerungen: an seine Mutter, die sah er sorgenvoll; an Schulkameraden: Damals konnte er spielen. Nur so. Einfach spielen. Später erst war es heikel geworden.

Warum Gumbrigg mit ihm über Hongkong gesprochen hatte? Die Frage losgelassen hatte, ob er nach Hongkong fliegen solle oder nicht? Die Ameisen waren im Hintergrund und bauten eine Brücke zwischen zwei Blättern. Eine Hängebrücke aus Hunderten Kameraden. Wie war es von ihrer Geburt an in ihren Köpfchen, dass sie zum Brückenbau zusammenarbeiten mussten?

Sattler ging ja auch immer wieder in das kleine Restaurant, Pizza-Café, was immer, und manchmal saß er mit Cäcilie an einem Tisch. Das Angenehme an Cäcilie war, dass man eine halbe Pizza essen konnte, ohne ein Wort zu sprechen. So war Cäcilie: Wenn nicht die Zeit des Sprechens ist, muss auch nicht gesprochen werden. Dachte Cäcilie während des Essens ans Essen? Nein, sicher nicht. Aber eine Sache nach der anderen. Und gleich redete sie auch wieder und erzählte aus dem Meldeamt: Eine Dame sei gekommen und habe sich stattlich auf den vom Amt bereitgestellten Stuhl gesetzt. Es wurde deutlich: Das war eine Herablassung. Und dann sei ein Bursch gekommen. Der knallte sich auf den Stuhl und sagte ‚Guten Morgen'.

Eine gute Seele war diese Cäcilie. So zwischen Jugend und dem mittleren Alter, etwas grau. Sicher ein guter Kamerad. Aber Severin Sattler wollte nicht über Praktisches reden. Gewiss waren Partner für hohe, flockige Gedanken zu finden. Aber Sattler wollte nicht aus seiner Geborgenheit ins Ungewisse.

Bei dieser Beobachtung seiner selbst stach ihn wieder die Erinnerung: an Silke, wie sie überrascht geschaut hatte, als er wegging. Rückwärts schreitend, bis er sich abwandte.

36

Als Gumbrigg am Morgen zu seinem Tisch kam, lag dort ein Zettel. Ein Gummiteil diente als Briefbeschwerer auf dem Zettel. Es war eine Gummiklaue, ein Gummifuß, der für die Spinne gedacht war. Auf ‚sanften Pfoten' sollte die Spinne ihre Sänfte tragen, auf Straßen und Plätzen und über Treppen. Die Schrift auf dem Zettel war Kurts Handschrift. Warum hatte er ausgerechnet einen Spinnenfuß auf den Schreibtisch gelegt? Kurt wusste ja, dass die Spinne Gumbriggs Lieblingskind war, sein Zukunftskind, und dass er gerade erst die Entwicklung der Spinne hatte stoppen müssen. Kurt wollte ihn doch nicht ärgern! Vielleicht aber zeigen, dass er mit seinem Chef nicht einverstanden war.

Auf dem Zettel stand: „Die Uni ist fertig!"

Gumbrigg rief Kurt und Rosa und einen der Ingenieure zusammen. Ein Assistent vom metallurgischen Institut hatte angerufen: Sie könnten kommen, den Befund zu diskutieren. Die Bruchstelle der Federspange, sagte der Assistent, musste sehr hoher Temperatur ausgesetzt gewesen sein.

Gumbrigg nahm Kurt, den Ingenieur und Rosa mit zum Institut der Technischen Universität. Er hatte gezögert, Rosa zu rufen, weil sie in ihrem weißen Arbeitskittel so unförmig und schwer wirkte. Eine Repräsentantin der Firma? Aber sie war ja das Qualitätsgewissen der Firma. Und sie hatte die Feder gefunden. Bei der Abfahrt erschien Rosa in sehr ordentlicher Straßenkleidung.

Im Labor projizierte man für Gumbrigg und seine Leute Aufnahmen, die mikroskopische Details zeigten. Ein kleines Stück der Bruchstelle war in Kunststoff eingebettet und dann mit Diamantscheiben in hauchdünne Plättchen geschnitten worden. Die einzelnen Kristallbezirke des Metalls wurden sichtbar. Das Licht konnte die dünnen Metallschichten durchdringen. Die tausendfach vergrößerten Metallzonen schillerten in vielen Farben. Die Leute, die gemeinsam auf die Projektionsfläche schauten, waren mit großem Ernst auf die Bilder konzentriert. Sie hofften, ein Rätsel aufzuklären und in letzter Minute eine Firma zu retten.

„Man sieht", sagte der Assistent, „neben der Bruchstelle viel größere Kristalle als im übrigen Gefüge. Das Material muss hier aufgeschmolzen worden sein."

Im Wagen, auf der Rückfahrt, sagte Kurt: „Das geht nicht mit rechten Dingen zu!" Während der Fahrt reagierte Gumbrigg nicht. Aber er gab seinen Glauben, seine Hoffnung auf, dass diese Beschädigung der Feder durch eine seltsame Konstellation von Zufälligkeiten entstanden wäre. Nein! Das musste ein jemand mit Absicht gemacht haben. Wer?

Brioni war sofort bereit zu einem Gespräch. Gumbrigg dachte zunächst an ein Treffen unter vier Augen. Aber Rosa und der Ingenieur, und Kurt, insbesondere Kurt, sollten Brionis Reaktion auf die Bilder der Materialanalyse sehen. Als Gumbrigg beim Hauptgebäude von BrioMet vorfuhr, stand Brioni schon am Eingang, und neben ihm sein Betriebsleiter Pelikan.

Brioni empfing Gumbrigg und seine Delegation mit vollkommener Freundlichkeit. Gumbrigg sah Brioni in einer uneingeschränkten Gelassenheit. Wie doch das Gedächtnis beliebig spielt! Es zeigte Gumbrigg ein altes Ölgemälde. Dort wandelten Personen in hochfürstlichen Lustgärten. Hatte eine dieser Personen die Gesichtszüge von Brioni?

Aber Brioni führte, sie gingen eine Reihe von verglasten Arbeitszimmern entlang, bis zu einem Konferenzraum. Gumbrigg reichte Brioni die Bilder der Mikroskop-Aufnahmen. Brioni schob sie weiter zu Pelikan. Pelikan hielt den Kopf in seiner Art schräg. Die Augenbrauen zog er hoch, wie um Aufmerksamkeit zu demonstrieren. Zugleich zeigte er eine Miene von Desinteresse. Kurt beobachtete Pelikan minutiös.

„Es ist wohl klar“, sagte Pelikan, „dass eine Stanze so etwas nicht produzieren kann.“

Sehr schnell warf Kurt ein: „Soll das ein Fehler sein, der schon im Stahlband war, aus dem Sie die Federn stanzen?“

Brioni zuckte wie verärgert mit den Schultern.

„Vielleicht hat der Blitz eingeschlagen!?“, sagte Rosa, und sie sah drein wie ein vorlautes Schulmädchen, das sich im großen Kreis einen Witz erlaubt. Einen Seitenblick hatte sie für Kurt. Der lächelte nicht.

Brioni lehnte sich etwas zurück und sprach in einem Tonfall, der definitiv klang: „Manchmal muss man akzeptieren, dass man nicht weiterkommt, dass man etwas nicht erklären kann.“

„Gerd“, sagte er, zu Gumbrigg gerichtet, „Du solltest jetzt diesen Fall abschließen und zur Tagesordnung übergehen. Herr Pelikan wird noch einmal den ganzen Weg analysieren, von der Anlieferung der Stahlbandrollen bis zur Stanze, und wird schauen, ob es irgendwo elektrische Entladungen hoher Energie geben kann. Ich glaube nicht.“ Dann machte Brioni Bewegungen des Aufstehens.

Sie waren, wie man so sagt, hinauskomplimentiert. „Dieser Pelikan weiß noch etwas. Das war ihm deutlich anzusehen!“, sagte Kurt, als sie zum Wagen gingen.

Es war Gumbrigg nicht deutlich, was er von dem Gespräch halten sollte. Brioni sprach mit einer abschließenden Sicherheit. Gumbrigg beneidete ihn um diese Sicherheit.

Wenn diese kleine Firma Gumbrigg weiterbestehen soll, dann nur ohne die unglückseligen Kontrollen. Gumbrigg ließ alle Kontrollen einstellen.

Die normale Produktion ist wieder aufzunehmen!

Inzwischen hatte Hanna mit Carmen telefoniert und einen Termin vereinbart. Es sollte ein festliches Essen mit der vollständigen Familie Gumbrigg werden. Insbesondere um Till und Shu musste sich Hanna noch kümmern. Ja, und Jutta war auch nie sicher. Nach kurzer Zeit rief Carmen nochmals an. Sie hatte mit ihrem Mann gesprochen, und der drängte darauf, auch Franz Pelikan einzuladen. Der sei doch immer mit von der Partie gewesen, schon ganz am Anfang, im Bootshaus.

„Wenn Alfons Brioni das will!", dachte Hanna.

Als Hanna Jutta zu fassen bekam und von der Einladung sprach, und dass sie unbedingt kommen solle, war Jutta bockig und mürrisch und sprach von einem Fest freundlicher Nasenlöcher. Als es aber ans Vorbereiten ging und Hanna angesichts all der Kleinigkeiten ihr freundliches Gesicht verloren hatte, stand plötzlich Jutta in der Tür: perfekt als Serviermädchen gekleidet, schwarz, mit kleiner weißer Schürze und einem weißen geklöppelten Band über der Stirn.

Der Tisch wurde ausgezogen. Mit seinem Erker in den Garten hinaus vertrug der alte hohe Raum mit Leichtigkeit lange Tische. Zur Tischordnung dachte Hanna: Links von ihr muss Alfons Brioni sitzen. Und rechts? Doch lieber nicht Franz Pelikan. Der schaut immer so fordernd, so eindringlich. Franz setze ich neben Grand'mère, er darf sie charmieren. Sie wird etwas pikiert lächeln. Carmen muss ich natürlich meinem Gerd gegenübersetzen.

Pelikan und die Brionis trafen gleichzeitig ein. Es wurden Blumen überreicht und Schatullen mit Süßen

Sachen. Brioni ging schauend durch das Haus und durch den großen Raum mit seinem Erker. Er kannte das Haus gut. Hier waren, vor doch schon langer Zeit, als sie Studenten waren, viele Feste gefeiert worden. Die Bilder an den Wänden waren vertraut. Damals kaum beachtet, jetzt starke Symbole einer lustigen Zeit. Manche ehrwürdig pathetisch, andere bloß mit Erinnerungswert. Vielleicht auch nur für diejenigen von Wert, die sie erstmalig aufgehängt hatten.

Jutta führte Grand'mère herein. Die alte Dame stand aufrecht. Klein war sie geworden. Aber wenn sie die Hand gab, schaute sie sehr direkt, und mit großer Intensität in ihren Augen. Jutta begleitete Grand'mère zu ihrem Platz und schob den Stuhl zu. Hanna wies Franz Pelikan zum Stuhl neben Grand'mère.

„Sie sind jetzt ein erwachsener Mann geworden", sagte Grand'mère. „Bitte sagen sie ‚Du'. Wie früher!". „Gut. Also. Was machst du, Franz?"

„Ich arbeite bei Alfons Brioni."

„Schön, dass alte Freunde beisammen bleiben. Und was machen Sie – machst du? Ihr habt euch ja immer mit Maschinen beschäftigt. Und du machst für Alfons die Technik?"

„Ja", sagte Pelikan, „Ich bin Betriebsleiter." Er hielt den Kopf schräg zu Grand'mère, wie es seine Art war, den Kopf zu halten. Aber der aus Gewohnheit vorsichtige Blick und die damit einhergehenden Stirnrunzeln entspannten sich. Es tat wohl, von dieser alten Dame, die sie alle schon vor Jahren verehrt hatten, gut angesprochen zu werden.

„Und, wie geht es persönlich? Du bist alleine da!"
„Es hat sich noch nichts Geeignetes gefunden."
„Schade", sagte Grand'mère, „Du solltest weiter versuchen! – Meinem Gerd scheint es in letzter Zeit nicht gut zu gehen. Er ist immer angespannt und spricht wenig."
„Das kommt schon wieder in Ordnung." Pelikan wurde plötzlich bewusst, dass die anderen miteinander lachten. Ihn hatte man zu Grand'mère gesetzt, er sollte sie unterhalten. Es stieg in ihm wieder Verbitterung auf. Und Gumbrigg lässt seine Fabrik wieder normal laufen! Und fliegt nach Hongkong! Gerd Gumbrigg, Chef einer eigenen Firma, eine Stufe über ihm!
Jutta servierte und beugte sich zu Grand'mère. Die war hoch erfreut, Jutta in so adretter, so perfekter Kleidung zu sehen. „Jutta, du machst mir Freude, dass du so ordentlich gekleidet bist – Es musste ja nicht gerade Serviermädchen-Kleidung sein!"
Auf der anderen Seite des Tisches wurde über Hongkong gesprochen. Ja, sagte Till, wir werden in Hongkong wohnen. Und Job? Das werde er sicher schnell finden.
Brioni fragte Hanna: „Wann werdet ihr fliegen?". „Wieso wir!? Gerd wird fliegen."
„Ihr solltet beide fliegen, das ist wichtig bei einem solchen Geschäftsbesuch."
Franz Pelikan hörte das, und die Leichtigkeit, mit der ein Hongkong-Flug arrangiert wurde, war ein weiteres Gift für seine Stimmung. Er spürte seinen gespannten Gesichtsausdruck und begann, mit Jutta, die in der Küche und dann wieder um den Tisch herum tätig war, zu flirten.

Carmen schaute zu Gerd Gumbrigg, und sie sah, dass er ungern an diesem Tisch, in dieser Gesellschaft saß und lieber anderes tun wollte. Sie schaute, als wollte, als müsste sie ihm helfen.

Nachdem die Gäste gegangen waren, saß Grand'mère noch bis spät an ihrem Schreibtisch und las. Sie las in einem Buch, das sie schon lange begleitete: ‚Der Mensch, Seine Natur und seine Stellung in der Welt' von Arnold Gehlen. Ja, dort stand: ‚Wir werden, um jetzt eine erste Formel zu geben, den Menschen als Handelndes Wesen definieren.' „Ja", sagte Grand'mère zu sich, „selbst das Schicksal in die Hand nehmen!" Und während die linke Hand die Seiten des Buches vorsichtig, wie einen filigranen Schatz, hielt, machte die rechte alte Hand die Geste einer Faust, und ihr Gesicht wurde streng. Hätte sie gekonnt, die ganze Menschheit hätte sie gezwungen, das Handeln gegen das Schicksal zu setzen.

Und in ihrem geliebten Buch stand auch, der Mensch sei nicht in Stufen der Evolution geworden: vom Instinkt zur erlernten Gewohnheit, zur praktischen Intelligenz, die auch die Affen haben, schließlich zur menschlichen Intelligenz, Nein! Im Menschen liegt ein einmaliger Wurf der Natur vor. ‚Es gibt ein lebendiges Wesen, zu dessen wichtigsten Eigenschaften es gehört, zu sich selbst Stellung nehmen zu müssen.' „Ja", sagte Grand'mère, und sie bewegte dabei in der Stille ihres Zimmers die Lippen, „das Leben selbst in die Hand nehmen! Das ist der Auftrag!"

Sie war von Freude über dieses Buch erfüllt. Etwas Wehmut bereitete ihr, dass mit niemandem in der Familie ein

Gespräch über diese Gedanken zustande kam. Aber es waren alle tätig! Jeder auf seine Weise.

37

Als am Montag Morgen die Planungsrunde zusammenkam, waren die Augen auf Gumbrigg gerichtet. Nicht, weil jetzt eine Neuigkeit erwartet wurde. Dass wieder alles normal laufen soll, hatte natürlich sofort jeder im Hause erfahren. Aber: Wird das jetzt so bleiben? Was war dann der Sinn all der bisherigen Prüfungen?

Die Vorarbeiterin hatte eine praktische Frage, sie musste ja die Arbeiten ständig begleiten, es vergingen nie fünf Minuten ohne Anpassung des Arbeitsflusses. „Chef, in der Planung ist zu wenig Arbeit!“ Alle um den Tisch hatten diese Situation schon im Gefühl gehabt. Aber die Vorarbeiterin war auf Entscheidungen angewiesen.

Gumbrigg hatte, da doch die Parole ‚Normalität‘ ausgegeben war, wieder ein gewisses Gefühl, handeln zu können. Auch wenn zur wirklichen Normalität noch Einiges gelingen musste. „Fragen sie bitte, wer auf Urlaub gehen kann!“ Und er meinte, noch mehr sagen zu müssen: „Üben Sie ein Bisschen Druck aus, schenken Sie ein paar Tage!“

Die Teilnehmer des Morgengesprächs empfanden diese Vorgaben Gumbriggs als nüchtern und notwendig, wenn auch bedauerlich, und gingen ruhig an ihre Arbeiten.

Später am Vormittag kam der Buchhalter zu Gumbrigg. „Sie wollen nach Hongkong fliegen!“ „Ja, wir haben eine große Anfrage von unserem Vertreter.“ „Herr Gumbrigg, ich sage es ja nicht gern: Wir haben nicht das Geld für so eine Reise!"

„Es geht um umfangreiche Aufträge", sagte Gumbrigg zu seinem Buchhalter, „wir brauchen Aufträge, Sie wissen, es sind uns einige Kunden verloren gegangen. Wegen unserer technischen Schwierigkeiten."

„Wir haben unsere Beziehungen zur Bank schon aufs Äußerste strapaziert! Die Löhne sind zu zahlen! Wir bekommen keinen Raum mehr!"

„Dann müssen wir noch einmal sprechen. Machen sie bitte einen Termin!"

Gumbrigg ging mit vielen Unterlagen zur Bank: Die Umsätze der vergangenen Jahre, des laufenden Jahres, die erwarteten großen(!) Aufträge aus Hongkong. Gumbrigg war Bittsteller. Aber er hatte sich ein Auftreten angewöhnt, das in seiner Mimik und Gestik ausdrückte, ausdrücken sollte, er sei derjenige, der die Situation kennt, er sei derjenige, der seinem Gegenüber die Gesamtlage erklären könne. Diese Selbstsicherheit gründete teils in seinen früheren Erfolgen, teils konnte er sie, aus langer Übung, einschalten.

Der Bankmann kannte allerdings solche Gespräche. „In einer Woche bin ich wieder da! Dann sieht alles anders aus!"

„Höchstwahrscheinlich", fügte Gumbrigg hinzu, um nicht leichtgläubig zu scheinen. Noch einmal bekam Gumbrigg zehn Tage Zeit.

In der Firma wurde Gumbrigg in einer lockeren Atmosphäre verabschiedet. Die Bangigkeit hatte sich abgenützt. Wenn nicht unmittelbare Gefahr droht, dann schwenkt die Stimmung nach einer negativen Zeit wieder in Hoffnung. Die Reise bot Anlass für Hoffnung. Die Designerin hatte ihm eine recht prächtige Mappe mit Entwürfen zusammengestellt. Sie war darüber auch sichtlich stolz. Nächtelang hatte sie sich in die unzähligen Darstellungen vierbeiniger Schlangenkörper vertieft, in die Stacheln und Schuppen und Feuer speienden Rachen. Die Liebe zu Gold und Glitzerwerk hatte sie in sich aufgenommen und in ihren Entwürfen zur Wirkung kommen lassen. Kurt warf auch einen Blick auf diese optischen Wunder und sagte, die Bemerkung war nur für ihn selbst bestimmt: „Das wird nicht leicht zu verwirklichen sein!“ Gumbrigg, der nur mäßig für Scherze begabt war, hatte aber gehört und meinte: „Ihr werdet noch alle mit solchen Stöcken spazieren gehen!“

So hatte Gumbrigg seinen Leuten Hoffnung gemacht und bezog aus der Stimmung wiederum Standfestigkeit. Die Vorbereitungen zum Flug waren Routine. Wie oft hatte Gumbrigg schon einen Sitzgurt festgezogen! Sehr früh kam er nocheinmal in die Firma und holte Papiere ab, die vielleicht doch auch nützlich sein konnten. Als er aus dem Büro herunterkam, blieb er bei Sattler stehen. Gumbrigg und Sattler; der Chef und sein Nachtwächter. Aber die Ebene von Hoffnung und Ungewissheit war für beide gleich. Sattler stand auf von seinem Platz hinter der Empfangstheke und reichte Gumbrigg die Hand, um Glück zu wünschen. Einander die Hand zu geben, war sonst nicht üblich.

Kurt kam, er holte Gumbrigg für die Fahrt zum Flughafen ab. Während Gumbrigg schon durch die Tür hinausging, sagte Kurt zu Severin Sattler: „Wird dem Chef gut tun, diese Reise!“

Sie fuhren zur Villa der Gumbriggs. Da es Oktober war, wirbelten schon Blätter vor den Scheinwerfern. Zwischen den links und rechts unter den Bäumen der Allee geparkten Wagen blieb nicht viel Platz für die Fahrbahn. Hanna war schon bereit. Gumbrigg und Kurt gingen ihr entgegen zum Haus, und Kurt bemühte sich um das Gepäck und trug es durch die Gittertür hinaus zum Wagen.

Gumbrigg setzte sich zu Hanna in den Fond des Wagens. Selbstverständlich saß Gumbrigg vorn, wenn Kurt einmal nur ihn chauffierte. Aber Kurt dachte wahrscheinlich an ganz anderes als die Konstellation im Wagen. Gerd Gumbrigg und Hanna sahen einander an, und es war eine ganz eigenartige Situation, denn unvermittelt waren sie ganz losgelöst von allen Verbindlichkeiten, es war kein Warten auf den zu spät kommenden Gumbrigg, kein Bedenken, ob es auch Grand'mère gut gehe. Sich um Jutta Sorgen zu machen, blieb zwecklos. Hanna war durch die Reise von allen Sorgen und Verpflichtungen abgeschnitten. Hanna und ihr Mann lächelten einander an. Die Reise wird abrollen, nichts ist jetzt dafür oder dagegen zu tun. Es war ein betretenes Lächeln, ein geniertes Lächeln, als wären sie Fremde gewesen und säßen plötzlich eng beieinander auf einer einsamen Bank.

Oder: Als hätten sie einander nach vielen Jahren unvermittelt wiedergesehen. Hanna, dieses kuinzig lächelnde Mädchen! Dieses kindliche, verschmitzte, zugleich zurückhaltend-hintergründige Lächeln! Ein Mann kann ein kleines Mädchen ohne Arg allerliebst und reizend sehen. Doch Hanna war ein voll erwachsenes Mädchen gewesen, sozusagen ein weibliches Mädchen. Dieses verschmitzte Lächeln war ihr immer geblieben. So als könne sie, aus der Sicherheit ihrer Seele heraus, auf allen

Unsinn, der vielleicht in ihrer Umgebung geschah, mit einem liebevollen, verzeihenden Lächeln antworten. So sah Gumbrigg auch jetzt, auf der Fahrt zum Flughafen, vorne saß Kurt am Steuer, seine Hanna. Und er empfand vielerlei Versäumnisse. Er hatte ihr zu wenig erzählt und berichtet. Ob das Lächeln diese Mitteilungen überstanden hätte?

Und Gerd Gumbrigg, dieser tollpatschige, füllige Kerl mit der schweren Zunge, aber so gutmeinend, so – zum Anlehnen. Etwas schwerer war Gumbrigg geworden; nicht zu sehr. Sprechen war immer noch nicht sein Fach. Was man so denkt, wenn man gerade Mensch geworden ist. Wenn man gerade aufgehört hat, Kind zu sein und zu denen gehört, die leben, die richtig vollgültig leben. Dann sieht man so einen Mann: alles in Ordnung: Beine, Arme, Kopf. Und als Basis, als Schwerpunkt, eine ruhige Mitte. Die Aussicht auf das Leben war undifferenziert, ein freundlicher Nebel. Und damals war Gerd Gumbrigg die Verkörperung dieses freundlichen Nebels. Wenn Hanna den Sprung in die Gegenwart machte, dann war da immer noch ein Nebel, eine Unkenntlichkeit. Was ging da vor? Er sprach so wenig. War da nichts? Er hatte immer alles getan. Kinder gebadet, das Haus in Ordnung gehalten. Jetzt ging er im Morgengrauen und kam todmüde am Abend. Was war in ihm außer seiner Gutmütigkeit? Bleche, Schrauben, Stöcke, die im Minutentakt fertig werden mussten.

Trotzdem, als Gumbrigg in der Maschine neben ihr saß, und der Startschub und das leise Zittern dieses gewaltigen metallischen Körpers aufhörten, saß sie gerne neben diesem Mann. Und er sprach sie an und fragte, so als wäre es ganz alltäglich für ihn, über ihre Kinder zu sprechen: „Was macht Jutta? Sie ist ja springlebendig, und sie hat Witz."

„Jutta wird schon werden", sagte Hanna. Die Frage war so schnell gekommen. Hanna konnte nicht auf einen Schlag all ihre Gedanken über Jutta und über die irrlichternden Aktionen von Jutta hervorholen.

„Sie ist ja lieb und amüsant", sagte Gumbrigg, „aber sie sollte schon wissen, dass jeder für sein Dach sorgen muss."

„Weißt du noch, als kleines Kind hat sie sich Masken aufgesetzt, und sich an dich herangeschlichen, und dich erschreckt." „Ja", sagte Gumbrigg, „einmal bin ich deswegen von der Leiter gefallen. Beinahe ...". Und beide lachten. Der Flug wurde ihnen nicht lang.

Hanna, die sich mit Eifer und Einsatz um die Erhaltung von kunstvollen Lehmbauten in Afrika bemühte, und moderne Konstruktionen aus Stahl und Glas und Licht eher als Auswuchs überbordender Technik beurteilte, war, als sie im Anflug auf den Flughafen von Hongkong die unzähligen kantigen Säulen sah, verstört. Sie konnte nicht anders, sie war positiv gefangen von dieser konzentrierten Wucht des Konstruierten und Gebauten. Die eigenwilligen, säulenschlanken Gebäude, in beliebigem Winkel gegeneinander verstellt, in scheinbarer Zufälligkeit von unzähligen Fenstern erhellt, konnte ihr optischer Sinn nicht verdammen.

Als das Fahrwerk den Boden berührte, wurden die Stimmen der Chinesen in den Sitzreihen lauter und lauter, und es begann eine Atmosphäre der Emsigkeit. Am Ausgang empfing sie Gumbriggs Vertreter; zugleich mit traditioneller Förmlichkeit und mit Verbindlichkeit. So schien es jedenfalls, vielleicht aber war an diesem Ort das Abschließen von Geschäften zugleich eine Übung in Herzlichkeit.

Der Vertreter bezeugte noch und noch seine Freude über den Besuch und berührte sogar Gumbriggs Schulter, um es westlichen Männern gleich zu tun, die einander auf die Schulter klopfen. Die Limousine glitt in die glitzernde Stadt. Die überwältigende Vielzahl der bunten Logos und der keck aufblitzenden Aufforderungen, dies und jenes zu beachten, war ein solcherart üppiges Schauspiel, dass das Auge nur mehr ein Gesamtbild wahrnahm und sich durch einzelne Szintillationen nicht mehr fangen ließ. Und doch stellte Gumbrigg mit Schmunzeln fest, dass das Zeichen des Drachen an vielen Stellen auftauchte. Das unterstützte seine Zuversicht.

Zunächst waren Hanna und Gerd Gumbrigg dem reibungslosen, ja geschmeidigen Funktionieren eines Hotels im globalen Stil überlassen. Am Abend holte der Vertreter sie ab und führte sie in ein Restaurant hoch über dem Hafen von Hongkong. Sie saßen vor einer riesigen Glaswand und sahen hinüber auf die Farbkulisse von Hong Kong Island und hinunter auf das Wasser, das in Rot und Orange und Himmelblau und Purpur glitzerte und die millionenfache Geschäftigkeit widerspiegelte. Die Speisen wurden behutsam und geräuschlos serviert. Einige der Mädchen, der jungen Frauen, der Damen, die Teller und für jede Speise speziell geformte Schalen brachten, waren ausgesuchte west-östliche Schönheiten, Hanna dachte an Shu: hoch gewachsen und stolz und mit feingliedriger Höflichkeit.

Hanna musste immer wieder ihre dankbare Überraschung zum Ausdruck bringen, wenn noch und noch kunstvoll gestaltete Köstlichkeiten aufgetragen wurden. Gumbrigg dachte, wie viele Drachenstöcke sein Vertreter wohl verkaufen muss, um dieses Mahl zu bezahlen. Es gingen Gerüchte von astronomischen Summen für eine Bewirtung dieser Art. Der Gastgeber aber genoss es vorerst sichtlich, dass er so einladen konnte. Die Vielzahl der Gerichte, sagte er, sei chinesische Tradition. Es habe in alten Zeiten, in seinem Dorf, die Sitte bestanden, so viele Gerichte zu kochen wie Leute am Tisch erwartet wurden. Freilich, meinte er, mit einem etwas zu breiten Lächeln, solche Raffinessen gab es damals nicht.

Hinter dem Farbgeglitzer der knapp am Ufer und eng stehenden, viele Stockwerke hohen Gebäude waren dunkel Berge zu sehen, und dort nur vereinzelte Lichter.

Kleine, bauschige Wolken zogen darüber, die den Schein der städtischen Zone und deren Glanzlichter auf dem Wasser des Hafens auffingen. Die großen Scheiben, durch die man diese Szenerie betrachten konnte, widerspiegelten auch schemenhaft das Innere des Restaurants, die Bewegungen, die Lichter der Lampions über den Tischen und das Aufblitzen der Flaschen, die im Hintergrund an der Bar gehandhabt wurden.

Der Vormittag des nächsten Tages gehörte Arbeitsgesprächen. Gumbriggs Mappe mit Entwürfen von Drachenstöcken fand würdige Beachtung. Hanna, die mitgekommen war, schaute ungewöhnlich lebhaft. Der Vertreter wies auf Details, die nicht in die chinesische Vorstellung des Drachen passten, und junge Chinesinnen, Assistentinnen des Vertreters, fanden Anlass, über einige Darstellungen hell zu kichern. Es wurde ein umfangreiches Programm von Drachenstöcken zusammengestellt: Spazierstöcke, Nordic Walking-Stöcke, Skating-Stöcke, Stöcke, die zu kleinen Hockern umgefaltet werden können; auch Krücken: dort wirkte der Drache als Heilsbringer.

Gumbrigg begann, über Preise zu sprechen. Der Vertreter war ein angenehmer Verhandler, sehr auf seinen Vorteil ausgerichtet, aber flexibel. In dieser Stadt wird mit offener Freude um Vorteile gekämpft, und es wird dem Gegner gratuliert, wenn er auch punkten konnte.

Für den Nachmittag wurde den Gumbriggs empfohlen, eine Hafenrundfahrt auf einer historischen Dschunke zu machen. Wieder war Hanna hellauf begeistert von den gedrängten Kristallnadeln der Hochhäuser, von dieser Druse kapriziösen Gestaltungswillens. Unmittelbar dahinter stiegen grüne Hügel auf. So schien die Emsigkeit des Menschen auf die Hafengeschäfte beschränkt und dem Grün sein Raum überlassen.

38

In Gumbriggs Firma lief die Arbeit normal. Es war eine sehr stille Normalität. Die Verbindung zwischen der Vorarbeiterin und Kurt wurde noch enger. Immer schon hatten ihre Verantwortungsbereiche wie die Zähne eines Stirnradgetriebes ineinandergegriffen. „Kurt", sagte die Vorarbeiterin, „meine Frauen wollen jetzt nicht Urlaub machen. Nur wenige. Können wir nicht irgendetwas auf Vorrat produzieren!?“

Kurt schaute in seine Tabellen. Wenn er jetzt Jagdstöcke in die Planung schrieb, dann überschritt er seine Kompetenz. Aber die Ruhe im Betrieb war wichtiger. Für drei Tage Produktion fehlte noch etwas Material. Nicht viel, nur etwas vom Baumarkt. Der Stand des Kontos, das Kurt für Einkäufe zur Verfügung hatte, war zu niedrig. Er musste zum Buchhalter gehen. Der fragte im Detail nach den Notwendigkeiten. Er schaute dabei Kurt gar nicht an.

Für Severin Sattler waren die Tage während Gumbriggs Abwesenheit öde. Das ganze Haus schien auf etwas zu warten. Es gingen ja am späten Abend, wenn er seinen Dienst tat, nur selten Mitarbeiter an ihm vorbei, und morgens, bevor alle hereinstürmten, auch nur selten; etwa wenn ein Mechaniker zwei Stunden vor dem allgemeinen Arbeitstermin kam, um eine Maschine in Gang zu setzen. Sattler hatte das Gefühl, sie gingen alle trotzig, so als könnten sie mit ihrer Verbissenheit dem Betrieb helfen, durchzukommen, durchzukommen, bis Gumbrigg mit guten Nachrichten zurückkäme.

Er selbst, Sattler, empfand keine Beunruhigung. Er war durch solch bizarre und infernalische Lebensumstände gegangen, er konnte gar nicht mehr sagen, was Enttäuschung ist, Gedanken an seine Sicherheit beschäftigten ihn nicht. Aber den Gedanken an Gumbrigg, den wollte er bewahren, in der Nähe von Gumbrigg war Gleichgewicht.

Er flüchtete sich, wenn er nicht gerade seine nächtlichen Rundgänge zu machen hatte, in seine Gedanken und seinen alten Text. Er las:

Da doch die Liebe, die Ungeduld und die Bescheidungen des Lebens noch mit diesem Körper verbunden waren, so sollte er auch an der Stätte seiner Ruhe von Lebendigem umgeben sein. Die Blumen standen für das Grab bereit; und die Hecke, deren Knospen schon für den Frühling vorbereitet waren, wachte hinter dem Grabstein.

In diesem Körper war doch die Ordnung, die das Leben ausmacht, schon verbröselt! Und er hatte noch so viel Wert wie sein Gewicht in Sand. In einer Stahltonne könnte er beseitigt werden.

Aber was das Auge sieht, wird sofort mit den Bedeutungen verknüpft, die je an dem Gegenstand gehangen hatten. Der geliebte Leichnam kann nicht als Masse dem Müll überantwortet werden; es würde sonst die Erinnerung gestört. Selbst wenn ein Glaube sagt, die Seele sei schon entflogen, oder wenn der Ingenieur sagt, die Regelprogramme, die das Leben ausmachten, seien bereits in statistische Unordnung übergegangen: Das Wahrnehmen geschieht in der Weise, dass Bild und Bedeutung unmittelbar in feste Verbindung kommen. Ist eine Erinnerung wertvoll, so muss auch das zugehörige Bild, der Tote in seinem Sarg also, würdig behandelt werden.

Die Sonne wird angesprochen als ‚Die liebe Sonne', Reliquien werden behutsam in Schreinen bewahrt, und das Beten fällt leichter unter Bildern.

Zuweilen breiten sich nun Bilderstürme aus. Sie kommen aus dem Untergrund wie Partisanen einer Zeit, die noch nicht ganz gereift ist. Die Heimat, in der die Sonne die Qualität der Liebe hatte, und in der aus dem Gurgeln der Quellen die Zukunft zu hören war, wird verlassen. Mess-

werkzeuge und neue Maßstäbe kommen. Die Dinge waren rund; als Parameter hatten sie Bedeutungen. Nun ist die Linie das vornehmliche Mittel der Erkenntnis geworden.

Die alte Denkweise zieht sich zurück und wird ausgemendelt. Vorerst leben noch beide Charaktere. Aber wer versucht ist, den Stern, der abends über dem Apfelbaum steht, als freundlichen Boten zu begrüßen, tut dies verstohlen. Denn er hat gehört, dass die Parameter der Strahlung einfach sind.

Sattler konnte bei solcher Lektüre glücklich werden. Das waren die Gedanken, die ihm entsprachen. Er befand sich, wenn er so denken durfte, auf der Höhe seines eigenen Zentrums, in dem Bereich, der bei allen Zusammenbrüchen äußerer Würden intakt bleibt.

Glücklich war Sattler in solchen Augenblicken. Doch glücklich sein macht weich und empfänglich. Und so konnten die Bilder seiner Vergangenheit, die Unentschlossenheit und Verzagtheit seiner Studienjahre und auch die Schreckensbilder der Ölspur und der verstümmelten Kinder, vorbeiziehen als etwas Altes, Abgeschlossenes.

Aber ohne erfindlichen Grund, ohne erkennbaren Anlass, stand Silke vor ihm. Severin Sattler sah die Szene des Abschieds. Aber es war ja gar nicht Abschied gewesen. Sie waren abschiedslos auseinander gegangen. Er, Severin Sattler, hatte gesehen, dass sie sich von einem Mann mit Kuss verabschiedete. Jetzt, da er dieses Bild aus der Erinnerung betrachtete, sah er, dass dies ein flüchtiger Wangenkuss gewesen war. Warum hatte er damals so vorschnell, so blind und trotzig reagiert? Silke hatte ihn überrascht angeblickt, verständnislos.

Warum hatte er, Sattler, die Szene nicht anders gesehen? Dieser Mann war vielleicht ein Bruder, ein Schulfreund. Warum hatte er so ohne Überlegung reagiert! Wie durch einen Reflex gesteuert, hatte er kehrt gemacht und Silke stehen gelassen. Hatte er den Reflex auf dem langen Weg seiner Enttäuschungen gelernt?

Sattler bekam Herzklopfen. Ein Versäumnis und eine weitere Schuld. Es tauchten in schneller Folge die überraschendsten Szenen mit Silke auf. Er wusste so wenig über sie. Umso reicher waren die Szenen dargestellt. All das seine Versäumnisse! Sattler saß an seinem Platz hinter der Empfangstheke und krümmte sich über die Schriften, in denen er vor Minuten noch glücklich gelesen hatte. Dass ein so ausgezehrter, alter Schädel noch weinen konnte!

39

Kurz nachdem Gumbrigg im Familienkreis verkündet hatte, dass eine Reise nach Hongkong bevorstehe, war es zwischen Till und Shu zu einem unvermutet harten Streit gekommen. Till hatte sich unmittelbar auf Hongkong gefreut. Irgendwelche Gedanken über die Möglichkeit, mitzufliegen, über Termine und Finanzierung traten bei Till überhaupt nicht auf.

Till hatte sich mit Shu in einem Straßencafé getroffen. Er wartete an einem Tisch unter einer Markise. Als Shu kam, sprang er auf und nahm sie in seine Arme. Er hob sie hoch, er hielt sie. Er setzte sie auf einen Stuhl und rief „Wir fahren nach Hongkong!“ Shus Gesicht zeigte ihre Stimmungen ja nur andeutungsweise, es war aber doch deutlich, dass auch sie sich freute. Dann aber kam die Frage des Termins. Shu studierte Querflöte, und in der Woche, in der die Gumbriggs nach Hongkong reisten, musste sie vorspielen, es ging um die Prüfung für den Übertritt in die Oberstufe des Konservatoriums.

Till wollte das nicht gelten lassen. Das müsse sich doch verschieben lassen! Nein, sagte Shu, sie müsse vor einer gar nicht sehr freundlichen Kommission spielen. Till wurde ärgerlich. Wenn etwas nicht nach seinem Willen ging, wurde er rasch ärgerlich. Der Besuch bei Shus Eltern, im Beisein seiner eigenen Eltern, war ihm wichtig. Vor allem aber ärgerte ihn der Widerstand, und er fiel in einen Befehlston. Da wurde Shu dezidiert und scharf. Dass das möglich ist, hatte Till nicht gedacht. Shu war doch zart! War doch sanft!

Till hatte blondes Haar, er trug es unordentlich. Es hing über die Stirn bis zu den Augenbrauen. Seitlich war es länger, glockig, es bedeckte die Ohren.

Im Streit mit Shu bekam Tills Gesicht einen gefährlichen Ausdruck. Es schien, er könne irgend eine unüberlegte Tat begehen. Wut hatte er; gekränkt und wütend war er. Shu ging ihm aus dem Weg.

Auf ihrer Dschunkenfahrt sprachen Hanna und Gerd Gumbrigg auch über Till. „Till war ganz außer sich“, sagte Hanna, „außer sich, dass Shu ihr Flötenspiel wichtiger fand als eine Reise nach Hongkong.“

„Wovon hätte er denn die Reise bezahlt?“, fragte Gumbrigg, und er lächelte. Leichthin, wie man über eine kuriose Marotte lächelt. „Gerd!“, sagte Hanna, „Er war ganz außer sich, ich habe Angst, das war nicht Ärger. Er war außer Kontrolle. Ich habe Angst! Sprich mit ihm!"

Gumbriggs Lächeln war eine Routine gewesen. Mit solch einem Lächeln kann man eine Unterhaltung geschmeidig in Gang halten und doch bei seinen eigenen Gedanken bleiben. Seit vielen Jahren war sein Kopf von kleinen und großen Gedanken voll: Wird die Lieferung fertig? Kommt heute der Scheck? Wer ist heute krank? Warum wird drüben gestritten?

Lauter Gedanken, bei denen es nicht um Liebe und Sonnenuntergang und Melodie und Mitleid und Seelensorge geht. Aber wenn diese kleinen, gewöhnlichen, alltäglichen Gedanken nicht abgearbeitet werden, dann bricht das Gebäude ein. Auf der Dschunke, mit der glitzernden Beweglichkeit der Wellen, mit der feuchtwarmen Luft und dem freundlichen Nicken und Rollen des Schiffes, entfernten sich diese alltäglichen Notwendigkeiten und Gumbrigg sah plötzlich seinen Sohn Till vor sich: Ein gut aussehender Kerl, sagte sich Gumbrigg. Eine gewisse Wildheit hat er. Das soll doch so sein. Ohne Stürmen und Drängen wird nichts. Aber da waren diese unvermittelten, heftigen Reaktionen. Dass Till nichts mit der Firma zu tun haben wollte, hatte Gumbrigg noch gar nicht in seine Gedanken einordnen können. Ja, man sagt, jeder solle seinen eigenen Weg gehen. Das mag so sein. Aber die Plötzlichkeit! Till hatte das am Familientisch ohne Einleitung, ohne Begründung, in einem kurzen Satz, mitgeteilt. Er geht nach Hongkong.

„Gerd", sagte Hanna, „Er ist noch nicht ausgebrütet, er gehört noch zu seinen Eltern!" Beim Wort ‚ausgebrütet' sah

Hanna Gumbrigg an. Sie hatte auf das glitzernde Wasser und die Schiffe und die wie Nadeln hochragenden Türme der Architekten geschaut. Sie drehte sich zu Gumbrigg und es erschien wieder ihr schelmisches, zutrauliches Lächeln, ein spitzbübisches Kleinmädchenlächeln. Und Gumbrigg musste an seine Tochter Jutta denken. Einige von Hannas bestrickenden Eigenschaften hat sie geerbt. Sie hält sie allerdings meistens verborgen. Doch bei all ihren provokanten Aktionen, mit denen sie den wohlgeordneten Familientisch erschrecken will, ist sie doch immer wohlmeinend. Und das Bild seiner Tochter Jutta verschwand wieder, und Gumbrigg sah Hanna an, und liebte sie und war von ihr verzaubert, wie ein ausgewachsener Mann von einem kleinen, lebendigen Mädchen verzaubert sein kann.

„Meinst du, er hasst uns?", fragte Gumbrigg. Er stellte diese harte Frage, weil ihm überhaupt nichts einfiel: zu dieser brutal plötzlichen Ankündigung Tills, er gehe nach Hongkong.

„Aber nein!", sagte Hanna, „Das ist es nicht!" Und Gumbrigg setzte, um sich weiter zu beruhigen, fort: „Wir haben doch seine Shu immer freundlich aufgenommen! Nie gefragt, wie er sich seine Zukunft vorstellt!"

„Nein", sagte Hanna, „Das ist es nicht. Vielleicht war sein Entschluss erst wenige Stunden alt, als er uns die Mitteilung machte, vielleicht hatte er ganz heftig zwischen Lebensentwürfen geschwankt und wollte diesen Entschluss schnell fixieren. Nein, mich beunruhigt das Gefühl, er könnte zu sprunghaft sein. Es springt ihn eine Idee an und er packt die Idee und sieht nichts mehr von der übrigen Welt. Ob er noch mehr – wie soll ich sagen – Besonnenheit entwickeln wird?"

Gumbrigg konnte Hannas Gedanken zwar folgen, aber er wusste nichts Sinnvolles beizutragen. „Ich hoffe", sagte Hanna, „das ist nur eine Periode von Tills Entwicklung!" Für Gumbrigg brachte dieser Satz die Möglichkeit, alle unruhigen Gedanken wieder fallen zu lassen und sich ganz der Szenerie und dem warmen Wind zu überlassen. Er sah auch Hanna so deutlich wie schon lange nicht. Hanna stand an der Reling. Wie schauten andere Menschen aus, die da standen! Hannas Gestalt war die des Hanna-Mädchens: zierlich und zugleich federnd; wie eine strenge aber fröhliche Feder. Auch das Lächeln war das des Mädchens, nur die Fältchen hatten sich verdeutlicht, hatten Vielfalt gebracht. Die zuversichtliche Heiterkeit dauerte an.

Gerd Gumbrigg und Hanna ließen sich auf den glitzernden Wellen an den Konglomeraten gedrängter Architektur vorbeiführen, an den schlanken, hohen Türmen der Geschäftigkeit. Hunderttausend Fenster im Rastermaß übereinander und nebeneinander in eigenwillig verschiedenen Türmen und doch einander verwandt.

Und die Eigenwilligkeit, mit der sich diese Bastionen der Geschäftigkeit gegen die grünen Berge pressten, hatte einen drängenden Willen, eine nicht befragte Zuversicht, eine Selbstverständlichkeit der Zukunft.

Hanna und Gerd standen lange noch an der Mole, und der Abend kam, und sie gingen ohne Maßgabe der Zeit auf Wegen in der Nähe des Wassers. Das Fest der nächtlichen Lichter und Beleuchtungen blühte gegen den Abendhimmel auf und vervielfältigte sich bunt zitternd auf dem Wasser. Hanna und Gerd gingen schließlich in ihr Hotel. Es war kein chinesisches, und das empfanden sie nach diesem Strudel an gewaltiger und prächtiger Fremdheit entspannend. Das Hotel war gut, aber einfach, unprätentiös. Die Säle und Gänge und Räume erforderten keine Aufmerksamkeit. Das war Hanna und Gerd an diesem Abend gerade recht.

Am nächsten Vormittag hatte Gumbrigg einen Termin bei seinem Vertreter. Es ging um Vereinbarungen zum Projekt ‚Drachenstöcke', um Zahlen und Zeiten. Und Gumbrigg ließ sich vom Taxi zu diesem Gespräch führen und betrachtete die Straßen. Unzählige solcher Verhandlungen hatte er schon geführt. Man schlug etwas vor, man stieß auf eine eklatant andere Vorstellung, man schob die Positionen herum, man lächelte. Fast immer kam es zum Handschlag. Allerdings gab es an diesem Vormittag für Gumbrigg eine Enttäuschung. Er hätte nicht enttäuscht sein sollen, denn es kann ja solch ein neues Projekt nicht mit voller Fahrt beginnen. Selbstverständlich musste es erst Musterserien geben, die Reaktion der Kunden musste erst gesehen und beurteilt werden, bevor die großen Serien beginnen konnten. Gumbrigg sah dieses Ende des Gesprächs kommen, und er wusste, dass kein besseres Resultat zu erwarten war. Aber er musste sich erst aus seiner Euphorie zurückholen. Die Idee der Drachenstöcke und die Tage mit Hanna, weit weg von den widrigen Tagesdetails, hatte in ihm das Gefühl wachsen lassen, jetzt werde alles gut, er bekäme Aufträge, die seine Firma für Monate in Bewegung halten würden.

Als er zurückkam ins Hotelzimmer, setzte er sich in einen der Fauteuils und versuchte, ohne alle Hoffnungen und Wünsche zu denken. So sah ihn auch Hanna, als sie nach ihrem Stadtbummel ins Zimmer trat. Sie dachte, der Tag sei für ihn zu anstrengend, zu heiß gewesen. Sie war alarmiert. „Nein", sagte Gumbrigg, „Ich denke über die Gespräche."

„Lass doch die Gedanken, bis du wieder in deinem Büro bist!"

„Bei einem neuen Produkt kann man natürlich nicht gleich hohe Stückzahlen erwarten."

„Gerd, so lass doch einmal deine Firma ruhen. Heute Abend sind wir bei deinem Vertreter zuhause eingeladen! Es sind Shus Eltern! Wie ernst es Till meint, weiß ich ja nicht, weiß er vielleicht selbst nicht, er ist ja so sprunghaft. Manchmal, wenn er so ruppig ist, meine ich, dass er sich gerade selbst hasst, weil er nicht weiß, was er will."

„Ja, das mag so ein", sagte Gumbrigg, „aber das sind doch lauter wehleidige Spielereien! Hanna, unserer Firma geht es sehr schlecht, ich weiß nicht, ob sie noch einen Monat überlebt. Und von dieser Firma hängt unser ganzes Leben ab!"

Hanna war nicht alarmiert. Eher erstaunt, ungläubig. „Gerd, was sagst du da!" Und sie stand auf, ging zu ihm und legte die Hand auf seine Stirn. Sie wollte wohl Fieber fühlen. „Nein, Hanna, ich bin nicht krank. Es ist wirklich ernst. Für uns alle."

„Aber wieso so plötzlich! Ja, du hast immer wieder von so einer Federspange gesprochen. Aber solch ein kleines Ding kann doch nicht eine Firma ruinieren. Dafür muss es doch eine Lösung geben!"

Der übrige Tag verlief in Irritation. Gumbrigg versuchte, seiner Frau die Federspange, die Erfindung und das Problem der beschädigten Feder nahezubringen.

Hanna hörte zu, aber das Problem erreichte nicht ihre Vorstellungswelt.

Die Eltern Shus waren in herzerwärmender Weise charmant. In ihren eigenen Wänden pflegten sie die Regeln der traditionellen Höflichkeit, sie waren aber Welt-erfahren und hätten jede ungeschickte Reaktion ihrer Gäste mit Lächeln übergangen. Hanna und Gerd Gumbrigg fühlten sich angenehm akzeptiert und empfanden, zu ihrer Überraschung, eine gewisse Nähe zu diesen Eltern von Shu. Hanna und Gerd entspannten sich. Vielleicht war es gut, dass Shu und Till nicht gekommen waren. Noch blieb alles vorläufig, aber eine gute Basis war entstanden. Hanna und Gerd lernten die echte chinesische Küche kennen, die häusliche Tradition aus dem Norden, wo Shus Mutter herstammte.

Auf der Fahrt zurück ins Hotel, im Taxi, erhielt Gumbrigg einen Anruf von Kurt. „Chef", sagte Kurt, „entschuldigen Sie, dass ich Sie störe, aber es ist etwas vorgefallen."

„Sie stören nicht, Kurt."

„Unsere Susi hat eine zweite angesengte Feder gefunden. Sie wissen, wen ich meine!"

„Natürlich weiß ich, wer Susi ist, sie sitzt doch dort, wo die Federn in den Stab eingeführt werden."

„Ja, sie nimmt die Federn nicht selbst in die Hand, aber an ihrem Platz kommen die Federn vom Schwingförderer in einer Rutsche zum Stab, und dort hat Susi die versengte Feder gesehen. Es ist ja gar nicht ihre Aufgabe, die Federn zu kontrollieren, aber diese Frauen sehen alles; aus dem Augenwinkel."

„Kurt, wie sieht die Feder aus?"

„Genauso wie die erste. Die Uni hat gesagt, eine Erhitzung auf weit über 1000 Grad, an der Stelle, die sie gesehen haben. So schaut auch das zweite Exemplar aus."

„Kurt, ich bin jetzt, wie man so sagt, in einer anderen Welt, aber meine Reaktion ist, wir müssen die Produktion einstellen."

„Ja, Chef, das glaube ich auch."

„Ich komme so schnell wie möglich."

40

Franz Pelikan wusste, dass die Gumbriggs nach Hongkong reisten. Und die Informationen flossen sowieso. Böswillige und Gekränkte, die sich mit solch geflüsterten Informationen rächen wollen, gibt es immer. Pelikans Bitterkeit war erneut wachgerufen. Dieser Gumbrigg, Liebkind seines Chefs Brioni, fliegt lustig nach Hongkong, noch dazu mit Hanna, die er zu seiner Frau gemacht hat. Alles Glück fliegt Gumbrigg zu!

Vor vielen Jahren schon, damals am See, hat Gumbrigg Hanna für sich beansprucht. In Franz Pelikan flammten die Erinnerungen auf: Dieser Gerd Gumbrigg sieht nur sich. Er sieht nicht aus wie ein Ellenbogenmensch, aber er ist es. Damals, als Brioni uns alle zur Hochzeit einlud, drängte er sich an der Hotelrezeption vor, und Brioni hatte für ihn die Rechnung bezahlt und mich vergessen! Auf allen Ebenen wird Gumbrigg von Brioni bevorzugt. Brioni gibt ihm Kredit und reduzierte Preise. Wie hat Gumbrigg all diese Bevorzugung verdient!?

So geschah es das zweite Mal, dass Pelikan eine Feder manipulierte. Er sah ja ganz gut aus, Pelikan, immer noch. Seine Augen wanderten schnell; nach vorn, zur Seite. Es gehörte zu seiner Natur, immer alles zu beobachten, was um ihn herum vor sich ging. Pelikan hatte ein Mikro-Schweißgerät, ein Schweißgerät für Goldschmiede. Das lieferte eine winzige, nadelscharfe Flamme. Er nahm eine dieser Federspangen, die von der Tagesproduktion noch bei der Stanze lagen. Er drehte das kleine, glänzende Ding zwischen seinen Fingern, dann fasste er es mit einer Zange. Er zündete die Flamme des kleinen Schweißgeräts und verglühte den wesentlichen Knick der Feder. Pelikan kannte inzwischen das Gutachten der Universität, das genau dies festgestellt hatte: das Versengen rund um diesen Knick der Feder.

In seiner Wut auf Gumbrigg, und eigentlich auf Brioni, der sein Arbeitgeber war, kümmerte es ihn wenig, dass wiederum Verdacht auf Manipulation entstehen würde. Zu hitzig waren seine Gedanken. Er ließ die versengte Feder in einen Behälter fallen, der zum Versand an Gumbriggs Fabrik bereit stand. Dies waren Nachtstunden. Brionis Fabrik stand still. Franz Pelikan ging durch sein Reich. Er war Betriebsleiter. Alle diese Hallen waren sein Reich. Die Halle der Stanzen: wunderschöne Maschinen, die oft viele Arbeitsschritte in einem Schlag vereinen konnten; die Halle des Werkzeugbaus, wo in großen Stahlblöcken die Negativbilder der kompliziertesten Gegenstände geformt wurden. Das war Franz Pelikans Reich.

Pelikan stellte das kleine Schweißgerät zurück an seinen Platz, hinten im Werkzeugschrank. Die blecherne Tür des Schranks gab beim Schließen ein unangenehmes Geräusch. Die angesengte Feder überließ Pelikan dem üblichen Transportweg aus Brionis Metallfabrik zu den Montagebändern von Gumbrigg.

Dort ist also jetzt diese Feder angekommen. Und Pelikan weiß, dass Gerd Gumbriggs Fabrik still stehen wird.

Auf dem Rückflug von Hongkong wusste Hanna nicht, wie sie mit ihrer Zuneigung für diesen Gerd Gumbrigg umgehen sollte. Früher hatte er doch gelacht! Ein Bär war Gumbrigg, ein unerschütterlicher Bär. Mit voller Wucht hatte Hanna manchmal spielerisch auf seine Brust geschlagen. Das brachte höchstens ein lustiges Licht in seine Augen.

Warum so plötzlich abreisen? Gerd Gumbrigg hatte doch seine Leute! Diesen Kurt. Und Rosa: Die waren doch für Probleme zuständig! Funktionierte Gerd vor lauter Arbeit, Arbeit, Arbeit nicht mehr? Hatte kein Urteil mehr?

41

Auch in Abwesenheit Gumbriggs musste Severin Sattler sich um die Terrarien der Ameisen kümmern. Er hatte Schlüssel zur Villa der Gumbriggs. Die verwendete er aber nur in Notfällen. Zur Haustür kam man vom Kiesweg über zwei Stufen. Diese Tür war tagsüber nicht versperrt. Im Haus führte eine Wendeltreppe über einige Stufen zur Tür der Wohnung, der Hauptwohnung. Die steinernen Stufen hatten schon viele

Schuhe gesehen. Severin läutete. Es war früher Abend, eine Zeit, zu der Grand'mère wahrscheinlich an ihrem Schreibtisch saß. Es dauerte eine Weile, bis die Tür aufging.

„Severin! Kommen Sie, Severin!", sagte die alte Dame. „Kommen Sie, ich mach uns Tee!"

Severin sah in mancher Weise älter aus als Grand'mère. Obwohl eine Generation zwischen ihnen lag. Aber sein Schädel war so nackt und dünnhäutig. Grand'mère hatte einen rosigen Teint. Sie schaute Severin mit Freundlichkeit an. Überlegungen von Stand und gesellschaftlichen Stufen hatte sie hinter sich gelassen. Sie ging in die Küche voraus. Um diese Zeit war keine Hilfe im Haus. Sie ging ohne Stock. Wegen ihres Besuchers. Wenn sie alleine durch die Räume der Wohnung ging, nahm sie ihren Stock. Das war nicht ein Stock aus der Fabrik ihres Sohnes. Ihr Stock war noch eine Generation älter als sie selbst, er hatte einen silbernen Griff, klein wie ihre Hand.

„Gehen Sie doch zu ihren Ameisen, während ich den Tee aufsetze!"

Sattler machte gern den Verwalter und Pfleger der Ameisen für Gumbrigg. Er hatte dadurch eine Position im Haus der alten Dame. Bei allem Abstand, der zu beachten war, fühlte er eine Nähe, so als könne sie seine Gedankengänge und er die ihren verstehen, zumindest andeutungsweise.

Die Ameisen boten das gewohnte Bild von Geschäftigkeit. Wie ein Volk, dessen Sprache man nicht versteht, dessen Marktplätze aber doch vertrauten Umgang zeigen. Viele Stunden hatte Severin Sattler mit Gumbrigg vor den Ameisen verbracht. Oft stumm, und Sattler wusste nicht, welche Gedanken Gumbrigg währenddessen kreuzen ließ.

Vielleicht versuchte er, keine Gedanken zu haben. Es waren über Tag schon genug gewesen. Manchmal machte er eine Bemerkung über einen Vorfall in der Ameisenwelt, und lächelte dazu. Über Vorgänge in der Firma sprach Gumbrigg sehr selten. Wenn es in den Gängen zwischen den Glaskästen der Ameisenvölker zu Gesprächen kam, dann nahmen sie ihren Anfang in der Ameisenwelt. „Ob dort auch Begriffe wie Hilfe oder Angst oder Tod existieren?" So konnte Gumbrigg fragen. Es habe den Anschein.

Und Sattler dachte, da ist ein Türspalt offen zu einer anderen Seite von Gumbrigg: Nachdenklichkeit. Die Tür sollte geschlossen bleiben. Gumbriggs Aufgabe ist es, zu funktionieren.

Aber Gumbrigg stellte die Frage: „Haben wir nur den Verstand weiterentwickelt? Die Gefühle sind die uralten?"

„Vielleicht ja", meinte Sattler. „Der Verstand nimmt zu und die Kriege werden raffinierter. Aber was bleibt, wenn wir Liebe, Hass, Neid und Verzweiflung abschalten: Dann funktionieren wir vielleicht ganz gut, aber wir sind keine Menschen mehr. Wir hätten keinen Sinn mehr für die Dramen und Gedichte und Epen, die wir noch verehren, und keinen Sinn mehr für Musik, weder für Dramatik noch für Witz und Fröhlichkeit."

Als Sattler von der Versorgung der Ameisen wieder ins Wohnzimmer kam, stand der Tee auf dem Tisch. Fein gearbeitete Kanten hatte der Tisch und eine reich mit Intarsien geschmückte Fläche. Rosenholz? Und mehrere andere Hölzer. Sattler bedauerte, sie nicht sofort benennen zu können. Alles auf dem Tisch stand auf kleinen Deckchen, gehäkelt, geklöppelt. Einiges hatte Grand'mère vielleicht selbst gehäkelt, anderes von ihrer Mutter und Großmutter bekommen.

„Setzen Sie sich, Sattler!", sagte Grand'mère. Sie ging mit schwierigen, aber mutigen Schritten umher und schenkte Tee ein. Die zierlichen Tassen hatten einen blauen Rand und einen Goldrand. Die blaue Farbe, hatte Sattler einmal gehört, erzeugt man mit Kobalt; während des Brennens der Glasur wird der Auftrag blau.

Dies waren feierliche Momente für Sattler. Es tauchten Erinnerungen an eine lang, lang vergangene Zeit auf. Als er noch bei seinen Eltern wohnte. Dort standen auch zuweilen am Nachmittag Teetassen auf dem Tisch, allerdings auf einem bescheideneren Tisch.

„Sie sind viel allein!", sagte Grand'mère. „Ich alte Dame darf vielleicht solch eine Bemerkung machen. Ich weiß ja nicht, wie Sie Ihre Zeit verbringen, wenn Sie nicht in der Firma sind. Aber es ist nicht gut, wenn der Mensch viel alleine ist. Das wussten schon die Alten."

„Ich habe meine Bücher und meine Gedanken", sagte Sattler. Aber es sprangen, indem er dies sagte, nicht gemütliche Gedanken über Gott und die Welt auf, sondern unangenehme Bilder von Halb-Fertigem: von Cäcilie in dem kleinen Bistro und von Silke. Cäcilie, ja er sollte vielleicht wieder einmal dort hingehen, es konnte ja sein, dass sie auch wieder käme und in ihrer so vollkommen diesseitigen, praktischen Art von den Schwierigkeiten und Eifersüchteleien in ihrem Billard-Club erzählte.

Das Bild von Silke, wenn es in großen Abständen auftauchte, war jedes Mal härter, vorwurfsvoller. Dass er sich so unmittelbar abgewandt hatte!

Sattler verabschiedete sich mit Höflichkeit und zugleich doch auch mit vorsichtiger Herzlichkeit. Grand'mère setzte sich wieder an ihren Schreibtisch. Der Schreibtisch war ihr eigentliches Zuhause. Sie hatte angenehmes Licht, und auf dem Aufsatz, der einige kleine Fächer und Schubladen enthielt, standen Fotografien in Silberrahmen. Sie schrieb viel. Sie schrieb auch an ihr nicht persönlich bekannte Personen, die etwa in der Zeitung einen Artikel veröffentlicht hatten, der ihr nicht gefiel. Zornig konnte sie werden, wenn jemand Meinungen vertrat, die falsch waren, grundfalsch, die den Prinzipien widersprachen, die sie in ihrer stürmisch-idealistischen Jugend erarbeitet hatte.

Grand'mère nahm einen der Briefe zur Hand, die in einem kleinen Stapel geordnet waren und nickte nachdenklich. Dies war die letzte Freundin, die sie aus der Jugend noch hatte. Eine Szene aus der Schulzeit tauchte auf: Die katholischen und die evangelischen Mädchen hatten gemeinsam Unterricht. Und wenn ein Herr unterrichtete, dann musste immer eine Dame im Klassenzimmer anwesend sein, um auf das Rechte zu achten.

Einmal wurden die katholischen und die evangelischen Mädchen getrennt, und nach dieser Stunde gab es in den Gängen heftigen Streit: „Ihr seid des Teufels! Ihr könnt nie in den Himmel kommen!"

In ihren jetzigen alten Tagen stieg ihr immer noch Ärger über diesen Unterricht auf, aber inzwischen war der Vorfall eher eine Kuriosität geworden und für ihre eigenen Gefühle nicht mehr wichtig. Ihre Gedanken über die Welt enthielten nicht mehr göttliche Gesetze und himmlische Personen. Aber sie hatte ein ganz intensives, ein manchmal überwältigendes Gefühl, dass eine unpersönliche, aber herrliche Macht ihr aus dem Weltall gute Kräfte schickte, die ihr auch jetzt, in ihren so späten Tagen, Zuversicht gaben, und Mut, für das Rechte und Gute einzutreten und dies auch weiterzugeben.

„Liebe Clara!“, schrieb sie.

Sie schrieb mit einem dieser neuen Stifte, und sie formte die Buchstaben mit Bedacht, denn Ordentlichkeit und Schönheit waren in allen Dingen, auch den kleinsten, wichtig. Und es lohnte, dafür zu kämpfen.

„Liebe Clara !

Es tut mir so leid, zu lesen, dass Du Dich nur mit mechanischer Hilfe in Deiner Wohnung bewegen kannst. Wir müssen unseren Zustand und unseren Verfall mit Ruhe und – verzeihe das große Wort – mit Weisheit betrachten. Dies ist eben die Art des Lebens. Ich habe das Gefühl, dass ich mein Leben aus einem immer größeren Abstand sehe.

Aber ich kenne Dich ja. Wenn Dich nicht gerade ein schwacher Augenblick plagt, hast Du natürlich immer noch Dein übermütiges Lachen. Deine Parole war immer ‚Alles ist möglich!‘ Ich freue mich für Dich, dass die Kinder Deiner Tochter Luise gut gedeihen. Das Bedürfnis nach weiterführenden Generationen ist in uns fest verankert. Die Nachkommen geben uns einen Anteil an der Ewigkeit.

Bei meiner Familie hier tut sich so manches, und ich weiß noch nicht, was ich davon halten soll. Jutta ist immer herzerfrischend. Manchmal auch zu etwas frechen Scherzen aufgelegt. Sie studiert Schauspiel. Aber dann unterbricht sie auch wieder und reist mit einer Gruppe um die Welt. Sie hat keine Konsequenz in sich. Und dieses Schauspielerleben! Die lieben jungen Leute müssen auf der Bühne ihre Emotionen aufheizen und diese Emotionen nehmen sie dann ins Private mit. Diese Flatterhaftigkeit ist nichts Gutes und hat schon oft zu großem Leid geführt.

Ich kann nur manchmal eine Bemerkung machen, vorsichtig, und hoffen, dass davon ab und zu etwas hängen bleibt. Unser Till, das habe ich Dir bereits geschrieben, ist schon längere Zeit eng mit einer Chinesin befreundet. Diese Shu ist ein nettes Mädchen, mit guten Manieren, nie aufbrausend, nie sagt sie etwas Unpassendes. Aber warum muss es eine Chinesin sein? Die Kinder wissen dann nicht, wo sie zuhause sind. In der Vergangenheit haben wir die Fremden bewundert, aber sie waren nicht in unserem Land. Die arabische Welt haben wir verehrt und so Vieles von ihrer Dichtkunst und Wissenschaft übernommen. Jetzt sind die Araber bei uns, und es entsteht Hass! Wahrscheinlich kann niemand diese Veränderungen steuern. Auch in Griechenland und in Italien hat sich die Kultur unserer geliebten Antike bis zur Unkenntlichkeit verändert.

Mein Gerd ist im Augenblick in Hongkong. Er hat dort auch Shus Eltern besucht. Es soll eine angesehene Familie sein. Gerd ist in Hongkong, weil er auf neue Aufträge hofft. Aber ich höre, dass er schon wieder im Flugzeug sitzt, um in seiner Firma nach dem Rechten zu sehen. Es scheint da ein technisches Problem zu geben. Aber bisher hat er alle Probleme gelöst. Und Hanna ist ihm eine stete, gute Begleiterin. Dass er Hanna gefunden hat, ist wohl ein großes Glück für ihn.

Liebe Clara, wie gern hätte ich Dich in meiner Nähe. Was waren das für Zeiten, als wir stundenlange Gespräche führen konnten! Wir hatten so herrliche Gedanken, mit denen wir die Welt zurecht rücken wollten. Vielleicht ist es mir noch einmal vergönnt – ich traue mich gar nicht, es zu wünschen – Dich zu sehen, vielleicht findet Gerd einmal die Zeit, mich zu Dir zu bringen!

Meine liebste Clara, ich wünsche Dir, und ich glaube, dass Wünsche doch manchmal wirken können, ich wünsche Dir Gesundheit und gute Gedanken, immer Dir zugetan,"

Und dann unterschrieb Grand'mère diesen Brief. Nicht mit einem flotten Namenskringel, sondern Buchstabe für Buchstabe in ebenmäßiger Schrift. Noch gab es die Möglichkeit, mit Clara Briefe zu tauschen. Dies war einer ihrer letzten Schätze.

42

Nach der Landung drängte Gumbrigg mit großer Hast zum Ausgang des Flughafens. Hanna konnte kaum folgen und fühlte sich allein gelassen und vergessen. Gumbrigg drängte so sehr, dass er von Mitreisenden ärgerliche Blicke bekam. Ungewöhnlich für Gumbrigg.

Schnell nahm er ein Taxi und half dem Fahrer, das Gepäck zu verstauen. Er lieferte Hanna bei der Villa ab – so empfand es Hanna jedenfalls, sie war abgeliefert – und ließ sich zur Firma fahren. Sofort saßen sie alle um den Tisch: Rosa, Kurt, die Vorarbeiterin und das Mädchen Susi, das die beschädigte Feder gefunden hatte. Kurt legte die an ihrem Knick versengte Feder auf den Tisch. Lächerlich klein wirkte das Stückchen

Metall auf dem großen, sonst leeren Tisch, auf der hell-cremefarbigen Platte. Kurt nahm die Feder und drehte sie zwischen den Fingern. „Der Knick ist versengt wie beim ersten Mal. Aber es gibt kleine Unterschiede. Das ist Handarbeit!"

Gumbrigg gab einen ärgerlichen Laut von sich und schüttelte den Kopf. Das Kopfschütteln war eher eine Schreckreaktion als eine Verneinung. Gumbrigg lenkte ab, er fragte das Mädchen Susi, wie sie die Feder gefunden habe. „Sie fiel mir plötzlich auf dem Förderband in die Augen. Ich weiß nicht, warum ich dorthin schaute."

Das Gespräch wurde unterbrochen, der Buchhalter schaute zur Tür herein und sagte nach einem kaum zu hörenden Gruß, „Ich muss Sie dringend sprechen!"

„Ja, in fünf Minuten!", sagte Gumbrigg.

„Wie steht es mit dem alternativen Lieferanten?", fragte Gumbrigg. Wieder griff Kurt in die Tasche seines grauen Arbeitsmantels und legte zwei Exemplare der neuen Federspange auf den Tisch. „Diesmal weicht die Feder nicht seitlich aus, aber sie ist zu schwach. Der Stick springt nicht zuverlässig auf die volle Länge. Ich habe schon mit dem Werkmeister dort gesprochen. Sie verwenden das richtige, genormte Material. Es muss am Biegeprozess liegen. Wir bekommen neue Muster."

„Unser Buchhalter verlangt jetzt nach mir", sagte Gumbrigg. Dann schaute er auf und richtete sich insbesondere an die Vorarbeiterin: „Ein paar Aufträge habe ich mitgebracht!"

Bevor Kurt den Raum verließ, trat er nahe zu Gumbrigg. „Chef!", sagte er, „Jemand will uns Böses!"

Der Buchhalter kam, und der Ton seiner Stimme besagte, dass nur das, was er mitzuteilen hatte, das eigentlich Wichtige war.

Denn zur Bezahlung der Löhne und Gehälter in drei Tagen, gab die Bank das Geld nicht frei. Für Gumbrigg war das keine neue Nachricht. Das Wissen, dass es dazu kommen musste, hatte er auf der ganzen Reise mit sich getragen. Hongkong! Das sollte ein Befreiungsschlag werden. Nicht viel, was er mitgebracht hatte.

Dem Buchhalter schien Gumbrigg nicht alarmiert genug zu sein. Deshalb ließ er Gumbrigg auch noch wissen: Ein weiterer Kunde ist abgefallen! „Selbst wenn wir dieses Federmaterial bekommen, haben wir kaum mehr etwas zu produzieren!“ Und er sagte ‚Wir‘, so als seien er und die Firma auf der einen Seite und Gumbrigg auf der anderen Seite und hätte seine Pflichten nicht getan.

Er werde mit der Bank sprechen, erwiderte Gumbrigg, und er formulierte absichtlich klar: „Ich werde zur Bank gehen“. Dieses Gespräch war seine Sache.

„Was können wir verkaufen, wo können wir noch sparen?“ Gumbrigg versuchte, dem Buchhalter Arbeit zu geben, ihn beim Sparen aktiv werden zu lassen.

„Wir können eine Lagerhalle räumen und die Miete kündigen. Aber das dauert. Und wir müssen Mitarbeiter kündigen! Die Hälfte sitzt zuhause oder sitzt hier und tut nichts.“

Das Wort Kündigung kannte Gumbrigg wohl. Oft genug stand es in den Zeitungen. Aber jemanden von seinen Leuten zu kündigen? Die Erinnerung an Gesichter zog an ihm vorbei. Er kannte so viele persönliche Geschichten! Sicherlich warteten viele schon auf Kündigung. Die Tische der Fertigung waren zu leer. Gumbrigg durfte nicht warten. Noch an diesem Nachmittag machte er einen Anfang: Es gab ein Mädchen, etwas füllig, aber mit gesunder Farbe im Gesicht. Die war für Stunden freigestellt, sie sollte sich um die Blumen im Haus kümmern. Das war naheliegend, denn ihre Familie betrieb einen Blumenladen. Deshalb war vielleicht auch eine Kündigung nicht so hart.

Gumbrigg bat noch einmal die Vorarbeiterin zu sich. Die nickte, blieb aber, ungewöhnlich für sie, noch eine Weile auf ihrem Stuhl. Gumbrigg deutete dies als Nachdenklichkeit bezüglich der allgemeinen Situation. Aber sie hatte schon die Reaktion des Blumenmädchens vor Augen.

Das Mädchen kam ins Büro gestürzt, die Wangen nass von Tränen, sie stammelte von Problemen im Blumenladen. Und warum sie, sie arbeitete mehr als andere, und warum plötzlich, und was hatte die Firma falsch gemacht?

Gumbrigg, also, musste sich noch für viel mehr wappnen.

Er rief aber die Disponentin und die Designerin zu sich und zeigte ihnen, was die Freunde in Hongkong wollten. An den Skizzen der Drachenstöcke war hier und da etwas geändert, auch ganz neue Entwürfe gab es. Die Designerin war begeistert. Interessiert betrachtete sie die Einzelheiten der Ornamente, die sie entworfen hatte, die aber von chinesischen Händen geändert worden waren. Die Stimmung lockerte sich, beinahe kam Fröhlichkeit.

Bevor Kurt am Abend die Firma verließ, kam er nocheinmal ins Büro. Gumbrigg saß schon allein in diesem Raum mit sechs Tischen. „Chef, wir müssen wissen, ob wir wegen dieser zweiten Feder weiter stillstehen, oder ob wir an den wenigen Aufträgen, die wir noch haben, weiterarbeiten. Und noch etwas: Dies ist ein faules Spiel. Eindeutig Absicht. Wer hat solche Wut auf uns? Warum?"

Diese Fahrt nachhause, zur Familie, zur Villa in der Allee, war eigenartig. Nüchtern betrachtet, war es eine schwere Fahrt. Solch eine Aussage – das Wort Beichte fiel ihm ein – hatte er noch nie formulieren müssen. Die Andeutungen, die er Hanna gemacht hatte, waren mehr oder weniger an ihr vorbei gegangen. Für sie war die Firma Gumbriggs Spielzeug. Ihr Gerd betrieb das Spiel ernst, wie ein Kind sein Spiel ernst nimmt, und verwendete seine Lebensenergie darauf. Vielleicht wusste Hanna nicht, dass sie so dachte. Sie blendete die Firma aus. Welche Worte Gumbrigg am Familientisch sagen wird, weiß er nicht. Es stellt sich bei ihm kein Bild dieser Szene ein. Zu einem Vorausdenken gehört ein Bild des Geschehens. Das stellte sich bei Gumbrigg nicht ein.

Auf der Fahrt nachhause waren vor Gumbriggs Augen nur Verkehrslichter, und auf der Fahrbahn herbstliches Laub. Noch wurde er von seinem Wagen in einem gut angepassten Sitz getragen. Aber die Fahrt hatte etwas Unerbittliches. Gumbrigg sah sich plötzlich in einem großen Schwimmbad, hoch oben auf einer Rutsche. Er saß schon in der Rinne und die absichtlich eingebauten Kurven und Knicke schleuderten ihn hin und her. Kinder sollten dabei lachen. Gumbrigg sah aber, dass die Rutsche ihn nicht in Wasser werfen würde. Das Schwimmbecken hatte kein Wasser.

Als Gumbrigg nachhause kam, saß die Familie bei Tisch. Jutta sprang auf, hüpfte um den Tisch herum und umarmte ihren Vater. Sie trug ein sehr kurzes Röckchen aus plissiertem Stoff mit schottischem Muster und ein aus grober Wolle gestricktes Jäckchen. Es war Jutta zuzutrauen, dass sie es selbst gestrickt hatte.

„Paps!", rief sie, „wir haben gerade darüber gestritten, ob ‚Dekonstruktion' ein philosophischer Begriff ist!"

So als sei Gumbrigg nicht gekommen, rief Till laut und mit agitatorischer Hand über den Tisch: „Juttachen, du denkst nicht. Du spielst nur mit Wörtern, die du gehört hast, deine Gedanken sind auf der Bühne, aber sie haben keinen Regisseur!"

Laut rief Jutta über den Tisch: „Du kannst gar keine Gedanken bilden! Du bewegst dich nur in Konstruktionen, die hundert Jahre alt sind!"

Und noch lauter Till: „Deine lieben Philosophen wollen alles zerlegen, am Ende bist du gar keine Person mehr!"

„Du mit deinem ‚Ich', du glaubst, du bist ein selbständiges Wesen! Was du in deinem hochgeschätzten Bewusstsein siehst, ist die Summe aller sozialen Informationen aus der Gesellschaft!"

Plötzlich klirrte ein Teller. Mehrmals schlug Grand'mère mit dem Löffel auf ihren Teller. Alle erschraken. Es herrschte Stille. Grand'mère, die so großen Wert auf gute Sitten bei Tisch legte, hatte ihr eigenes Gesetz gebrochen. Grand'mères Körper gab ihr nicht mehr viel physische Kraft, aber in diesem Augenblick war sie von einer Aura absoluter Autorität umgeben. Strenge stand auf ihrer Stirn. „Kinder, benehmt Euch! So schreit man nicht über den Tisch!" Grand'mères Blick streifte Hanna, sie war wohl der Meinung, es wäre Hannas Sache gewesen, an diesem Tisch für Ordnung zu sorgen.

Gumbrigg half aus der Stille heraus. Er richtete Shu Grüße ihrer Eltern aus. Shu bedankte sich mit mehrmaligem Nicken, mit mehrmaligen Verbeugungen, so weit, wie bei Tisch Verbeugungen gehen können. Sie freute sich, dass durch diesen Besuch ein weiteres Band zwischen den Familien gelegt worden war.

„Leider", sagte Hanna, „wurde Gerd überraschend von der Firma zurückgerufen!"

Gumbrigg musste sich nun klar werden, wie er mit Hanna über die Lage der Firma sprechen wollte. Die Gespräche um den Tisch ließ er ohne seine Beteiligung vorüberziehen. Er sah sich im Schlafzimmer Hanna bei der Hand nehmen: „Hanna, ich muss dir ..." Das war aber keine gute Situation. Nebeneinander auf dem Bett zu sitzen, das war gut für eine Plauderei, aber da gab es keinen Augenkontakt und der war nötig, um Hannas Aufmerksamkeit wirklich auf die Umstände der Firma zu lenken.

Als das Abendessen zu Ende war, und Hanna und Jutta mit Geschirr in die Küche gingen, machte sich auch Gumbrigg mit Tellern zu schaffen. Er suchte einen Augenblick, in dem Jutta nicht in der Nähe war und bat Hanna, mit ihm ins Wohnzimmer zu kommen: „Wir müssen sprechen."

Hanna sagte, nicht heute Abend, sie müsse noch telefonieren und einen dringenden Brief schreiben. „Hanna, ich bitte dich, es ist wichtig!"

Hanna lag es nicht, anderen zu widersprechen, anderen ihren Willen entgegenzusetzen. Sie ließ sich ins Wohnzimmer führen und nahm in dem Fauteuil Platz, den sie gerne zum Lesen wählte. Ihr Gesicht hatte, wie fast immer, den treuherzigen Ausdruck, der ihren Charakter so sehr kennzeichnete. Allerdings schaute sie etwas erstaunt hinauf zu Gumbrigg, während der große Mann sich setzte.

„Hanna", sagte Gumbrigg, „wir können die Löhne Ende der Woche nicht zahlen."

Hanna schaute und schüttelte stumm den Kopf. Gumbrigg wusste nicht, was er sagen sollte. Auf eine Frage, auf eine scharfe Reaktion, hätte er antworten können. Hannas Schweigen schien ohne jede Beziehung zu dem, was er gesagt hatte.

„Hanna, auch für uns ist kein Geld mehr da."

„Wir sitzen auf Eis?", sagte Hanna, „Und es bricht ein? Wozu diese Firma!" Es war, als würde Hanna ihren Panzer von Freundlichkeit, von Zutraulichkeit verlieren. Als würde ihr Prinzip des Wohlwollens und der Herzlichkeit aussetzen.

„Warum hast du diese Firma angefangen!"

Gerd Gumbrigg fühlte in seinem Kopf eine eigenartige Wärme, eine inhaltslose Wärme. Es setzte dann Liebe zu Hanna ein, und bald darauf der Eindruck, beleidigt zu sein, weil für Hanna all die Jahre, die vielen Jahre der Arbeit und Kleinarbeit, um aus nichts etwas zu machen, bedeutungslos waren. Nutzlos, eine Marotte ihres Gerd.

Gumbrigg wollte sagen: Weißt du, wie wir hier leben!? Aber er ließ es.

„Und? Gerd? Gehst du zur Bank?"

„Die Bank ist ausgereizt."

„Es wird ja wieder Geld hereinkommen."

„Es kommt zu wenig. Ich habe doch immer wieder versucht, dir zu sagen, dass wir Probleme haben!"

„Aber das kann doch nicht einfach so – du hast doch immer wie ein – wie ein – gearbeitet!"

„Wir können nicht produzieren wegen dieser – dieser vermaledeiten Feder. Hanna, es sabotiert uns jemand."

„Gerd, du willst dich doch jetzt nicht mit einer Verschwörungstheorie – ..."

Grand'mère hatte eine für Jüngere nicht zu verstehende, beinahe unheimliche Wahrnehmung für Situationen. Grand'mère zog sich üblicherweise nach dem Abendessen, das für sie ein Fels im Familienleben war, zurück in ihr Zimmer, meist an ihren Schreibtisch. Grand'mère kam aber jetzt zu ihrem Sohn und Hanna, weil sie spürte, dass zwischen den beiden etwas schwierig war, ernsthaft schwierig. Gerd, ihr Sohn, war selbstverständlich im Recht – obwohl: Grand'mère hatte in ihrem Leben so viele Lebensläufe erlebt und verfolgt, und sie wusste, dass sie, wie es die Art, aber auch die Aufgabe einer Mutter war, ihren Sohn für unfehlbar hielt, und sie wusste, dass die Mütterlichkeit auch einmal irren konnte. Hanna, das musste sie zugeben, war eine gute Wahl gewesen. Also, was ist nun vorgefallen?

Hanna und Gerd saßen im Wohnzimmer, und die Tür ging auf. Grand'mère kam herein. Sie war schon müde, das zeigten ihre Bewegungen. Sie verwendete ihren Stock. „Was ist mit Euch? Was gibt es?"

Es war Gerd Gumbriggs Sache, seiner Mutter zu antworten. Er sollte aufstehen und sie zu einem Sessel führen. Aber das würde ein eingehendes Gespräch bedeuten. „Wir sprechen über die Firma", sagte er. Zu sagen: ‚Wir besprechen etwas‘, wäre sinnlos gewesen, umso gezielter hätte seine Mutter nachgefragt.

Sie kam noch ein paar Schritte. Jetzt stand Gumbrigg doch auf und führte die mit vorsichtigen, aber dezidierten Schritten gehende alte Dame zu einem Sessel.

„Warum denn heute Abend? Ihr wart doch lange genug im Flugzeug!“

Gumbrigg hatte sich schon für das Gespräch mit Hanna vorbereitet. Er hatte, sozusagen, einen Harnisch angelegt, ein Kettenhemd. Um ruhig sprechen zu können. Seiner Mutter gegenüber waren dergleichen Vorsorgen wirkungslos. Kartenhäuser einer Verteidigung. Gumbrigg zögerte. Es war Hanna, die sprach: „Er kann die Löhne nicht zahlen.“ Grand‘mère hielt, wie oft, ein kleines Spitzentaschentuch in ihrer rechten Hand. Ihre Finger bewegten sich um dieses Taschentuch.

„Du weißt, Mutter, wir haben seit einiger Zeit Schwierigkeiten mit einem Zulieferteil.“

„Ja, das weiß ich!“ Das sagte Grand‘mère schnell, und in einem beinahe scharfen Ton.

Hanna wollte ihrem Mann helfen. Nie sonst sprach sie über Angelegenheiten der Firma. Aber Grand‘mère, die immer und überall von ihrem Sohn Gutes sagte, Grand‘mère saß jetzt wie eine strenge, übergeordnete Instanz da. Sie war nicht die immer, immer in Idealen denkende, nur das Liebe und Gute sehende, schon müde alte Dame. Sie forderte Antworten. Hanna sagte: „Gerd bekommt aus Hongkong neue Aufträge.“

„Bis das hilft, wird es noch dauern“, sagte Grand‘mère. In kurzen, schnellen Worten sagte sie das.

Gumbrigg hatte eine Reihe von Jahren gehabt, eine Reihe von guten Jahren, in denen das Wünschen und Hoffen gesund waren. Seine Mutter saß ihm jetzt gegenüber. Sie war nicht die schon etwas hinfällige alte Dame. Sie saß hier, um Auskunft zu bekommen. Und er konnte nicht sagen, es sei alles gut.

„Wenn alle Kunden zahlen, dann geht es ja. Ich habe schon mehrmals gedrängt. Aber ich sollte einem Kunden nicht sagen, wie dringend wir das Geld brauchen. Sie dürfen keine Unsicherheit spüren. Ich gehe morgen auf die Bank."

„Ja, geh auf deine Bank!", sagte Grand'mère. Sie stand auf, ungewöhnlich schnell; als hätte sie keine Schwierigkeiten. Und verließ das Zimmer.

Gumbrigg und Hanna waren allein. Die Reaktionen von Grand'mère hatten Hanna jetzt doch die Realitäten der Firma ins wache Bewusstsein gebracht. Sie konnte die Firma nicht mehr von sich schieben. Plötzlich war sie von einer neuen Gegenwart betroffen.

Aber so ist es in Momenten von klarer Sicht auf Fatales: Die Erinnerung schwenkt zurück in die Zeit des Ursprungs, als es Frühling war und die Sonne schien. Ohne Absprache stellten sich diese Bilder bei beiden ein, bei Hanna und bei Gerd Gumbrigg. Hanna sah diesen etwas schwer gebauten jungen Mann vor sich, der so eine unerschöpfliche Quelle von Kraft schien, und von Gutherzigkeit. Gerd war ein Platz für ein Zuhause.

Und Gerd sah Hanna, drahtig und quicklebendig, lieblich und zugleich alert.

Gumbrigg durchbrach diese Rückwende und sagte, absichtlich salopp: „Mal sehen, was mit der Bank zu machen ist!" Er ging dann, mit alltäglichen Bewegungen, in Richtung Schlafzimmer.

43

Die Entlassung des Blumenmädchens veränderte Gumbriggs Firma. Es hieß, da seien doch genug andere Dinge, an denen gespart werden könne. Ob der Chef das Blumenmädchen aus privaten Gründen gekündigt habe? Der Chef sei seit der Reise nach Hongkong ein anderer. Ob der Chef noch sein Urteilsvermögen habe?

Auch die Morgenstunden Sattlers hinter der Empfangstheke änderten sich. Bisher war der Schwarm der Arbeiterinnen vor sieben Uhr lachend und plaudernd an ihm vorbeigezogen. Vielleicht hatte es einen kurzen Seitenblick zur Begrüßung gegeben. Jetzt lehnte sich manchmal eine Frau über die Brüstung der Theke und schaute zu Sattler hinunter. Die Sicherheit hatte aufgehört. Bei Sattler suchte man Auskunft. Er hatte zwar keine Funktion in den täglichen Abläufen der Firma, er war nur der Wächter in der Nacht, aber man wusste, dass er viele Stunden mit dem Chef bei den Ameisen verbrachte. Er musste vieles wissen. Doch Sattler konnte nur freundlich abwinken. Die Freundlichkeit dieses mageren Kopfes, der auf seinen Schultern etwas wacklig schien, hatte dennoch die Qualität eines Ankers für die verstörten Mitarbeiterinnen der Firma Gumbrigg.

Auch ein junger Ingenieur kam zu ihm, einer von denen, die an der Spinne arbeiteten. Er schien sehr erregt, eigentlich aufgebracht. Wieso der Chef denn nicht sehen könne, dass die Spinne die Zukunft sei, eine ganz andere Dimension für die Firma, dagegen seien die Jagdstöcke und VerySticks und Chinesenstöcke nur Kinderspielzeug! Die Spinne kann über Stock und Stein laufen. Sie ist dem Rad um Welten überlegen. Jetzt, wo wir die Bewegung der acht Beine weich programmieren können, gleitet ein Spinnenstuhl elegant die Treppen hinauf. Und schauen sie sich die alten Leute an, wie sie sich mit den Einkaufstrolleys abmühen. Sie ziehen diese alten Modelle hinter sich her. Wenn eine Gehsteigkante kommt, ist der Arm zu schwach, sie drehen sich um und ziehen mit beiden Händen. Die Spinne trägt die ganze Last auf Fingerdruck nach Hause, über Kanten und Treppen. Der Chef stellt die Arbeit an der Spinne ein. Er sieht das nicht.

Der junge Ingenieur, heiß im Gesicht, schlägt mit der flachen Hand auf die schmale Fläche der Empfangstheke.

Sattler selbst fühlte sich nicht beunruhigt. Ja, doch. Aber er hatte schon so viele aussichtslose Tiefs durchlebt, wenn wieder eines kommt, es wird so anders nicht sein. Eher fürchtete er für seinen Herrn und Freund, Gumbrigg. Dessen Schicksalsvarianten klafften, nach oben und unten, viel weiter auseinander. So konnte Sattler nur freundlich zu seinen Kolleginnen-Arbeiterinnen hinaufsehen.

Aber ganz plötzlich, ganz unvermittelt, nein vermittelt durch diese fragwürdige Situation, tauchte vor Sattlers Augen wieder die Ölspur auf. Die Kinder, die er chauffierte, lachten und kicherten noch hinter ihm. Die Ölspur auf der abschüssigen Straße glitzerte in der niedrig stehenden Sonne. Sattler wusste, es würden ihm gleich die verstümmelten Leiber der Kinder gezeigt. Das waren nicht Erinnerungen.

Von Erinnerungen, auch von traurigen, weiß man, dass sie Vergangenheit sind. Wenn die Ölspur Sattler heimsuchte, im Jahr ein Mal oder mehrmals oder auch erst nach zwei Jahren, dann war das ein unmittelbares, gegenwärtiges Geschehen, das durch keine psychische Anstrengung als vergangen deklariert werden konnte. Das Geschehen erfasste Sattler mit aller physischen Wucht.

Severin Sattlers Lebensstunden außerhalb der Firma waren dem Anschein nach extrem simpel. Spartanisch wie eine Gefängniszelle hatte er seine minimale Wohnung eingerichtet. Der Tisch, ein Quadrat mit vier Beinen, der Stuhl, vor Generationen aus Buchenhölzern von Hand gesägt und gehobelt, jetzt, wenn auch gekrümmt, noch in festem Zusammenhalt. An diesem Tisch kämpfte Sattlers Kopf, um eine unübersehbare Vielfalt von Gedanken zusammenzuhalten. Oder besser: einen Faden aufzunehmen, und nicht mehr zu verlieren.

Wie überschwänglich sich ein Hund freuen kann! Wenn er vor Freude an mir hochspringt, sind wir ‚ein Herz und eine Seele'! Kein Unterschied in der Qualität der Freude. Und wie ein Elefant seine Toten betrauert oder eine Schimpansenmutter ihr Kind!

Von diesen Gedanken war Severin voll, und er war verzweifelt, eines Tages mit Unwissen sterben zu müssen, und er liebte das Turnen seiner Gedanken:

Nach einer Frucht zu greifen, ist eine runde Tätigkeit: Sehen, Wünschen und Greifen sind eine Kette, die ohne Bewusstsein abrollen kann. Da der Mensch das Lachen kennt, lacht ihm der Baum und die Frucht. Diese sind Personen, und das Leben ist auf Tuchfühlung mit Personen, bevor das Werkzeug dazwischentritt.

Das Werkzeug hat nur eine Dimension: den Zweck für den es gemacht ist. Es hat keine Persönlichkeit und ist das erste Stück toter Materie, das entdeckt wurde. Drumherum entstand das Denken der Verwendbarkeit von Dingen und das Denken der Folgerichtigkeit. Die Logik ist die Verknüpfung eindimensionaler Elemente. Und mit Hilfe der Logik hat sich der Geist bis weit in seine Umgebung hinausgeturnt. Die Geister sind jetzt bis zu diesen Grenzen vertrieben, die bösen wie die gutgesinnten, und wir wissen nicht, wie Freundlichkeiten und wie Liebe transportiert werden.

Severin Sattler lebte allein, und sagte sich, er sei damit zufrieden. Und doch kam es immer noch vor, dass er durch sein Geschlecht belästigt wurde. Er wies das von sich, wie man eine lästige Fliege verjagt. Aber er dachte, was das für eine Menschheit wäre, in der nicht Einer nach einem Anderen strebte. Sie würde zerfallen, sie wäre nicht denkbar.

Eine erste Konfrontation hatte Severin gehabt, als er gerade anfing, erwachsen zu werden. Im Wald strich er herum, am späten Abend. Er hörte Gelächter und Schreie. Er schlich näher: Ein Bursch schien mit Mädchen zu streiten. Es waren mehrere Mädchen, eine Übermacht. Sie warfen den Burschen zu Boden und hielten ihn fest. Sie zogen ihn aus und reizten ihn und setzten sich auf ihn, eine nach der anderen und schrien in einer Art, wie Severin das nicht kannte. Und sie lachten den Burschen aus, als seine Potenz nichts mehr gab.

Das waren fröhliche Mädchen, handfest, zupackend, sicher auch bei der Arbeit zupackend. Es konnte schon sein, dass eine ihrer Stute beruhigend die Hand auf die Kruppe legte und dem Hengst den Penis führte, um das Zielen zu erleichtern.

Wie viele Triebe zusammenwirken müssen, um die Menschheit aus der Sexualität immer neu zu erschaffen! Da ist die rohe Gewalt, die droht. Aber Achtung! Die Welt hat so viele Hindernisse und Schwierigkeiten und Seitenwege: Wäre da nicht eine Reserve von Gewalt, es bliebe zuletzt keine Kraft mehr für Zuneigung.

Ein Element in diesem Bündel der Triebe ist die Freude am Besitz der Kraft. Sie unterlegt allen Gedanken das Gefühl, siegen zu können. Priapos, der Gott der fortwährenden Potenz, saß an der Kante des Feldes und bewachte es. Das Feld war zweifach gepflügt: gerade und schräg, sodass Rauten entstanden. Und die Raute ist das Symbol der Fruchtbarkeit.

Dem derbsten Burschen widerfährt, wenn er Glück hat, dies: Er sieht ein Mädchen, und alle Grobheit und Derbheit fällt von ihm ab. Die anderen Mädchen, die er gekannt, die er gesehen hatte, die waren lustig oder frech oder praktisch und hilfreich oder kess. Diese Mädchen fallen jetzt ins Abseits; als wären sie eine andere Gattung Mensch.

Die Möglichkeit einer schlagartigen Bindung: Dies ist eine weitere Ereignisvariante, die die Psyche ausspielen kann. Auch deren Herkunft ist im Dunklen. Sie erinnert an die Fixierung des Geparden auf ein bestimmtes Tier der Herde. Er jagt nur dieses eine Tier, auch wenn andere, im Pulk der Gazellenflucht, ihm viel näher kommen.

Die Möglichkeit in die Liebe zu fallen, ist ein weiterer Mosaikstein des Reichtums. Und Severin Sattler hatte ihn erlebt und verspielt. Das Feenreich hatte ihm Silke gezeigt. Und er, ein tumber Tor, hatte grob kehrt gemacht. Wie hatte er nur so ungeschlacht reagieren können! Und Severin legte seinen Kopf auf die kalte Platte des Küchentisches und ließ das Elend kommen.

44

Gumbrigg griff kurz nach neun Uhr zum Telefon, um mit seinem Bankmann zu sprechen. Wenn Gumbrigg in den üblichen Abläufen des Lebens, ob in der Firma oder in persönlichen Belangen, etwas in Angriff nahm, ein Problem lösen wollte oder die Erfüllung eines Wunsches verfolgte, dann bekam er ein Bild vor Augen, das die möglichen Resultate seiner Aktion darstellte. Das Bild konnte ein gradliniges Aufwärts und Vorwärts symbolisieren oder aber auch Brüche und fehlende, unbekannte Wegstrecken. Das waren dann unsichere Aktionen, aber doch mit der Möglichkeit eines positiven Ausgangs. Und welche Aktion hat schon einen sicher vorhersehbaren Ausgang!

Gumbrigg sagte sich, er wisse nicht, wie dieses Gespräch in der Bank ausgehen würde. Alle bisherigen Gespräche hatten mit einer Lösung geendet. Es können so viele Gedanken gleichzeitig ablaufen. Rund um das Wunschziel bilden sich Gedankenketten, die genau dorthin führen: zum gewünschten Ziel. Daneben werden andere Wege abgebildet, die autonom, nicht beeinflussbar, in eine andere Richtung führen, zu einem nicht gewünschten Ende.

Die Stimme des Bankmanns war freundlich und ruhig. „Ja, Herr Gumbrigg, ich wollte Sie auch schon anrufen, wir sollten uns zusammensetzen!"

Und Gumbrigg wurde zum Gespräch eingeladen, nicht in das Büro im Hintergrund der Schalterhalle, sondern in ein Sonderzimmer im obersten Stock, zu einem kleinen Mittagessen, und ja, seine geschätzte Frau sei mit eingeladen, sie solle doch ganz sicher kommen.

Als Hanna vom Wunsch des Bankmannes hörte, war sie zunächst verwundert. Was sollte sie mit Banksachen!? Sie hatte das Gefühl, man träte ihr zu nahe, als würde sie von Fremden angesprochen und zu einer gemeinsamen Stadtrundfahrt aufgerufen. Aber Gumbriggs Blick war so ungewöhnlich, dass sie nichts sagte.

Hanna saß zur Rechten des Bankmanns. Der Tisch war mit schön gefalteten Servietten gedeckt. Ein Gläschen Sekt wurde gereicht. Der Bankmann prostete zu und sagte, man hätte sich schon lange einmal zusammensetzen sollen. Schließlich sei Gumbrigg ein treuer Kunde der Bank. Hanna schaute aufmerksam; beinahe neugierig, was die nächsten Minuten bringen würden.

Bei Hanna spielte das Gefühl, in Gestalt des Bankmanns sei der große Onkel aus Amerika gekommen; seine Geschäfte, deren Dimensionen sie gar nicht ahnen könne, habe er für einen Tag verlassen, um eine Familienangelegenheit zu regeln.

Der Bankmann begann mit einer Lobrede auf Gumbrigg: Er habe mit Ideenreichtum und zäher Konsequenz ein vorbildliches Unternehmen aufgebaut und mit einer großen Produktpalette Exportmärkte erobert. Der Bankmann lächelte Hanna an, als wolle er ihr zu diesem Mann gratulieren. Jetzt, sagte er, sei die Zeit gekommen, etwas Atem zu holen.

„Herr Gumbrigg, Sie wissen, dass wir Ihnen bei der Bemessung Ihres Kreditrahmens immer sehr entgegengekommen sind. Ich persönlich würde sicher noch weiter gehen, aber wir, als Bank, haben unsere Regeln. Ich habe gehört, dass Ihnen die Auszahlung der Löhne und Gehälter schwer fällt. Herr Gumbrigg, Sie werden verstehen, dass die Bank ohne Stellung weiterer Sicherheiten Ihnen nicht weiter entgegenkommen kann. Ich habe darüber schon mit Herrn Brioni gesprochen."

Bis zur Nennung des Namens Brioni hatte Gumbrigg die Worte des Bankmannes an sich vorbeigleiten lassen. Er hatte keine Trumpfkarte. Er könnte erst agieren, noch eine weitere Linie von Argumenten entwickeln, nachdem der Bankmann den ersten Zug gemacht hätte. Die Nennung des Namens Brioni aber, und die Tatsache, dass dieser Repräsentant der Bank Brioni ohne Absprache kontaktiert hatte: Das war ein Peitschenschlag!

Plötzlich fühlte sich Gumbrigg stark. So gering auch seine Basis war, er fühlte in sich Autorität: „Sie wollen sagen, Sie haben mit Brioni über die finanzielle Lage meiner Firma gesprochen!?"

„Ja, Sie sind doch mit Brioni gut befreundet, er hat Ihnen ja beim Aufbau der Firma wesentlich geholfen."

„Sie können doch nicht, ohne mich zu fragen ...", begann Gumbrigg.

So gefährlich die Lage war, dies konnte Gumbrigg nicht hinnehmen. Eine Entmündigung! Er stand auf und setzte seinen Stuhl zurück. Hanna war einen Augenblick lang erstaunt, dann stand auch sie auf.

Der Bankmann schaute betreten und etwas überrascht zu Gumbrigg auf. Er schaute Gumbrigg gerade an, seine Augenbrauen hoben sich: „Herr Gumbrigg, ohne Hilfe schaffen Sie es nicht!“ Die Verabschiedung war förmlich, ordentlich. Als Gumbrigg das Zimmer schon verließ, sagte der Bankmann noch „Viel Glück, Herr Gumbrigg!“

Hanna und Gerd Gumbrigg fuhren ohne ein Wort nach Hause. Aber Hanna legte, während Gumbrigg lenkte, eine Hand auf seinen Arm. Gumbrigg meinte, es sei das erste Mal, dass Hanna an seiner Arbeit, und an dem Leben, das er aufgebaut hatte, Anteil nahm. Es entstand für ihn deshalb, trotz des Bankgesprächs, mehr Zuversicht.

Zuhause herrschte große Lebendigkeit. Shu und Till waren da, und Jutta. Jutta hatte es übernommen, zu kochen. Grand'mère betrachtete die Gesichter reihum, auch Hannas, und das Gesicht ihres Sohnes. Jutta tanzte singend und pfeifend zwischen Küche und Wohnzimmer hin und her. Sie trug wieder ein neues Röckchen, selbst geschneidert, kurz, ausgestellt. Sie trällerte, und sie ließ alle wissen, sie habe heute einen ganz süßen Jungen vernascht.

Grand'mère saß schon an ihrem Platz bei Tisch. Man sah, wie sie mit einem Ruck tief Luft holte. So als wäre das ein Mittel, die Beherrschung nicht zu verlieren. Als alle Platz genommen hatten und einen Augenblick Ruhe herrschte, sagte Grand'mère: „Jutta, du zerstörst dir die schönsten

Gefühle, die der Mensch haben kann. Die Liebe ist keine Spielerei. Schade!"

Jutta sprang auf, beugte sich über ihre Großmutter und wusste nicht, ob sie ihr einen Kuss geben sollte. Grand'mère griff nach Juttas Arm. Es war eine Geste des Streichelns aber auch der Zurechtweisung.

„Als ich in deinem Alter war, kam ein junger Mann in mein Elternhaus. Er sah ganz gut aus. Er stand da, um einen Heiratsantrag zu machen. Er begann: ‚Ich habe gelebt'". Grand'mères linke Hand, die das Taschentuch hielt, wurde zu einer kleinen Faust.

„Ich sagte ihm: ‚Und ich fange zu leben an!' und ich schickte ihn weg."

Shu begann ein Gespräch über Hongkong und ihre Eltern. Gumbrigg war ihr dankbar dafür.

Später am Abend saßen Hanna und ihr Mann im kleinen Arbeitszimmer. Zunächst ohne Gespräch. Dann meinte Hanna, sie könne vielleicht aushelfen. „Das ist sehr lieb, Hanna", sagte Gumbrigg, „aber es geht um ganz andere Größenordnungen".

Es war zu erwarten: Grand'mère kam, mühsam, aber aufrecht. So aufrecht sie konnte.

Sie setzte sich und fragte: „Und?"

Gumbrigg berichtete. Dass er das Bankgespräch abgebrochen hatte, meinte er entschuldigen zu müssen. „Ich kann doch nicht akzeptieren, dass hinter meinem Rücken Gespräche geführt werden! Aber vielleicht muss ich jetzt mehr akzeptieren."

Wegwerfend sagte Grand'mère: „Das Bankgeheimnis hat noch nie gegolten!"

Sie sprach weiter, als wolle sie viel erzählen: „Meine Großeltern sind mit sechs Rappen gefahren. Dann kam das Feuer. Die Versicherung war schäbig." Und dann: „Gerd, wie steht es wirklich? Habt ihr keine Aufträge?" „Doch, wir erwarten wieder Aufträge, aber es geht um diesen Freitag, um die Löhne."

Grand'mère veränderte ihre Stimmlage. Ihre Feinfühligkeit und Bedachtsamkeit setzten aus. „Die können auch einmal eine Woche warten! Die wissen längst, wie es steht! Sicher ist die Aufregung so groß wie in einem Hühnerstall! Gerd, ich möchte morgen genau wissen, was los ist!"

Grand'mère ging in ihr Zimmer und setzte sich an ihren Schreibtisch. Sie wusste, wie sie ihr Herz beruhigen konnte, sie griff zu ihrem geliebten Zarathustra. Der wenigstens, hatte nach einem besseren Menschen gesucht. Sie schlug auf, wo sie eine Notiz über einen Vortrag eingelegt hatte, und las. Wieder einmal:

Inzwischen kam der Abend, und der Markt barg sich in Dunkelheit: da verlief sich das Volk, denn selbst Neugierde und Schrecken werden müde. Zarathustra aber saß neben dem Toten auf der Erde und war in Gedanken versunken: so vergaß er die Zeit. Endlich aber wurde es Nacht, und ein kalter Wind blies über den Einsamen. Da erhob sich Zarathustra und sagte zu seinem Herzen

Wahrlich, einen schönen Fischfang tat heute Zarathustra! Keinen Menschen fing er, wohl aber einen Leichnam.
Unheimlich ist das menschliche Dasein und immer noch ohne Sinn: ein Possenreißer kann ihm zum Verhängnis werden.
Ich will die Menschen den Sinn ihres Lebens lehren: welcher ist der Übermensch, der Blitz aus der dunklen Wolke Mensch.
Aber noch bin ich ihnen ferne -

So wurde Grand'mère ruhig, so konnte sie in die Nacht gehen.

45

Die Vorarbeiterin sagte zu Kurt: „Kurt, ich weiß nicht, was ich tun soll. Der Chef ist nicht da. Als die erste kaputte Feder auftauchte, war riesige Aufregung, alles wurde stillgelegt. Dann durften wir wieder weitermachen. Jetzt kommt die zweite Feder. Jetzt machen wir noch ein paar verstellbare Jagdstöcke mit Ledersitz. Im Übrigen herrscht geisterhafte Stille!"

„Wir sollten uns zusammensetzen. Komm ins Büro, ich hole Rosa dazu."

Sie gingen ins Büro. Gumbriggs Platz war unbesetzt. Sie nahmen an dem großen Besprechungstisch mit seiner Oberfläche zwischen Grau und Eierschalenfarbe Platz. Kurt setzte sich an die Schmalseite, links und rechts von ihm Rosa und die Vorarbeiterin. Die Vorarbeiterin mit einer Haltung von Ungeduld. Denn der Sinn ihres Tages war es, für den Takt der Maschinen und Handgriffe zu sorgen.

Kurt hatte die zwei Federn mitgebracht, auch den Bericht der Universität und eine Lupe. „Wir sind alle drei keine Maschinenbauer“, sagte Kurt, „aber alle drei haben wir Augen, die schauen können! Sagt noch einmal, was ihr seht.“ Er reichte die Federn und die Lupe weiter. Rosa betrachtete beide Federn. Das hatte sie immer wieder getan. „Rund um den Knick hat das Metall mikroskopisch kleine Bläschen; und Verfärbungen.“ Die Vorarbeiterin schaute ebenfalls, dann zuckte sie die Schultern. Das bedeutete: Ja, sie sehe nichts anderes.

„Kann so etwas an einer Stanze geschehen?“ Die Frauen schauten auf die Tischplatte. Das bedeutete Nein und Ratlosigkeit. Oder ein Zögern, Vermutungen auszusprechen.

„Glaubst Du“, sagte Rosa, „dass dieser Pelikan so etwas tun würde?“

„Man weiß nie, was zwischen alten Freunden einmal gelaufen ist!“

Kurt kannte alle Türen und Tore von BrioMet. Insbesondere auch die Stanzerei, das Reich von Franz Pelikan. Es kostete ihn wenig Mühe, in das Werksgelände zu gelangen. Zwei Uhr früh ist die beste Zeit. Die Nachtwächter sind schon müde, und die Tastenzahlen kannte Kurt. Er wusste, wo in der Halle der Stanzen die Lochtafeln waren, an denen die täglich benötigten Zangen, Schlitzschraubenzieher und Kreuzschlitzschraubenzieher griffbereit aufgehängt waren. Und er wusste, wo Franz Pelikan spezielle Hilfsmittel und Chemikalien aufbewahrte. Wie unbedenklich Pelikan doch war! In einem Werkzeugschrank, im obersten Fach, stand eine kleine Lötlampe, groß wie ein Mundspray, eine

Mikro-Schweißlampe, wie Goldschmiede sie verwenden. Die spitze Flamme zielt wie eine Nadel. Und daneben lag eine Federspange, der kritische Knick halb angeschmort. Wie konnte Pelikan nur so nachlässig sein! Aber in seiner Halle, der Stanzerei, kam eben niemand auf die Idee, Pelikans persönlichen Werkzeugschrank zu untersuchen.

Kurt fotografierte, was er gefunden hatte und verließ die Stanzerei und das Werksgelände der BrioMet.

46

Gumbrigg erhielt einen Anruf von Alfons Brioni. Für Gumbrigg klang die Stimme Brionis fremd, verfremdet durch die Mitteilung des Bankmanns, er habe ‚schon mit Brioni gesprochen'. Welche Kontakte liefen da hinter seinem Rücken? Hinterrücks? Aber es hatte den Anschein, Brioni wolle gar nicht über Geschäftliches oder direkt über Geld sprechen. Seine Stimme hatte eher Plauderton, einen glatten Plauderton. Gumbrigg sah vor sich einen Alfons Brioni, der in Gesellschaft mit charmantem Lächeln das Wort führt.

„Gerd", sagte er, „wir haben uns lange nicht mehr gesehen! Ihr müsst wieder einmal zu uns kommen!"

Gumbriggs erste Reaktion war Abwehr. Zu diesem Zeitpunkt, mit all den persönlichen Schulden bei Brioni, Schulden noch aus der Gründungszeit. Und nach der Indiskretion der Bank! Brioni wusste über die problematische Situation, in der Gumbrigg sich befand, zweifellos Bescheid. Aber Alfons Brionis Stimme kam gelassen und locker!

Gumbrigg empfand großen Widerwillen. Aber irgendwelche Reisen oder anderen Termine vorzutäuschen, das wäre eigenartig, ungut, und Gumbrigg fühlte sich in diesem Augenblick, in dem er, sozusagen reibungslos, eine schnelle Antwort geben musste, auch nicht stark genug für Ausflüchte. Also wurde es Carmen und Hanna überlassen, einen Termin zu vereinbaren.

Gerd und Hanna Gumbrigg hielten vor dem alten, repräsentativen Fabriksherrengebäude, das Alfons Brioni von seinem Vater übernommen hatte. Alfons und Carmen kamen durch die große Eingangstür entgegen. Sie begrüßten Hanna und Gerd wie lange vermisste Freunde, mit Schulterklopfen und Wangenküssen. Carmens blaue Augen seien, empfand Gumbrigg, besonders groß und rund. Brioni bat seine Gäste ins Haus und die alte, breite Holztreppe hinauf. Die Bewegungen von Alfons Brioni und von Carmen hatten eigenartige Feierlichkeit, so wie die Bewegungen von Eltern, die ihre Kinder zum Weihnachtszimmer führen. Gerd Gumbrigg schaute zu Hanna und meinte, ihr Gesicht sehe klein aus.

Als sie auf der Galerie des oberen Stockwerks angekommen waren, öffnete Alfons die Tür zum privaten Wohnbereich und dann zum großen Raum, dessen Fenster nur die Bäume des parkartigen Gartens zeigten. Das Bedeutsame war wiederum die Lichtinstallation, an der Carmen wohl lange gearbeitet hatte. Das Tageslicht ließ schon nach und die absonderlichen Farbfächer der Lichtprojektion konnten den Raum völlig übernehmen. Es gab blutiges Rot und Zinnober und düsteres Violett, aber auch Blau wie Sommerhimmel. Und die Farben spielten. Dies war das Staunen von Besuchern schon wert. Carmen stellte sich zu Gerd; nah, sodass er ihre Wärme spürte. Wollte sie Lob? Ein ganz persönliches Lob? Von Du zu Du? Sie kannten einander ja lange genug.

Seitlich stand ein Tisch, weiß und mit Silber gedeckt. Wieder hatte Carmen dort kunstvoll Brötchen angeordnet. Alfons schenkte zeremoniell Sekt in die bereitgestellten Gläser. „Dies ist Brioni-Sekt!", sagte er und lächelte mit intensiver Verbindlichkeit. Er reichte Hanna und Gerd ihre Gläser. Alfons und Carmen hielten die Gläser hoch und prosteten zu. Gumbrigg sah, dass beide, Alfons und Carmen, genau verfolgten, wie er sein Glas zum Mund führte. Er wollte schon zögern. Aber wie wäre das nun aufgenommen worden! Und überhaupt, bei seiner heiklen Position gegenüber diesem alten Freund. Und Gönner. Gumbrigg leerte sein Glas.

Hanna trank meist wenig, oder gar nicht. Sie stand noch immer in der Geste einer Prostenden. Da griff Alfons schnell und gewandt, wie ein Preistänzer, Hanna um ihre Mitte. Sie lag in seinem Arm und Alfons träufelte ihr den Sekt zwischen die Lippen, sie konnte nicht anders, sie musste schlucken. Ein weiteres Mal dachte Gerd, dass sich Alfons eigenartig, ja ungehörig verhielt, selbst gemessen am Alter der Freundschaft. Aber Licht und Farben wechselten aufdringlich und aus allen Richtungen kamen die Schläge eines Gongs. Es musste eine riesige Scheibe sein. Sie brachte sanfte, sonore Schläge und ein szintillierendes Rauschen, das in einem eigenen Rhythmus schwankte. Gerd lag es schon auf den Lippen, Carmen für diese phantastische, ja bezaubernde Regie Komplimente zu machen. Ja, er wollte ihr sagen, wie bezaubernd sie das gemacht habe. Aber da wechselte die Musik wieder. Der Gong schlug im Takt eines langsamen Walzers und die Musik wandelte sich zu schmeichelnden Melodien. Carmen kam auf Gerd zu und führte ihn in den Walzer. Es schien Gerd Gumbrigg, dass Carmens Augen immer noch größer und größer wurden, und die immer langsamer schreitende Musik und die dumpf schwirrenden Schläge des Gongs wurden zu einem übermächtigen Schwall, der in seinem ganzen Körper dröhnte.

Vom anderen Ende des großen Raumes war ein Geräusch zu hören, wie das Schaben eines Schuhs, wie das Kratzen eines Ausrutschens. Gerd sah, dass Alfons Hanna hielt. Sie sahen aus wie ein Paar beim Kunsttanz, Hanna hintüber auf Alfons Brionis Arm. Es war aber nicht Tanz, Hannas Arm hing schlaff. Gerd sah dies alles aus einer Ferne, er meinte diese Ferne gehöre zu einem Ritual, eine schwebende, langsam schwingende Ferne. Er sah noch, wie Alfons Hanna höher hob und dann Hanna überhaupt trug und aus dem Zimmer trug. Es kam Gerd der Gedanke, den beiden nachzueilen und sich um Hanna zu kümmern. Aber er war inzwischen in eine warme Unbekümmertheit eingetaucht. Er sah, wie Alfons Hanna forttrug, und sein Denken spielte ihm vor, dies sei sein guter Freund, bei dem wäre Hanna gut aufgehoben. Und Carmen hatte sich warm an ihn gelehnt und schaute mit übergroßen Augen zu ihm auf.

Gumbriggs Gedankenwelten verflossen ineinander. Im Rhythmus des Gongs wechselten die Bilder. Sein Tisch im großen Büro war ihm unverständlich. Aber die Fratzen der chinesischen Drachen blitzten ihn an, augenzwinkernd. Ja, das Wichtige waren Gesichter. Gesichter brachten das, was Bedeutung hat: Ob sie einen auslachten oder ermutigten oder trösteten oder vertrauensvoll aufschauten. Nur diese Bedeutungen zählen auf der Welt. Zahlen und Werkzeuge sind banal. Carmen schaute zu ihm auf. Fragend und vertraut. Irgendwann, vor Jahrzehnten, hatte er dieses Mädchen geküsst. Er sah keine Veränderung. Er sah ihre Lippen und meinte das Blut im Rhythmus des Gongs pulsieren zu sehen. Zu spüren. Seine Wahrnehmung grenzte sich immer mehr ein. Vor diesem Schlagen des Gongs hatte es keine Zeit gegeben, nichts, das Belang hätte. Und der Raum um ihn verlor seine Dimensionen; der Raum wurde ja auch dunkel.

Vorsichtig, und Gerds Gesicht genau beobachtend, versuchte Carmen, ihn aus dem großen Raum zu führen. Nachdem der langsame Walzer wieder in die leise schillernden Gongschläge übergegangen war, hatten sie sich nicht von dem Ort, an dem sie standen, bewegt. Kunstreich hatte sie Gerd durch die Mischung des Willkommenstrunks, durch die Farben der Lichter, die Klänge, und durch ihre Wärme in Trançe gebracht. Den Raum, in den sie führte, hatte Carmen in sehr schwaches orangenes Licht gesetzt. Sie überlegte jede Bewegung, um Gerd nicht zu erschrecken; er könnte ernüchtert werden. Sie küsste ihn auf die Wange, sie legte ihren Kopf an seine Schulter, wie um Trost zu suchen.

Trost zu spenden ist ein Gefühl in prismatischen Farben. Es ist zugleich huldvoll, man schenkt Liebe aus eigenem Überfluss, aus eigener Macht und Dünkelhaftigkeit und zur gleichen Zeit hingebungsvoll. Das Gefühl der Überlegenheit behindert nicht den Wunsch zu helfen, Liebe zu geben, auch um den Preis von Mühen und eigenen Verlusten. Gerd spürte Carmens Kopf an seiner Schulter. Er hatte Carmen immer gerne gesehen, sie war immer das Mädchen impulsiver Zuwendung gewesen. So als könne arglose Nähe die Arglosigkeit behalten. Von den vielen Flächen, die Schauplätze von Gerds Leben waren: dem abendlichen Tisch, an dem seine Mutter die Überlieferung aufrecht hielt; den Wanderungen durch alle Lebensumstände mit Hanna; der Handlungsfläche seiner Arbeit, ja auch noch die der Pflege seiner kribbligen Freunde in den Terrarien; von all diesen Flächen blieb jetzt für ihn nur ein kaum erkennbarer Schimmer. Er spürte, dass er nicht wach war, aber dies hatte keine Wichtigkeit. Das Begrüßungsglas, das Alfons gereicht hatte, tauchte als Bild auf, aber Gerd verstand das Bild nicht.

Schon eine gute Weile, seit dem langsamen Tanz, hielt Gerd Carmen, jetzt hatte sie den Kopf an seiner Schulter. Gerd sah nur das flink bewegte Mädchen aus alten Zeiten und drückte Carmen fest an sich. Carmen schaute zu ihm auf und sah, dass seine Augen geschlossen waren. Sie streichelte seine Wange, und ihre Hand wanderte weiter zu seinem Hals und um seinen Hals, und sie schaute nochmals zu seinen geschlossenen Augen und öffnete einen Hemdknopf.

Das einzige, was Gerd mit geschlossenen Augen sehen und fühlen konnte, war Carmens Körper. Es war ein, sozusagen, fröhlicher Körper. Wie hatten nur Generationen von quengeligen Philosophen den Körper dem Teufel übergeben und so den Geist als Invaliden zurückgelassen! Bevor sie ihre verdammenden Worte formulierten, hatten sie – von Buddha bis Augustinus – ihre Körper zur Neige gebraucht. Verbraucht bis zum Ekel an der Lust. Dann warfen sie den Körper dem Teufel hin und bauten darauf ihre Lehren.

Es ist aber der Körper, aus dem die Lust zu denken und zu lieben und zu singen stammt.

Gerd hatte nun keine Empfindung mehr außer Carmens Körper, der für seine Hände so angenehm war, und so gut zu ihm. Und es entwickelte sich in ihm eine über alles leuchtende Freude, und er fühlte Kraft und Unbesiegbarkeit. Rundum war die Farbe ein goldenes Blutrot.

Alfons Brioni hatte Hanna behutsam auf sein Bett gelegt. Sie schien zunächst bewusstlos. Er betrachtete die zierliche Hanna und war unsicher, und zu überlegen gezwungen. Der Gesichtsausdruck, mit dem Hanna schlief, war ungewohnt. Sie hatte nicht das zarte, gewinnende, immer wohlwollende Lächeln. Der Ausdruck war traurig, leidend, wie unter einer schwachen, aber lang andauernden Folter. Alfons hatte ihr die Mischung des Willkommenstrunks aufgezwungen. Zu viel für den zarten Körper?
Alfons war sicher, bald würde Hanna sich regen. Er streichelte ihre Wangen. Sie käme bald in das Zwischenstadium, in dem sie sich wohlfühlen sollte, in dem sie zu ihm aufsehen sollte. So waren die Mittelchen gedacht. Er kniete vor dem Bett. Er strich über ihr Haar, er strich über das Kleid, von den Trägern, vom Schlüsselbein, so zart wie ein Vogelknochen, bis zum Saum des Kleides. Die Finger Brionis, sie gehörten zu einem Mann, so unendlich viel gröber und stärker als diese zierliche Frau, nein dieses zierliche Mädchen. Aber: Diese Finger konnten so behutsam sein wie Libellenflügel. Doch gerade diese Behutsamkeit ließ seine Hoffnungen bis zum Schmerz anwachsen. Er begann, Hannas Kleid zu öffnen, er bewunderte jede Handbreit, die

bei der Entkleidung sichtbar wurde, und langsam, wie in einem Ritual entkleidete er sie Stück um Stück, und sich selbst Stück um Stück.

Er bewunderte die zierliche Gestalt. Von den kleinen Zehen über die wunderbar modellierten Flächen, die er noch berührte, bis zu ihrem beinahe kindlichen Kinn. Da sah er, dass Hanna stumm weinte.

Alfons stand noch kurz still. Er wollte diesen Anblick nicht verlieren. Dann kleidete er Hanna wieder an, und abwechselnd sie und sich selbst. Seine Bewegungen wurden schnell. Er nahm Hanna auf und trug sie aus dem Zimmer und die breite Holztreppe hinunter zu seinem Wagen und setzte sie vorsichtig in den Fond.

Als er wieder in die Wohnung kam, fand er Carmen. Sie hatte Türenschlagen gehört. „Hanna weint!", sagte Alfons. Rief er beinahe. „Wir müssen die beiden schnellstens nach Hause bringen!" Sie bemühten sich gemeinsam, Gerd Gumbrigg auf die Beine zu bringen. Es gelang gerade so weit, dass sie ihn nicht tragen mussten. Das Getränk musste doch zu stark gewesen sein.

Sie fuhren zur Villa Gumbrigg und führten Hanna und Gerd durch die Gittertür des Vorgartens bis zur Haustür.

47

An diesem Tag hatte Grand'mère einen dicken Brief erhalten. Es war gleichsam das Vermächtnis einer Jugendfreundin, mit der sie vor langen Zeiten ein Herz und eine Seele gewesen war. Jetzt, so spät, hatte die Freundin, sie hieß Thea, den Mut, einen Stapel Gedichte zu schicken.

Das oberste, schon brüchige Blatt trug rostige Spuren von Heftklammern und den Titel:

Stiefmütterchen zum Muttertag

Das Schicksal legte mich in deinen Arm
just zu der Stunde, als die Frau,
die mich gebar, von dannen ging
und ich nun ganz verlassen war.
Da fühlt' ich weiche Mutterarme
mich umschlingen, mein kleines Ohr
vernahm ein leises Singen,
ein Lied von Mutterliebe,
hell und rein. So müsste wohl
die Stimme einer Mutter sein.
Oh, fremde Frau, lieb Mütterlein,
nun ließest du mich auch allein.

Grand'mère, der nicht so leicht Rührung kam – solche Regungen hatte sie sich aberzogen – Grand'mère wischte sich die Augen und schrieb eine Notiz: ‚Alles so lieb, so fein! Ein edles Menschsein!'

Grand'mère lehnte sich zurück und ließ den Stapel Papiere sinken. Sie dachte an ihre Freundin und die Begeisterung ihrer frühen Jahre, und ließ alle ihre Zeiten vorüber ziehen. Mit Wehmut: Denn wer wird das Ohr für einfältige Liebe haben?

48

Kurt kam alle halben Stunden aus dem Bereich der Produktion ins Büro um zu schauen, ob sein Chef schon da war. Gumbrigg kam ungewöhnlich spät.

Mit größter Erregung legte Kurt seine Fotografien auf den Tisch. „Chef! Wir sind sabotiert worden! Sehen Sie, mit dieser kleinen Schweißlampe, wie sie Goldschmiede verwenden, hat er rund um den Knick der Spange das Material angesengt!"

Gumbriggs Gesicht sah mager aus. „Was machen die Spangen von diesem zweiten Lieferanten?"

„Wir haben eine Probecharge im Haus."

„Fahren sie einen Tag damit. Sagen sie drüben, sie sollen einen Tag lang die neuen Spangen einsetzen. Und Rosa soll alle ihre Prüfungen darauf loslassen!"

Kurt blieb sitzen. Er fingerte an den Fotos herum. „Chef, was machen wir mit diesen Fotos? Brioni muss das wissen!" Und als Gumbrigg nicht reagierte: „Sie wollen das nicht wahr haben, Sie waren befreundet, auch mit Pelikan."

Gumbrigg drehte seinen Kopf langsam; nach links, nach rechts. Andeutungsweise. Kurt zog sich zurück.

Gumbrigg sah seine Kundenliste durch. Er musste agieren, tätig sein, er musste sich in eine Routine begeben. Mit einer Routine konnte er vielleicht all die Bilder und fragwürdigen, zwiespältigen Gefühle, den Hass, die Enttäuschung, die Wut in alle Richtungen, mit Routine konnte er vielleicht alles niederfahren. Er nahm seine Kundenliste und telefonierte. Er fragte, wie man das so tut, nach dem Befinden, sogar nach dem Wetter dort, er fragte nach der Situation, und ob nicht wieder eine Lieferung...

Tatsächlich konnte Gumbrigg einige kleinere Nachbestellungen notieren, und ein Kunde sagte ganz offen und ehrlich, er habe gehört, dass es Gumbrigg mit seiner Firma nicht so gut gehe, und ja, aus diesem Grund, für den Fall dass – „Sie entschuldigen, Herr Gumbrigg" – für den Fall, dass es die Firma Gumbrigg nicht mehr geben sollte, bestelle er jetzt ein Kontingent – zur Sicherheit.

Mit diesen Nachrichten konnte Gumbrigg am Abend nachhause fahren. Für ihn war gedeckt, aber es saßen nur Grand'mère und Jutta bei Tisch. Es hieß, Hanna habe dringende Schreibarbeiten. Jutta kümmerte sich fürsorglich, aber ohne viel Worte, um Grand'mère. Jutta hatte sich verwandelt. Gumbrigg war zunächst erschrocken: Es säße eine Fremde bei Tisch. Denn Jutta hatte ihr Haar ausgekämmt und lang fallen lassen, von einem kursorisch angelegten Mittelscheitel fielen die Haare in langen Locken bis unter das Kinn. Sie hatte ein Madonnengesicht bekommen, auch ein leidender Ausdruck kam hinzu. Aber zur Begrüßung hatte sie ihren Vater angelächelt. In dieser Schaustellung. Züchtig, liebevoll.

Außer Juttas Fragen, ob Grand'mère noch dies oder jenes wolle, wurde nicht gesprochen. Schließlich aber sagte Grand'mère: „Gerd, ich möchte dich nebenan sprechen, und Hanna soll auch dazukommen!"

Es kostete Gumbrigg ein weiteres Mal Mühe, Hanna zu solch einem Gespräch zu bringen. „Ich muss etwas fertig machen“, sagte sie und: „Was soll ich bei diesem Gespräch?“

Grand'mère begann: „Also, Gerd, wie steht es mit deiner Firma?“

Gumbrigg war noch nie so zur Rede gestellt worden. Alfons Brioni, sein Gönner, der dazu auch ein Recht gehabt hätte, war bisher immer nur ein Schulter klopfender Freund gewesen.

Gumbrigg sagte seiner Mutter, er habe nun einige neue Aufträge. Er nannte auch die Namen der Firmen. Und er fügte hinzu, dass er von einer anderen Metallfabrik neue Federspangen bekommen habe und daher auch produzieren könne. Dass er von dieser Tatsache berichten konnte, brachte für ihn etwas Sicherheit in die Situation.

„Und wenn du jetzt die Löhne zahlen könntest, wäre die Firma dann wieder im Gleichgewicht, kannst du dann weitermachen?“

„Ja“, sagte Gumbrigg. Es erschien ihm in diesem Augenblick ein eigenartig klares, präzises Bild seiner Firma. Er sah die Zahlenkolonnen genau, die Schulden, die Außenstände, die Fälligkeiten der Löhne, der Miete, der Steuern, er sah die Termine der Auslieferungen, der neuen Aufträge. „Ja“, sagte Gumbrigg.

Grand'mère saß zurückgelehnt, aber sehr gerade, in ihrem Lehnstuhl. Die rechte Hand hielt ihr kleines Taschentuch. Es war eines derer mit blassroter, gehäkelter Bordüre. Die Finger kneteten das Taschentuch.

„Dieses Haus habe ich von meinem Vater bekommen. ‚Pass gut darauf auf!‘, hat er gesagt. Wenn ich der Bank mit diesem Haus eine Sicherheit gebe, dann ist es nicht mehr ganz unser Zuhause."

Gumbrigg sagte nichts, aber Hanna wandte sich an ihn: „Traust du dich, das anzunehmen?" „Ja", erwiderte Gumbrigg.

„Dann fährst Du mich morgen zur Bank", sagte Grand'mère. Damit schloss sie das Gespräch.

Gumbrigg ging zunächst hinunter in den Keller, um seine Ameisenvölker zu sehen. Sie sollten die unaufhörlich auftauchenden Bilder von Rechnungen, Mahnungen und Bankterminen verdrängen. Er sah aber einen Kampf, denn ein Volk hatte irgendwie einen Weg in das Terrarium eines anderen gefunden. Die Größeren bissen und fraßen. Ein vielfältiges Fressen. Gumbrigg hätte das unterbinden können. Aber er ließ es geschehen und ging. Severin Sattler durfte von dieser Unterlassung nichts wissen.

Gumbrigg verließ das Haus und setzte sich in seinen Wagen. Er fuhr ans Wasser, so dass die Lichter der Stadt nur von weitem zu sehen waren. Lichterketten stachen aus der Dunkelheit und ihr Widerschein schaukelte auf den Wellen. Wie ein Trost kam die feuchte Luft zu ihm ans Ufer. Aber die Ruhe kam nicht. Die Feuchte des Wassers und die Gräser des Ufers, auf die er seine Hand legen konnte, reichten nicht. Er meinte, auf eine andere Ebene seines Lebens gekommen zu sein, eine höhere oder eine niedrigere – eine andere. Er war von seinem einfachen Kompass getrennt. Es zeigten sich auf dem Wasser Lichtlinien, die schwankten. Er sah Franz Pelikan. Der hatte ein Feinschweißgerät in der Hand und er grinste höhnisch auf Gumbrigg herab. Das war die Vergeltung für viele Erniedrigungen, für die vielen Fälle, in denen Gumbrigg den ersten Platz bekommen hatte und er, Pelikan, auf den zweiten oder einen noch niedrigeren Platz verwiesen worden war.

Und Gumbrigg sah seinen Freund Alfons Brioni. Brionis Gesicht hatte wechselnde Züge. In den Reflexionen des Wassers wurde das Bild Brionis zu einem Vexierbild. Einmal hatte sein Gesicht sehr ebenmäßige, ordentliche Züge; und der dichte Haaransatz schien Vertrauen und Beständigkeit anzuzeigen. Dann wieder wurden seine Wangen lang und erhielten lange senkrechte Falten. Mit diesem Gesicht kam Brioni auf Gumbrigg zu und nötigte ihm ein Glas auf.

Gumbrigg wusste, dass der Ablauf des nächsten Tages normal zu sein hatte. Seine eigene Aussage war gewesen: die Voraussetzungen seien gegeben. Aber er, Gumbrigg, war nicht normal. Er fühlte sich als Neuling in eine fremde Firma gesetzt, die er mit unsicheren Schritten kennen zu lernen hatte. Und zwischen die Bilder von Pelikan und Brioni kamen auch Hanna und Carmen herein. Hanna, von der er nichts wusste, und Carmen, die ihn ansah wie ein zutrauliches Kind, ein großes Kind.

Am nächsten Morgen, bevor Gumbrigg noch an seinem Bürotisch Platz genommen hatte, kam Kurt schon auf ihn zu und setzte sich, ohne eine Geste von Gumbrigg abzuwarten. „Was machen wir jetzt?“ Und als Gumbrigg nicht reagierte:

„Chef, wir müssen zur Polizei gehen!" „Chef, ich verstehe, Sie wollen Herrn Brioni nicht Schwierigkeiten mit seinem Betriebsleiter machen. Aber."

Gumbrigg spürte klar, dass er sich verändert hatte. Er fuhr auf einem anderen Geleise. Er hatte früher nicht nachdenken müssen. Wenn Kurt etwas fragte, dann lag die Antwort schon auf der Zunge. Aber wie sollte er sich zu Brioni stellen? Jahrzehnte sein Freund. Hilfreich über alle Erwartungen. Aber abhängig war er von Brioni, und – wie heißt es? – seine Gläubiger hasst man, als hätten sie Böses getan. Und etwas Böses hatten Alfons und Carmen schon getan: Sie hatten ihn und Hanna einen Tropfen Bewusstlosigkeit trinken lassen. Das war für die beiden vielleicht Spiel, nicht als etwas Außergewöhnliches gedacht.

Gumbrigg schaute an Kurt vorbei ins Leere. Er presste die Lippen zusammen und drehte den Kopf, langsam nach rechts, langsam nach links.

Kurt schaute abwartend, überrascht, vorwurfsvoll, vielleicht sogar wütend. Er verließ den Raum rasch.

49

Kurt zögerte noch zwei Tage. Seine Wut auf Pelikan war eine heilige Wut. Ein hinterlistiger Saboteur, der mit seinen Machinationen eine ganze Firma aufs Spiel setzte; nein, nicht aufs Spiel setzte, sondern zu vernichten trachtete. Und er wusste, dass damit hundert Personen in Existenzprobleme geworfen würden. Was ist Hass und was ist Geisteskrankheit? Der Chef wollte nichts tun. Warum?

Es ist unmöglich, untätig zu bleiben. Darüber kann kein Gras wachsen. Kurt sprach mit der Vorarbeiterin. Diese, wie man früher gesagt hätte, so durch und durch rechtschaffene Frau, konnte mit Kurts Anschuldigungen, mit der Schilderung der Miniatur-Schweißlampe und den dort im Fach dieses Pelikan liegenden Federspangen, die angesengt waren, nichts anfangen. Auf einer rationalen Oberfläche vielleicht schon, denn vom angerichteten Schaden hatte sie ja genug mitbekommen, aber gefühlsmäßig war ihr solch eine Hinterlist völlig fremd. Sie konnte keine Gesprächspartnerin für Kurt sein.

Kurt sprach mit Rosa. Rosa, diese Person auf zwei soliden Beinen. Sie war mit der Welt immer in enger Fühlung, mit der Verwandtschaft, mit dem Kaufmann, dem Briefträger. Sie hatte schon von allem gehört, was so auf der Welt passieren kann. Aber wenn der Chef nicht will? Kurt wollte gerne hören: „Ja, Du, Kurt, musst etwas tun!"

Kurt schlief nicht. Er ging in die Firma und blieb bei Severin Sattler stehen. Er beugte sich über die Brüstung der Empfangstheke. Sattler kippte seinen Kopf zu ihm hoch. Sein Adamsapfel fing das Licht der kleinen Monitore. „Severin", sagte Kurt, „der Chef ist nicht ansprechbar, er tut nichts und er redet nicht!"

Sattler sah freundschaftlich zum erregten Kurt auf. Kurt reichte ihm die Fotos.

„Wie kommst du dazu?" – „Ich hab mich eingeschlichen."

Sattler hielt die Fotos in der Hand, und schaute nachdenklich beiseite, und schaute auf die kleinen Monitore, die ihm einige Türen und Gänge der Firma, die er zu bewachen hatte, zeigten. „Und du meinst, Kurt, das war alles Sabotage?"

„Es geht nicht anders, alle haben immer gesagt, dass das kein Materialfehler ist und auch kein Fehler der Stanze. Das hat Pelikan getan!"

„Und der Chef sagt nichts?"

„Nein, er traut sich nicht oder er will nicht." Und dann fügte Kurt noch hinzu: „Ich gehe zu Brioni!"

„Kurt, das kannst Du nicht tun! Das musst Du dem Chef überlassen!"

Kurt hatte einen wütenden, beinahe irren Blick. „Ich gehe zu Brioni!" Er nahm die Fotos und stürmte zur Tür. „Kurt", rief ihm Sattler nach.

Kurt wusste, dass er etwas plante, das nicht seine Sache war. Aber diese Firma war nicht nur Gumbriggs Firma. Die Juristen und die Banken hatten ihre eigene Meinung, wem die Firma gehörte. Die Firma gehörte aber auch ihm, weil er ein gut Teil seines Lebens ein Stück dieser Firma gewesen war, und sie gehörte Rosa und, und. Wenn der Chef sich nicht entschließen konnte, diese Firma zu verteidigen, dann musste er es tun.

Kurt überlegte lange, wie er vorgehen sollte. Franz Pelikan selbst anzusprechen und zu beschuldigen, das würde nur zu einem wilden Streit führen, Argumente würden da gar keine Rolle spielen, Pelikan würde wahrscheinlich tätlich werden, und er war Kurt um ein Vielfaches überlegen.

Kurt musste zu Pelikans Chef gehen, zu Brioni. Kurt hatte Angst: Brioni, das war nicht sein Niveau. Auf diesem Niveau zu verkehren, war er nicht geübt. Aber Kurt meldete sich über das Sekretariat zu einem Gespräch bei Brioni an. Es konnte natürlich sein, dass sofort bei Gumbrigg rückgefragt wurde und dass Brioni ablehnte. Kurt bekam aber einen Termin.

Es war gut, dass es kein Zurück mehr gab, denn Kurt musste jeden Schritt auf der hölzernen Treppe im altehrwürdigen Haus der Brionis einzeln planen, jeden Schritt einzeln ausführen. Als Kurt in Brionis Büro eingelassen wurde, stand Brioni auf, ging auf Kurt zu und bot ihm einen Platz am Konferenztisch an. Alle Bewegungen Brionis waren korrekt und höflich. Aber Kurt wusste, dass Brioni in Gedanken anderswo war und nicht wusste, was es mit diesem kleinen Mann auf sich hatte. Vielleicht brachte er eine Mitteilung von Gumbrigg, aber das wäre eigenartig. Kurt sah sich selbst an diesem großen, alten eichenen Tisch sitzen. Er wusste, dass er ein kleines Männchen war, mit einem kleinen, spitz zulaufenden Unterkiefer, dass er einer Maus nicht unähnlich war.

Kurt saß zur Linken von Brioni, dessen Körper so in jeder Hinsicht in Ordnung war, und der eine Sicherheit weit ab von jeder Störung hatte. Kurt musste an seinen eigenen Chef, Gumbrigg, denken, den er liebte, für den er aber auch litt, weil er nicht die Sicherheit dieses Brioni haben konnte.

„Was gibt es?", fragte Brioni.

„Herr Brioni", sagte Kurt, „Sie wissen, dass wir mit der Federspange, die in Ihrem Werk hergestellt wird, Schwierigkeiten hatten."

„Ich habe davon gehört."

„Wir haben viele Untersuchungen gemacht, auch die Universität hat Untersuchungen gemacht, und wir sind zu dem Schluss gekommen, dass die fehlerhaften Exemplare manipuliert wurden."

Diesen Satz sprach Kurt so zu Ende, weil er ihn sich tausendmal vorgesagt hatte. Hier, an Brionis Konferenztisch, hätte er ihn nicht erstmalig formulieren können.

„Wie kommen Sie darauf?", fragte Brioni ruhig.

Und jetzt nahm Kurt seine letzten Mutreserven zusammen und zeigte die Fotos und sagte, auch das einstudiert: „Hier sieht man, wie Herr Pelikan die Spangen manipuliert hat."

„Woher stammen diese Fotos?"

„Herr Brioni, damit hat mein Chef nichts zu tun, ich bin in der Nacht in Ihre Stanzerei gegangen."

Jetzt gingen doch Brionis Augenbrauen hoch. „Kurt, Sie haben sich strafbar gemacht!" Und mit reduzierter Stimme sagte Brioni. „Und bei uns stimmt mit der Sicherheit auch etwas nicht."

Brioni drückte auf einen Knopf und bat die sofort erscheinende Sekretärin, Herrn Pelikan zu rufen. Brioni wartete auf Pelikan, ohne etwas zu sagen.

Als Pelikan kam, es hatte gar nicht lange gedauert, bekam er den Platz rechts von Brioni, Kurt gegenüber. Pelikan setzte sich und behielt während der Bewegungen des Setzens Kurt im Auge.

Brioni nahm die Fotos und drehte die bunt glänzenden Papiere zu Pelikan und sagte. „Dieser junge Mann hier", und damit deutete er auf Kurt, der gar nicht so viel jünger war als Brioni, „behauptet, die Spangen, die wir liefern, seien manipuliert worden."

Pelikan schaute verächtlich auf Kurt. Mit einem Schnaufer hob er die Schultern. Dies ist die Gestik, die man einsetzt, um einen Menschen, eine Situation, lächerlich zu machen.

„Ha!“, sagte Pelikan, „das waren Versuche, um die kleine Schweißlampe auszuprobieren. Die brauche ich, um meine Lupenbrille zu reparieren.“

Kurt wurde schwindlig. Er war mit der Überzeugung gekommen, einen schlagenden Beweis zu haben. Den hatte Pelikan mit einer kleinen Ausrede wertlos gemacht.

Pelikan fragte: „Wie kommt dieser Mann in die Stanzerei?“

„Das ist eine Sache für unsere Rechtsanwälte“, sagte Brioni. Und er schaute Kurt mit leise wiegendem Kopf an, wie es üblich ist, ein Kind anzusehen, das eine besonders böse Kindestat begangen hat. „Verlassen Sie das Haus. So schnell Sie können – zu Ihrem eigenen Besten!“

50

In der Villa der Gumbriggs blieb der Tisch jetzt oft schwach besetzt. Hanna hatte am Abend noch zu tun oder sie traf sich mit einer Freundin. Till und Shu waren sowieso nur noch gelegentlich Gäste. Es überraschte Gumbrigg, dass Jutta beinahe jeden Abend am Tisch Platz nahm und sich in sehr liebevoller Weise um Grand'mère kümmerte. Ausgerechnet Jutta, die doch am allerwenigsten mit Grand'mères Überzeugungen einverstanden war. Sie konnte ja recht abfällig reden: über die strengen Regeln, die nach diesen alten, verkrampften Vorstellungen für das Leben gelten sollten. Recht harsch und grob musste das in Grand'mères Ohren klingen. Zugleich aber liebte Jutta ihre Großmutter, das meinte Gumbrigg zu wissen.

Es kam aber auch vor, dass Gumbrigg mit seiner Mutter am Abend alleine war. Dann lag, von Juttas Hand, ein Zettel auf Gerd Gumbriggs Platz, mit Hinweisen, was sie in der Küche bereitgestellt hätte. Diese Abende waren für ihn eine Pein. Denn worüber sollte er mit seiner Mutter reden? Beim Gedanken, dass sie einen Teil ihres Hauses abgegeben hatte, der Bank gegeben hatte, musste Gumbrigg gegen ein Aufkommen von Übelkeit kämpfen. Die Mutter fragte aber nicht, wie es in der Firma lief. Über anderes zu reden, über Philosophie und die Welt, das schien Gumbrigg wie ein demonstratives Ausweichen.

Mehr als bisher kam Gumbrigg unter Leute. Hanna schien den Wunsch zu haben, das Haus abends öfter zu verlassen. Es lag dann auch ein Zettel für Gumbrigg bereit: Sie seien eingeladen: Geburtstagsfeier, Hausmusik. Zu einer Hausmusik mitgenommen zu werden, das bereitete Grand'mère Freude. Gerne ließ sie sich einen Lehnstuhl in eine gute Position rücken und folgte dann innig den Melodien. Der Zeigefinger ihrer rechten Hand verfolgte die Bögen der Melodien der Stücke, die ihr schon geläufig waren. Deutlich hatte sie das Gefühl, dass diese Klänge ihre Seele heben konnten. Wenn aber Musik präsentiert wurde, die zu wenig Harmonie enthielt, in der die Akkorde einander zu sehr widersprachen und ohne Grund verstörten, dann wurde Grand'mères Widerwille groß, dann wurde sie zornig, denn Musik sollte das Gute und Schöne im Menschen fördern. Grand'mère konnte diese ihre Meinung auch durchaus im Kreis der Gäste zum Ausdruck bringen. Mit vorsichtigen, wohlgesetzten Worten tat sie das.

Zu Einladungen mitzukommen, die einfach nur Feste waren, ohne Musik und ohne Themen einer Diskussion, dazu musste Gumbrigg seine Mutter überreden. Oft lehnte sie strikt ab: „Wie sagen sie heute? Smalltalk?"

So saß sie bei einem Geburtstagsfest am Rande der Festwiese. Die Sträucher rundum hatten schon herbstliche Farben. Sie saß den größten Teil der Zeit allein. Ab und zu kam jemand über den Rasen zu ihr; vielleicht, weil sie so alleine war, vielleicht, weil sie so zufrieden, beobachtend dasaß. Die jungen Mädchen, die für die Gäste sorgten, boten ihr Getränke an. Gern nahm sie ein halbes Gläschen Wein.

Sie sah ältere Herren, deren Schulterblätter ihre Sakkos knöchrig prägten, und schmunzelte. Sie sah junge Herren mit der Gestik des lachenden Unbesiegbaren, und freute sich an so viel Kraft. Sie sah Mädchen in so durchscheinenden, dünnen Kleidchen, dass der Körper in einem leisen Windhauch zuweilen bis zur Nacktheit modelliert wurde, sie sah schmalhüftige junge Mädchen in äußerst kurzen Röckchen, die aber so eng waren und so fest saßen, dass man meinte, sie seien gut aufgehoben. Und Grand'mère lächelte und musste sich eingestehen, dass das doch ein netter Anblick war.

Sie sah ihren Sohn, wie er mit Bekannten – hatte er denn Freunde? – an einem Partytischchen stand. Einige parlierten sehr gerade stehend und mit angezogenem Kinn. Gerd schien eher sachlich zu sprechen.

In seine Firma ging Gumbrigg, wie gewohnt, früh, aber es trieb ihn nicht so eifrig und so unbedingt, wie ihm das bisher so selbstverständlich gewesen war. Und er sah nicht mehr automatisch vor seinem inneren Auge, wie die Tätigkeiten in allen Abteilungen abliefen und wie die Stimmung dort war. Aber er wusste, dass er überall in gewisser Weise gegenwärtig sein sollte und schickte sich selbst auf einen Rundgang.

Bei Rosa im Auslieferungslager fing er an. Tüchtig und energisch, wie immer. Sie freute sich, ihn zu sehen, ihre runden, nicht sehr großen braunen Augen leuchteten auf und der ziemlich ärgerliche Blick auf die Objekte ihrer Prüftätigkeit hellte sich auf. Diese Freundlichkeit tat Gumbrigg gut. Er fühlte sich wieder etwas gegenwärtiger.

„Irgendwelche Probleme?", fragte er, „Mit den neuen Federspangen?"

„Nein, alles scheint in Ordnung", sagte Rosa.

Gumbrigg zwang sich auch, den Buchalter aufzusuchen. Bedenklichkeit hatte dieser Herr zwar immer auf seinem Gesicht. Aber er brummte diesmal ohne besonderen Nachdruck, dass dieser und jener Kunde gemahnt werden müsse.

Bei den Ingenieuren herrschte eine fröhliche Atmosphäre. Die Erlaubnis, an ihrem Spinnen-Projekt weiterzuarbeiten, hatte schnell wieder die Stimmung zurückgebracht, sie seien ein Team, das an der Zukunft arbeitet. Eine gewisse Liebe zu zynischen Bemerkungen blieb. Die Geschichte einer Abteilung, ob das nun Buchhaltung ist oder ein Labor, hinterlässt eine Spur. Die Erfolge und Misserfolge und Frustrationen formen den Umgang miteinander und die Sprache.

Die jungen Leute zeigten Gumbrigg stolz ihr letztes Versuchsobjekt. Es war eine achtbeinige Spinne in Mausgröße, die allen Hindernissen auswich oder, wenn sie für ihre kleinen Beinchen nicht zu hoch waren, überstieg. Das nächste Ziel war ein auf acht Beinen laufender Einkaufskorb, der mit seinen Spinnenbeinen alle Gehsteigkanten und alle Stufen gleichsam gleitend überwinden sollte, geführt mit einer leichten Bewegung der Hand.

Als Gumbrigg nachhause fuhr, spürte er, dass seine Stimmung durch diese Spinnenleute angehoben worden war. Er schämte sich, da die Aufmunterung von außen kam. Die Selbstbeobachtung brachte ihn zum Lächeln.

Die Bäume in der Villenstraße verfärbten sich. Die Straße war nicht breit, und die Bäume wuchsen von beiden Seiten zusammen, zu einem Dach über der Straße. Und das Laub bedeckte die Fahrbahn.

Das Gittertor, über das eine Kletterpflanze gewachsen war, ging mit einem feinen scharfen Ton, mit einem metallisch reibenden Laut auf. Gumbrigg hatte schon oft daran gedacht, die Angeln zu ölen. Er ließ es aber immer wieder, weil dieser Ton zu dem alten Haus gehörte. Das Haus seiner Mutter war immer auch sein Haus gewesen, jetzt allerdings stand die Bank in den Papieren.

51

Dass Kurt nachts in die Stanzerei von BrioMet geschlichen war, wusste inzwischen jeder. Auch dass jetzt Federspangen von einem anderen Lieferanten verwendet wurden, wussten alle, die mit VerySticks zu tun hatten. Seltsam nur war, dass darüber getuschelt, nicht gesprochen wurde. Dass der Chef nichts sagte. Es hatte bisher in

Gumbriggs Firma kein Getuschel und keine Geheimnisse gegeben.

Für Kurt kam hinzu, dass er nicht wusste, ob sein Chef von der eigenmächtigen Vorsprache bei Brioni erfahren hatte. Bei allem, was die Firma betraf, hatte sich Kurt mit seinem Chef in einem Team gespürt. Diese Plattform war überhaupt sein Zentrum. Jetzt griffen die Zahnräder nicht mehr. Er hatte sich ausgeklinkt.

Aber mit Severin Sattler konnte Kurt reden. Er kam nach Mitternacht und sagte, ohne Einleitung: „Du, Severin, ich versteh den Chef nicht!"

Kurt hatte die Arme auf die Brüstung der Empfangstheke gelegt. Severin Sattler sah von seinem Platz zu Kurt auf. „Was meinst du?", fragte er.

Sie sprachen dann über Hass. Wie konnte sich in diesem Pelikan so gewaltiger Hass aufbauen? Die Existenz von hundert Leuten aufs Spiel setzen! Er habe Pelikan nur einmal gesehen, sagte Sattler. Im Vorbeigehen habe Pelikan ihm einen Blick zugeworfen. Einen unpersönlichen Blick, aber einen, der alles, was er im Vorbeigehen sehen konnte, zu katalogisieren, zu registrieren schien. Er, Sattler, habe nur Pelikans Kopf gesehen, vielleicht noch die Schultern. Das schien ein Mann in besten Jahren zu sein, rückblickend vielleicht etwas drängend, ungeduldig.

„Was kann ihn nur so weit bringen!?", fragte Kurt.

Er habe den Chef nie etwas über Pelikan sagen gehört, meinte Sattler. Sie hätten allerdings gleichzeitig studiert, der Chef und Pelikan – und Brioni auch. „Kurt, beruhige dich! Wenn alle Drei nicht reagieren wollen, dann spielen da vielleicht irgendwelche alten Dinge, vielleicht ein

Streit, oder Eifersucht, Neid. Und schau, Pelikan macht sich immer noch die Hände ölig an seinen Maschinen. Dem Chef hat Brioni geholfen. Sehr geholfen."

„Aber deshalb kann doch Pelikan nicht! - „

„Lass es, Kurt! Die Firma läuft doch wieder."

Kurt trommelte kurz mit den Fingern auf die Theke und ging. Er drehte sich um, grüßte mit einer Geste, und ging.

52

Die Erscheinung Juttas, als sie ins Speisezimmer eintrat, war wiederum völlig verändert. Sie hatte sich das Haar bis auf kurze Borsten scheren lassen. Und sie kam nicht, wie gewohnt, tänzelnd und lustig, sondern mit betont nüchterner Miene. Jutta stellte sich neu dar. Ihre aktuelle Fassade war: großer Ernst.

Grand'mère atmete tief, und gab sich Mühe, nichts zu sagen. Till spöttelte: „Hast du genug davon, ein Mädchen – Pardon – eine Frau zu sein?"

„Hör doch auf mit diesem biologistischen Gerede!", antwortete Jutta scharf.

„Kind, du hast doch so schönes Haar gehabt!", sagte, nein, rief Grand'mère.

Die Augen aller, rund um den Tisch, wanderten immer wieder zu Juttas Kopf, der nur mehr ein Feld kümmerlicher Borsten trug. Aber der Kopf war wohlgeformt und zierlich. Zusammen mit dem bemüht ernsten Blick entstand das Bild eines halbwüchsigen, trotzigen Mädchens.

„Aber Juttachen“, sagte Till, und er lächelte verschmitzt und wies mit dem Zeigefinger auf Jutta, „Juttachen, hast du uns nicht wissen lassen, dass du einen ganz süßen Jungen vernascht hast?“

„Das sind biologische Atavismen, wir müssen uns bewusst werden, dass wir das biologische Zeitalter verlassen haben!“

Gumbrigg ließ solche Geplänkel im Allgemeinen vorübergehen. Jetzt trieb es ihn doch zu einem Einwurf: „Wie willst du dich von deiner Biologie lösen?“

Till witzelte sofort weiter: „Gehst du jetzt ins Kloster und betest nur mehr den Geist an?“

„In den Klöstern haben sie nicht mit dem Verstand gearbeitet, sondern mit Phantasien lebendiger Geister. Die Nonnen beten ihren Erretter inbrünstig und brünstig an!“

So schnell, wie man es nicht für möglich gehalten hätte, schlug Grand'mère auf den Tisch, und hart. „Kind! Ich kann dich nicht zwingen, an diesen Herrgott zu glauben, aber wenn du schon keinen Respekt für den Himmel hast, dann musst du doch Respekt für die Menschen haben, die an den Himmel oder die Liebe oder was es auch sei, glauben.“

„Oder ist Respekt auch etwas Biologisches?“, fragte Till.

„Ihr seid doch alle noch Neandertaler!“ Von so vielen Gegnern umringt, entglitt Jutta die Sachlichkeit. Ihr Gesicht blieb ernst, aber das war eher ein missionarischer Ernst. Eine solche Mimik wollte Jutta sicherlich nicht bieten.

„Also was bist du: Mann, Frau, Zombie?“

Hanna hielt solche Diskussionen für unnütz und störend. Sie versuchte, ins Praktische zu lenken und fragte Jutta, was sie denn mit dieser Frisur bezwecke, welche Pläne dahinter steckten. Jutta ging darauf nicht ein. Sie blieb auf ihren Bruder gerichtet: „Lass doch diese altertümliche Terminologie! Wir sind doch nicht Henne und Hahn! Wir haben Verstand entwickelt! Diese biologischen Merkmale sind Anhängsel aus einer vergangenen Zeit, unnütz wie der Blinddarm!"

„Du brauchst doch auch manchmal etwas Nervenkitzel, nicht? Schwesterlein?"

„Aber Kind", begann Grand'mère – und sie hatte trotz aller Redehitze die gütige Autorität der alten Dame, „Kind, ich kenne dich dein ganzes Leben. Ich weiß, dass du stark fühlen kannst. Erinnerst du dich? Als du vielleicht zehn Jahre alt warst, las ich dir vor:

Frühling lässt sein blaues Band
wieder flattern durch die Lüfte …
und dann kommt die Stelle:
Veilchen träumen schon …

Diesen Vers hast du sehr geliebt. Du hast mir zum Geburtstag Veilchen gebracht!"

Jutta brach, man könnte sagen: brach zusammen. Denn sie sprang auf, trat hinter Grand'mères Sessel, beugte sich über Grand'mère, fasste zart Grand'mères Kopf und drückte ihr einen Kuss auf die Stirn.

„Na, geht ja!", hörte man Till kommentieren.

Jutta ging wie nach einem Aderlass zurück an ihren Platz. Ihr Gesicht war hochrot. Sie hatte Gefühl gezeigt. Schnell aber ließ sie ihre eigenen Widersprüche hinter sich und ihre Mimik zeigte wieder Neutralität.

Grand'mère sprach weiter. „Du weißt nicht, wie schön es ist, das eigene Kind im Arm zu halten. Das ist ein Gefühl, das nur Frauen haben können. Wenn ein Mann sein Kind im Arm hält, ist das etwas anderes. Mann und Frau sind sehr verschieden!"

Jutta hatte sich jetzt wieder ganz in der Hand: „Grand'mère, das war eine Entwicklungsstufe. Unsere Köpfe werden von Generation zu Generation größer. Frauen werden diese großen Köpfe gar nicht mehr gebären können. Kinder werden auf andere Weise hergestellt werden. Oder vielleicht gleich Erwachsene."

Nun war es eine Weile still. Grand'mère saß ruhig, aber die Finger ihrer linken Hand, in der sie ihr zierliches Taschentuch hielt, bewegten sich.

Till sprach ernst. Natürlich hielt er diesen Ernst nur mit Mühe aufrecht. „Also, Jutta, du willst den heutigen Menschen entsorgen, wie unsere Vorfahren die Neandertaler entsorgt haben. Unser stets zunehmender Verstand in unseren stets größeren Köpfen soll nichts mehr mit Liebe und Hass und Zorn und Eifersucht zu tun haben, sondern soll reibungslos funktionieren, damit die rational von Zombies gemanagten Fabriken immer mehr Super-Zombies produzieren, denn das Ziel – ist ‚Ziel' nicht etwas Biologisches? – das Ziel ist die größtmögliche Zombie-Zellmasse auf dem Blauen Planeten. Streit ist ausgerottet, Liebe auch, auch du brauchst keine."

Gumbrigg stand auf. Alle waren froh, dass er den Abend auflöste. Grand'mère mühte sich etwas prekärer als sonst aus ihrem Sessel. Diesmal kam Till und führte sie in ihr Zimmer. Ungewöhnlich: Auch er konnte fürsorglich sein.

Grand'mère hatte schon gelernt, dass diese Welt nicht ihre Welt war. Das hatte mit ihren Freundinnen und Freunden angefangen: Fast alle waren nicht mehr da. Sie konnte alte Briefe zur Hand nehmen, und dann ging ihre Welt auf. Aber die Namen der Schreiber kannte nur noch sie und bald, ja bald, wird niemand sie mehr kennen, und die Klagen und Freuden und Abenteuer, die in diesen Briefen enthalten sind, werden niemanden interessieren, sie werden tot sein, ausgelöscht, aus der Welt verschwunden. Oder doch irgendwohin?

Mit den Büchern ist es doch ebenso: Sie wurden mit Herzblut geschrieben und mit heißem Herzen gelesen. Fast alle ruhen jetzt in den Kellern der Bibliotheken. Grand'mère betrachtete die gefüllten Regale, die sie in ihrem Zimmer hatte. Sie stand auf und ging zu ihren Büchern, und ihre Hand bewegte sich zum einen und dann zum anderen. Sie nahm ein kleines Bändchen, klein genug, um in die Tasche einer Jacke gesteckt zu werden, klein genug, im Tornister eines Soldaten getragen zu werden. Das Büchlein war während des großen Krieges gedruckt worden. Ob der Eigentümer aus dem Krieg zurückgekommen war, wusste Grand'mère nicht.

Das Büchlein trug den Titel: RUF DER KLASSIK, und den Untertitel:

AUS
JOHANN JOACHIM WINCKELMANNS
BRIEFEN

und es war zur Lektüre im Schützengraben bestimmt: ‚Frontbuchhandelsausgabe'.

Mit den Schriften Winckelmanns war Grand'mère aufgewachsen, und sie konnte immer noch zitieren:

„Das allgemeine vorzügliche Kennzeichen der Griechischen Meisterstücke ist endlich eine edle Einfalt und eine stille Größe, sowohl in der Stellung als auch im Ausdruck."

Wo in der Welt ist heute ‚edle Einfalt und stille Größe', dachte fragend Grand'mère. Sind diese Ideale so alt wie die Briefe, die keiner mehr versteht und die demnächst weggeworfen werden?

Da steht in einem Brief vom 28. Juli 1748 zu lesen:

„Auf Ew. Excell. gnädigst an mich abgelassenes Schreiben fange ich nunmehr an, an meine Abreise zu denken. Ehe ich aber völlig abgehe, habe ich einige Zeugnisse von meinem in fünf und ein halbes Jahr zu Seehausen geführten Amte untertänigst beibringen wollen ... Es ist nichts, das mich zwingt, von hier zu gehen; ich habe meinen hinlänglichen Unterhalt gehabt und außerdem bis jetzt einen freien Tisch bei einigen mir wohlwollenden Freunden genossen. Aber das unbeschreibliche Verlangen, einem so würdigen und erlauchten Minister zu dienen, meine brennende Liebe zu den Wissenschaften und zu größeren gelehrten Beschäftigungen überwiegen alle hiesigen Gemächlichkeiten ... In vier Wochen werde ich von hier abreisen."

Grand'mère wusste sehr gut, dass sie nicht zur neuen Zeit gehörte, aber diese Zeilen hatten auch für sie eine altertümliche Note. Allerdings, das Wort von ‚edler Einfalt und stiller Größe' war ihr in ihr Herz gebrannt.

Ihre Finger blätterten noch durch manche Seiten. Erst zuletzt blieb sie bei einem Satz stehen:

„Aus der allgemeinen Grabstätte einer Brüderschaft wurden seine Gebeine in das allgemeine Beinhaus gebracht."

Danach aber folgte noch ein letzter Brief:

„Auf der Waagschale, worinn wir in Gottes Hand stehen, lieget auf der anderen Schale ein Gewicht, welches wächset und fällt, wie der Herr will, aus uns unbekanntem Grunde. Wir sollen wie Kinder an der Tafel seyn, und zufrieden nehmen, was uns vorgelegt wird, nicht selbst zulangen und murren, und unsere Person, die uns gegeben ist, sie mag seyn wie sie will, gut spielen."

Dies waren andächtige und gefühlsstarke Worte, wie Grand'mère sie liebte, aber sie war ja in ihrer Jugend eine Revolutionärin gewesen, dieses Hinnehmen, was vorgelegt wird, war nicht der Geist von Grand'mère. Trotzdem konnte sie nach dieser Lektüre ihre Nacht beginnen.

53

Für Gumbrigg war ein solcher Abend wie ein Abstieg ins Menschliche – oder auch ein Aufstieg. Denn er hatte an seinen Tagen nur mit Telefonnummern und mit Millimetern von Werkstücken und mit Zahlungsfristen zu tun. Nein, natürlich kam auch hinzu: die Sorge Rosas um ihren Schwager, die bösen Spielchen, die Mädchen in der

Montage mit einer nicht sehr klugen Kollegin spielten, die transkontinentalen Telefongespräche von Putzfrauen über nicht blockierte Telefone.

Es kam aber an diesem Morgen wiederum Kurt zu ihm, wiederum aufgeregt. Die junge Frau, die das jeweils für die Montage benötigte Material aus dem Lager zu holen hatte, war zur Vorarbeiterin gekommen und hatte gesagt, es seien keine Rohre da. Sie meinte die sich leicht verjüngenden Aluminiumröhren, in Schwarz oder in anderen Farben, die die eigentlichen und tragenden Elemente der VerySticks und der anderen Stöcke darstellten. Nur wenige Typen von Stöcken wurden für Liebhaber aus Holz gefertigt.

Die Vorarbeiterin glaubte zunächst der jungen Frau nicht und ging selbst ins Lager, um nachzuschauen und die Lieferscheine zu prüfen. Es waren keine Rohre da, und aus irgendeiner Nachlässigkeit hatte die Materialbuchhaltung auch keine Warnung gegeben. Auch diese Rohre wurden von BrioMet hergestellt und seit Jahren geliefert. Ohne die Rohre musste die Arbeit in der Montage wieder in den meisten Linien still stehen.

Diese Situation schilderte Kurt, und er sah Gumbrigg an und sagte: „Chef, dahinter ist ein System!“ Gumbrigg zog die Wangen hoch wie nach einem stechenden Schmerz. Er hatte sich in den Jahren angewöhnt, bei allen schlechten Nachrichten seinen eigenen Schreck im ersten Augenblick zu unterdrücken, zu ignorieren. Sehr oft war solch eine Schreckensnachricht ein falscher Alarm. „Kurt“, sagte er, „ruf die Disponentin bei BrioMet an, und frag, was los ist!“

Inzwischen kam Gumbrigg der Gedanke, jemand bei BrioMet könnte die Auslieferung gestoppt haben, weil er,

Gumbrigg, im Zahlungsverzug war. Aber das war er immer gewesen, von Anfang an hatte ihm Brioni großzügige Grenzen gegeben, immer hatte er geholfen. Das konnte es nicht sein.

Die Auskunft von BrioMet war, es habe einen Maschinenschaden gegeben, und auf die Frage, wann der behoben sein werde, hieß es, das wisse man noch nicht.

Zu BrioMet, also zu Brioni, hatte Gumbrigg immer selbstverständliches Vertrauen gehabt, er hatte seine zunächst sehr kleine, und jetzt auch noch nicht große Firma beinahe wie einen Teil von BrioMet gesehen. Für völlige Eigenständigkeit, für eine Ablösung von BrioMet, waren noch einige Jahre nötig.

Am nächsten Tag lautete die Auskunft nicht anders: Man wisse noch nicht, wann der Schaden behoben werden könne. Eine unverständliche Situation: Denn auch über den größten Schaden lässt sich zumindest eine vorläufige Auskunft geben. Und für ein Unternehmen wie BrioMet konnten diese leicht konischen Rohre technisch kein Problem darstellen. Noch vor kurzem wäre es für Gumbrigg nur ein lockerer Griff zum Telefon gewesen. Wenn Kurt keine verständliche Auskunft bekommen konnte, hätte Gumbrigg Brioni angerufen, und der hätte binnen Minuten eine klare Antwort gehabt.

Gumbrigg spürte die Spannung im Haus, in der ganzen Firma. Wiederum Stillstand von Montagelinien, wieder die Bitte, vorerst Urlaub zu nehmen. Er zwang sich, zum Hörer zu greifen, aber er sah Brioni in den intensiven Farbschleiern, die Carmen über den Raum gezogen hatte; sah Alfons Brioni, wie er das Sektglas hob, das er trinken sollte, und wie er das Sektglas hob, das er Hanna zu trinken zwang.

Was würde Alfons am Telefon sagen? Die Informationen musste Alfons haben, er wusste selbstverständlich, dass sein Betriebsleiter keine Rohre auslieferte. Warum rief Alfons nicht an? Sorgte nicht für Kontinuität der kleinen Firma Gumbrigg? Und was in jener farbenprächtigen Nacht mit Hanna geschehen war, wusste Gumbrigg nicht. Und er konnte zum vereinbarten Termin keine VerySticks ausliefern. Und die Vorarbeiterin kam sorgenvoll. Und der Kunde, der nicht beliefert werden konnte, stornierte den Auftrag. Das Material für den Auftrag lag, bis auf die Rohre, bereit an der Fertigungsstraße. Jetzt nutzloses Material. Und der Buchhalter kam, die Szene wiederholte sich, mit hochgezogenen Augenbrauen zu Gumbrigg. Mit beinahe anklagendem Ton kam er, als sei Gumbrigg ein Kind: Wenn das Geld für diesen Auftrag nicht komme, dann werde die Bank! Denn die Bank schaue, das wisse er, alle paar Tage in die Bücher.

Dann kam eine Nachricht – nicht ein Anruf von Brioni an Gumbrigg, sondern eine Nachricht an ein Mädchen in der Einkaufsabteilung, man möge Gumbrigg mitteilen, Herr Pelikan sei entlassen worden. Warum der Umweg dieser Nachricht? Brioni wollte also, dass Gumbrigg von dieser Entlassung sofort erfuhr. Aber nicht von ihm, Brioni, sondern auf dem Umweg über ein noch beinahe minderjähriges Mädchen. Was sollte das sein? Ein Eingeständnis des angerichteten Schadens? Der schäbigen Sabotage seines Betriebsleiters? Wollte Brioni wissen lassen, dass jetzt alles wieder in Ordnung käme, dass wieder geliefert würde, wollte das aber nicht selbst sagen?

Dass Pelikan jetzt aus BrioMet geflogen war, hätte Gumbrigg mit Genugtuung erfüllen können, aber er konnte sich nicht freuen, er konnte auch nicht Schadenfreude empfinden. Er sah Pelikan, der hatte doch einen schönen, schlanken Kopf, einen intelligenten Kopf. Er hielt ihn allerdings meist etwas schief. Und Gumbrigg sah Pelikan vor so lang, langer Zeit im Hotel, als er, Gumbrigg sich vor Pelikan gedrängt hatte und Pelikan schief und wie resignierend seitlich auf ihn, Gerd Gumbrigg, geblickt hatte, weil er, Gerd Gumbrigg, doch Brionis Liebling war.

Es wurden dann noch Drachensticks an Hongkong ausgeliefert. Das war aber ein kleiner Posten. Und Kurt hatte, über die guten Kontakte, die er immer zu den Werkshallen von BrioMet hatte, selbstverständlich noch früher als Gumbrigg von der Entlassung des Pelikan gehört, und auch gehört, dass ein exzellenter Mechaniker jetzt die Verantwortung für die Maschine bekommen hatte, mit der Rohre konisch gezogen werden konnten. Aber nun kam die Nachricht, dass die Maschine, als der erfahrene Mechaniker sie in Betrieb nehmen wollte, mit einem hässlichen Knirschen und einem Knall zu Bruch gegangen war.

Es konnte nur sein, dass der findige Pelikan, wütend über seine Entlassung, die Gelenke der Maschine vor seinem Abgang so verstellt hatte, dass sie sich beim Einschalten mit ihrer eigenen Kraft zerstörte.

Auf neue Aluminiumrohre musste also noch gewartet werden. Gumbrigg hatte kein Gespür mehr für die Lage. Früher hatte er im Gefühl, einfach im Gefühl, wie zu entscheiden war. Sicherheit solcher Art hatte er jetzt nicht. Hätte die Maschine in der Stanzerei von BrioMet jetzt

Rohre für VerySticks produziert, sie wären ja doch schon zu spät gekommen. Durch die neue Kalamität verschoben sich die Termine um weitere Wochen. Gumbrigg saß an seinem Tisch im großen Büro mit sechs Arbeitsplätzen. Er wusste genau, wie es stand, aber er konnte das noch nicht in seine Glieder bringen. Kurt machte selbst Planungen und setzte Drachenstöcke auf das Fertigungsprogramm. Ein kümmerlicher Schein von Normalität in der Halle. Gumbriggs Gedächtnis spielte zynisch mit ihm. „Make Ends Meet!“, klang es in seinem inneren Ohr.

54

Severin Sattler hatte die Pflicht, sich um die Terrarien zu kümmern. Er tat dies meist am Nachmittag, denn morgens musste er nach seinem nächtlichen Dienst ruhen. Er pflegte die vielgliedrigen Tierchen gerne. In Wahrheit waren es ja seine Ameisen, Gumbrigg kam gleichsam nur zur Visite. Sie trugen auch ihre Verstorbenen weg! So nüchtern Sattler war, so sehr er sich seine sachliche Denkweise zugute hielt, es kam ihm doch immer wieder der Gedanke, und zwar wider sein besseres Wissen kam ihm der Gedanke, dieses menschliche Verhalten der winzigen Tiere, dieses Grüßen und Helfen und Hassen und Kämpfen, das seien nicht Programmabläufe in den mikroskopischen Ganglien, vielmehr gebe es neben den Atomen und Molekülen als Bausteinen noch andere Bausteine: ein Element Hass als Baustein, ein Element Eifersucht als Baustein, ein Element Beistand, und solche Elemente seien in die kleinen Sechsbeiner eingebaut, Elemente derselben Art aber auch in ihn selbst, Severin Sattler.

Sattler, der Zugang zur Villa hatte, versuchte, das Haus möglichst unauffällig zu betreten und wieder zu verlassen, manchmal aber traf er auf Grand'mère. Grand'mère war oft allein, denn Hanna ging meist zu ihren architektonischen Recherchen an der Universität. Und so bat Grand'mère Sattler gelegentlich, ihr zu helfen: eine unter den Stuhl gefallene Brille aufzuheben; einmal auch Tee zu machen.

„Sattler", sagte Grand'mère – sie hielt ein Glas Wasser in der Hand, das sie sich in der Küche geholt hatte – „Sattler, wie geht es Ihnen eigentlich nachts, allein in diesem Gebäude? Sie halten dort doch Wache!?"

„Ach, ganz gut. Ich muss immer wieder auf meine kleinen Monitore schauen. Gestern bin ich erschrocken: plötzlich blickten zwei Augen in die Kamera, grell strahlende Augen. Es war eine Katze. Ich ging in den Raum. Jemand hatte ein Fenster offen gelassen. Es war gar nicht einfach, die Katze zu verjagen."

Grand'mère hatte, als sie Sattler hörte, den Stock weggelegt. Sie ging langsam, aber frei, in Richtung auf ihr Zimmer. Sattler öffnete ihr die Tür und hielt die Klinke. Grand'mère stellte mit kaum sichtbar zitternder Hand das Wasserglas, das sie geholt hatte, auf dem Tischchen neben ihrem Armsessel ab. Während sie sich umdrehte, um sich zu setzen, begann sie wieder zu sprechen. „Und wenn sich die ganze Nacht nichts tut, was machen Sie da?"

„Ich bekomme meistens ein paar Arbeiten: Produktionsprotokolle durchzusehen, Rechenaufgaben. Aber ich darf auch lesen, meinen Gedanken nachgehen."

„Ich habe auch viel Zeit". Grand'mère sagte das zu Sattler, aber es schien an sie selbst gerichtet, und sie wurde abwesend, wohl an ihre Lebenszeit denkend. Sattler hatte noch die Klinke in der Hand. „Sattler, das wird Sie vielleicht nicht interessieren, aber hören Sie, was da einer von den Großen sagt!" Und Grand'mère hatte, schon während sie sich setzte, nach einem Buch gegriffen. Sie öffnete es, wo sie ein Lesezeichen eingelegt hatte.

Dies ist das Bild von Grand'mère: im Fauteuil sitzend, ein Buch im Schoß, mit einem behutsamen Finger blätternd. „Hören Sie, was unser lieber Schiller sagt, ich muss es immer wieder lesen: ‚Beim Tiere und bei der Pflanze gibt die Natur nicht nur die Bestimmung an, sondern führt sie auch allein aus. Dem Menschen aber gibt sie bloß die Bestimmung und überläßt ihm selbst die Erfüllung derselben … Er hat das Vorrecht, in den Ring der Notwendigkeit, der für bloße Naturwesen unzerreißbar ist, durch seinen Willen zu greifen und eine ganz frische Reihe von Erscheinungen in sich selbst anzufangen. Der Akt, durch den er dieses wirkt, heißt vorzugsweise Handlung.'"

„Ja!", sagte Grand'mère, „Wille und Handlung sind das Menschliche! Und der Wille ist der Mittelpunkt, der Mensch muss wollen!" Und auf Grand'mères Stirn schwoll die Ader an, die oft als Zornesader diente. Vielleicht, weil sie in ihrer Umgebung zu wenig Willen zum Schönen, zum Guten und zum Wahren fand.

„Entschuldigen Sie, Sattler, dass ich Ihnen solche Zeilen vortrage. Sie sind mir wichtig. Aber was denken Sie in Ihren Nächten? Ist nicht der Wille das, was uns vom Tier unterscheidet?"

„Ich weiß es nicht.“ Und Sattler hatte noch die Klinke in der Hand. „Ich sehe den Tieren so oft zu. Hat nicht auch die Wespe Willen, einen rudimentären Willen jedenfalls, wenn sie stundenlang, und mit Schmerzen, versucht, durch die Fensterscheibe zu kommen? Ziel und Hartnäckigkeit sind jedenfalls da. Das sind doch Elemente des Willens?“

„Sie sind ein lieber Mensch, Sattler“, sagte Grand'mère.

Später an diesem Tag hatte Grand'mère ihren Willen zu gebrauchen. Gerd Gumbrigg kam ins Zimmer seiner Mutter und setzte sich ihr gegenüber auf einen Stuhl. Grand'mère schaute aufmerksam. „Sprich!“, sagte sie. Und Gumbrigg sagte ihr, mechanisch ließ er sich das sagen, denn er glaubte nicht daran, sagte ihr, dass er nicht mehr weiter könne.

Grand'mère saß eine Weile still. Nur ihre rechte Hand arbeitete an ihrem kleinen Taschentuch mit gehäkeltem Rand. Sie fragte viel über Gumbriggs Firma und die Hergänge der letzten Wochen. Gumbrigg wunderte sich, wie viele Fragen über die Firma in den Gedanken seiner Mutter gespielt haben mussten.

„Hast du mit Alfons darüber gesprochen?“

„Nein!“, sagte Gumbrigg sehr schnell.

„Er wird dir nicht helfen. Aber er hat dir sehr, sehr viel geholfen. Er muss das wissen.“ Gumbrigg empfand es seltsam, dass seine Mutter sagte: „Dir nicht helfen“. Sie sagte nicht: „uns nicht helfen“.

„Und du musst verstehen, Gerd, dass auch ich nicht helfen werde.“ Ungeachtet all ihrer Gebrechlichkeit saß Grand'mère wie ein Feldherr in ihrem Lehnstuhl. „Die Hälfte des Hauses gehört der Bank, die andere Hälfte brauchen wir zum Leben. Was davon bleibt.

Geh zu Alfons Brioni!"

Wie derzeit oft, handelte Gumbrigg rein rational. Rein rational eine Straße zu überqueren heißt, jede Bewegung zu überlegen: Um hinüber zu gelangen, muss ich gehen, ja, und um zu gehen, muss ich das Bein bewegen, und dann: das andere Bein. Das rein rationale Überqueren der Straße ist ein, sozusagen, trockener Vorgang, das Lebewesen, das ich bin, geht nicht mit.

Gumbrigg wusste, um mit Brioni zu sprechen, um ihn etwa aufzusuchen, musste er zunächst anrufen. Und Gumbrigg rief Brioni an.

„Ja, Gerd, was gibt es?", meldete sich Brioni. „Alfons, ich muss mit dir sprechen." „Na dann komm!", sagte Alfons Brioni.

Gumbrigg wiederholte sich diese Worte. ‚Was gibt es?'. Welche Routine der Lockerheit hatte Alfons? War das eine Nettigkeit? Ein Entgegenkommen? Oder hatte er immer diese Formel bereit, um jeder Situation die Spitze zu nehmen?

Die Tür des ehrwürdigen Brioni-Hauses auf dem Werksgelände von BrioMet wurde Gumbrigg geöffnet und er stieg die hölzerne Treppe hinauf. Er stellte fest, dass der Handlauf des Geländers sehr massiv und sehr glatt war – aber das hatte er ja schon gewusst. Oben stand Brioni. Er begrüßte Gumbrigg mit einem festen Druck der rechten Hand. Mit der linken fasste er Gumbrigg freundschaftlich am Oberarm.

„Alfons", sagte Gumbrigg, „es geht nicht mehr." Brioni saß etwas zurückgelehnt auf seinem Stuhl; die Arme lagen aber auf dem Tisch. „Ja, ich habe gehört, dass es Euch nicht gut geht". Und: „Du weißt, dass ich Pelikan entlassen habe."

„Ja – Alfons, du hast mir immer ganz massiv geholfen! Und ich schulde dir …"

Brioni beugte sich vor, zu Gumbrigg, und legte seine rechte Hand auf Gumbriggs Hände: „Ist schon gut, Gerd!" Alfons Brioni stand auf, ruhig, und mit einer kaum sichtbaren Souveränität, wie sie Leute haben, deren Leben nie gestört wurde, und deren Leben wahrscheinlich nie gestört werden wird.

Als Gumbrigg das Herrenhaus der Brionis verließ und wieder in die Sonne trat, hatte er das Gefühl, dass Situationen, die zunächst voll gewaltiger Schrecklichkeit scheinen, sich doch, gleichsam gleitend, auflösen können. Dass sein Freund Brioni ihm nochmals helfen würde, dass er etwa die demnächst wieder fälligen Löhne vorstrecken würde, das hatte bereits seine Mutter nicht für möglich gehalten. Finanziell wäre Brioni dazu sicher im Stande gewesen. Oder vielleicht auch nicht. Auch bei BrioMet gab es wahrscheinlich Schwankungen der Reserven. Vielleicht war es aber auch das Unwägbare, das Vertrauen, diese Imponderabilie. Nicht lang war es her, dass Gumbriggs Firma bewundert und akklamiert worden war, nun hatte die Firma Schatten und Flecken und die Welt zog sich davon zurück, blitzartig, so wie eine Schnecke blitzartig die Fühler bei der leisesten Berührung zurückzieht.

Die Mitteilungen, die Gumbrigg in der Folge zu machen hatte, waren für ihn selbst von Mal zu Mal blassere Routine. Hanna überhaupt zu einem Gespräch unter vier Augen zu bekommen, war nicht leicht. Sie hörte zu, wie man im Vorübergehen zuhört. So, als wäre nichts weiter geschehen als dass Gerd Gumbrigg sein geliebtes Spielzeug, neben dem doch nichts anderes in seinem Leben Platz hatte, verloren hätte. Sie drehte sich zu ihm um, hob den Arm und strich ihm über den Kopf. Die Konsequenzen, die noch sichtbar würden, waren ihr dem Anschein nach unbedeutend, sie lebte sowieso mehr und mehr nur ihrem Universitätsinstitut.

Die Bestürzung und Betroffenheit war bereits in den Augen, als Gumbrigg Rosa, die Vorarbeiterin und Kurt an seinen Tisch bat. Den Buchhalter rief er nicht, der brauchte keine Informationen. Und die Ingenieure, die an ihren Spinnen arbeiteten, die mussten sich die geringsten Sorgen machen, die würden für ihre Ideen bald ein gutes, neues Dach finden.

Die Härte des Endes traf vor allen anderen die Vorarbeiterin. Für die Menschen in ihrer Halle, für die Frauen, die den Tag lang ihre zugeteilte Arbeit machten, war sie der zentrale Punkt von Disziplin und Liebe gewesen. Das Leben der Frauen in dieser Halle setzte sich aus den Küchen und Schlafzimmern über die Bus- und Fahrradstrecken in die Firma fort, die Ungeschicklichkeiten und Schrecklichkeiten des Häuslichen, auch die Freuden, setzten sich an den Montagebändern fort, wurden mitgeteilt und befragt. Die Vorarbeiterin, mit ihrer Erfahrung und Umsicht, und auch Nüchternheit, war für viele ein Schutzgeist, eine Führerin durch Probleme, lösbare und auch unlösbare. Ihre Schützlinge gingen jetzt ins Ungewisse, viele wussten nicht, wie sie ab jetzt stehen und gehen sollten.

Rosa saß stumm am Tisch, Kurt ereiferte sich noch einmal, er wollte nicht an die Vorgänge, die jetzt folgen würden, denken, ihm ging es vielmehr um Pelikan, der mit seinen perfiden Manipulationen die Lawine ausgelöst hatte. Kurt wollte Verfolgung und Strafe.

„Schau, Kurt", sagte Gumbrigg, „Pelikan war viele Jahre bei BrioMet Betriebsleiter. So wie du hier. Er ist verschwunden. Besser als es kämen monatelang hässliche Nachrichten aus dem Gerichtssaal".

Die weitere Abwicklung lag in professionellen Händen. Bei Leuten, die wissen, wie mit Untergängen umzugehen ist. Es wurden alle zusammengerufen, es wurden Reden gehalten. So konkretisierte sich langsam die Zukunft oder die Zukunftslosigkeit. Die Arbeiterinnen gingen zurück an ihre angestammten Plätze, um zu heulen und zu fluchen und zu schreien. Ihre Hände glitten über Tischkanten, die von tausendmaligen Griffen ihre Kerben hatten.

Die Verzweiflung kippte aber unvermittelt in sinnlos-orgiastische Stimmung. Es wurde Wodka gefunden und Radios wurden aufs Maximum gedreht. Plötzlich begannen zwei Frauen zu tanzen, sie rissen andere mit, es bildete sich eine tanzende Schlange durch die ganze Halle, es war wie auf vergangenen Festen. Und das Tanzen ging in die Nacht. Manche schliefen an ihrem alten Arbeitsplatz ein, andere sammelten, was ihnen brauchbar und nützlich war und trugen es mit trotzigem Gesicht an Sattler vorbei nachhause. Was sollte er tun, was ist der Begriff Eigentum. Und er hatte auch keine Autorität mehr.

55

Das Haus.

An einem Morgen im Winter konnte es geschneit haben, und es waren vielleicht die Tritte vereinzelter früher Fußgänger auf der weißen Decke des Gehsteigs zu sehen. Der Schnee, wenn er nicht zu kalt war, konnte auch auf dem Gitterwerk des Zaunes sitzen. Das Gitter, in schwerem Eisen ausgeführt, war von Pfeiler zu Pfeiler in stachelbewehrten Bögen gehalten, und die Spitzen der Stacheln konnten weiße Kappen tragen. Wollte einer über das Gitter auf das Grundstück des Hauses gelangen, so bedeutete das keine große Mühe, die Stacheln des Gitterzaunes waren ein Ornament, eine Demonstration des Eigentums, ihre Bedeutung war auch, dass es innerhalb ein Zuhause gab.

Auf dem Schnee des Gehsteigs lagen vielleicht einige verspätete Blätter, die ein Wind noch von den Ästen gelöst hatte, hellgelbe oder verkrümmte bräunliche. Hinter dem Zaun gab es einen Gartenstreifen mit Gestrüpp und einzelnen vergilbten Halmen, die durch den Schnee stachen. Und dann das Haus. In der Mitte wölbte sich breit der Erker aus der Fassade, mit mehrteiligem Mittelfenster und schräg gestellten Seitenfenstern. Rechts und links hatte die Fassade jeweils zwei weitere Fenster. Das Mauerwerk, dessen Verputz eine massive Mauer aus Steinquadern vortäuschte, war von Kletterpflanzen überwuchert. Dort konnte sich auch Schnee verfangen.

Im Frühjahr blühte es im Vorgarten. Dieses Blühen überspielte mit seinen Farben die Unordnung und die lieblose Vernachlässigung des Gartens. Dort hatte Jutta, als sie Kind war, für Ordnung gesorgt, hatte Beete angelegt, Bücher über das Gärtnern gelesen und Pflanzen ausgesucht. Was jetzt dort wuchs, war die verwilderte Nachkommenschaft ihrer Pflege.

Nun war Herbst, und Jutta ging auf die Gittertür des Vorgartens zu. Die quirlige, einfallsreiche, kapriziöse, lieber hüpfende als gehende Jutta hatte sich auferlegt, seriös zu werden, ein Neutrum zu werden, gekleidet in einfarbige graue Hosen und graue Pullover oder Boleros. Ihr Schrank enthielt davon eine Palette in Grau. Der Startschuss ihres neuen Lebens war das Kappen ihrer Haarpracht gewesen. Sie trug nichtssagende Stoppel. Diese sollten auch nichts sagen.

Denn sie wollte das spielerische Mädchen Jutta verlassen, sie wollte nun der gestrenge Chef einer Schauspieltruppe werden. Mit der ihr eigenen Wucht warf sie sich auf dieses Ziel. Und deshalb hatte sie auch gar nicht viel Raum übrig in ihren Gedanken für das, was ihrem Vater jetzt geschah oder für die Frage, ob sie in dieser Villa ein Zimmer hatte oder irgendwo anders.

Da sie nicht über nennenswerte Mittel verfügte, machte sie auch keinen Plan, wie solch eine Truppe von Möchtegern-Künstlern auf Brettern zusammen zu fangen, zu disziplinieren wäre oder gar zu ernähren. Stattdessen rief sie ein paar Freunde an, überfuhr die weiblichen mit Argumenten und verführte die männlichen mit girrend modulierter Stimme: Wir gehen an einen Badeort, mieten eine schwimmende Plattform und spielen für die Gelangweilten! Und was spielen wir? Das wird sich ergeben!

So fing das an.

Und sie lachten und wurden derb und schrien einander an. Jutta setzte sich eine wuschelige Perücke auf und spielte die Verführerin oder sie war der Pirat. Und wenn die Sonne tief stand, gingen sie mit einem Hut durch die Reihen der zufällig gekommenen Zuschauer und der Liegestühle und sammelten für ihre Pizza am Abend.

Zwischen Zelten und um ein laienhaftes Feuer begann der erste Abend von Juttas Truppe. Stumm. Es hatte funktioniert! Sie hatten einfach zu reden und zu schreien begonnen, und dann lief es. Mit Applaus! Für den nächsten Tag wurde vorausgedacht. Geschichten wurden vorgeschlagen, erdachte, gelernte und gelesene. Jutta hatte ihre Truppe.

Sie wollte aber kunstvolles Theater machen. Jutta betrat das Haus und fand Grand'mère im Wohnzimmer. Gestützt auf ihren Stock, stand sie vor einer Wand und betrachtete die Bilder, die dort hingen. Teils waren es Fotografien von Vorfahren, die nur ihr etwas sagten, nicht einmal ihrem Sohn Gerd. Teils waren es Pinselwerke. Eines, in einem massiven, schwarzen, kannelierten Rahmen, stellte in hellblauen und hellgrünen Farben symbolisch den Frühling dar. Junge Leute zogen über eine Wiese und schwangen das hellblaue Band des Frühlings. Und was macht es aus, dass es unbeholfen gemalt und naiv, vielleicht kitschig war. Für Grand'mère leistete es die Erinnerung. Und während Jutta neben ihr stand und sich zurückhielt, eine störende Bemerkung zu machen, richtete sich Grand'mère auf, hob beide Hände, sodass der Stock sie nicht mehr stützte und deklamierte; stockend:

Frühling lässt sein blaues Band
....

Für die aus der Erinnerung nicht aufgetauchten Silben schlug sie mit der Hand den Takt, um den Rhythmus nicht zu stören.

streifen ahnungsvoll das Land.
....

„Könnt Ihr das heute noch nachempfinden? Könnt Ihr dieses Gefühl einfach wirken lassen und stehen lassen? Kennt Ihr das überhaupt: eine grade Freude? Oder muss da immer Spaß oder Ironie oder etwas Verdrehtes dabei ein?"

Grand'mère gebrauchte wieder ihren Stock und ging in Richtung auf ihr Zimmer.

„Schade!", sagte sie. Und dann: „Juttachen, bitte mach mir Tee!"

Jutta brachte den Tee und richtete Grand'mère das Haar. Dafür war Grand'mère sehr dankbar, und vielleicht dachte sie, dass diese Jugend doch...

„Grand'mère, wie wird das werden, wenn du nicht mehr in diesem Haus wohnen kannst? Ich habe Angst!"

„Ach Kind, wie viele Untergänge habe ich schon erlebt. Und gesehen!"

„Und was wird aus unserem Vater!?"

Grand'mère setzte sich umständlich in ihren Ohrensessel. Sie schaute zu Jutta auf: „Dein Vater ist noch nicht alt, ist noch jung! Er wird etwas tun. – Schau, Jutta, womit ich mich jetzt stärke!"

Sie nahm das bescheidene Bändchen, das, mit Lesezeichen, auf dem kleinen Tisch neben dem Lehnstuhl lag. Es war in Leder gebunden und hatte Goldprägung. Die Seiten waren schon spröde. „Schau, Jutta, hier steht:

Nehmt hin die Welt! Rief Zeus von seinen Höh'n ...
Da eilt', was Hände hat, sich einzurichten, ...
Der Kaufmann nimmt, was seine Speicher fassen,
Der Abt wählt sich den edlen Firnewein,
Der König sperrt die Brücken und die Straßen
Und sprach: Der Zehente ist mein!

Und dann, Jutta, kam der Poet:

Was tun?, spricht Zeus, die Welt ist weggegeben,
Der Herbst, die Jagd, der Markt ist nicht mehr mein.
Willst du in meinem Himmel mit mir leben –
So oft du kommst, er soll dir offen sein.

Ja Jutta, ich bin zwar kein großer Poet", – hier gingen Grand'mères Augen an einen undefinierten Ort und ihre Augenbrauen hoben sich – „aber vielleicht steht mir der Himmel dieser Bücher noch ein Weilchen offen. Vielleicht."

Jutta kämpfte um ihre Nüchternheit. Aber dieses Wort prägte sich ihr ein: ‚Die Welt ist weggegeben!' Denn sie wollte gutes Theater machen.

Endet eine Expedition, so sitzen die Teilnehmer am Abend beisammen und das Gefühl ist eigenartig. Man kennt einander. Besser als Schreibtischkollegen, die man jahrelang gesehen hat. Man weiß, wie der andere sich über ein Ereignis freuen kann, und man weiß, wann er Angst bekommt. Am letzten Abend drängen sich Bilder des Flughafens auf. Die Sperren dort wird man noch gemeinsam verlassen. Dann aber werden Busse und Taxis die Freunde verstreuen.

Hanna hatte das Abendessen präzise vorbereitet. Beim Bild des Tisches und bei der Zubereitung der Speisen gab es keinen Kompromiss. Morgen erst, ziemlich früh, werden die Spediteure kommen und werden diesen Tisch und die Stühle kippen und tragen. Severin Sattler wird die Terrarien begleiten und Fremden übergeben.

Jutta hatte sich für diesen Abend ausdrücklich und ordentlich entschuldigt. Aus dringenden beruflichen Gründen, wie sie sagte. Gumbrigg saß ohne Reaktionen bei Tisch. Hanna wusste jetzt, dass er nicht nur eine lange Reihe von Jahren verloren hatte, sondern auch in einen Strom von Maßnahmen der Abwicklung verstrickt war, von Formularen, auf denen Kreuze die Orte der von ihm geforderten Unterschriften bezeichneten, und von Beschuldigungen, auch von Hilferufen, auf die zu antworten er keine Macht hatte. Hanna legte ihr verbindliches, vertrauensvolles Lächeln ab. Das hätte hier nicht gepasst. Der Tisch war bewegungslos. „Till", sagte sie: „Wie geht es jetzt mit dir weiter, was wirst du tun?"

Hanna spürte, dass ihre Stimme keine Melodie hatte. Aber sie wollte auch gar nicht verständnisvoll scheinen. Till saß neben seiner Shu. Er war eigentlich ein gut aussehender junger Kerl. Und seine kantigen Züge und der Trotz, der um seinen Mund spielte, passten gut zu der milden, aufmerksamen Gelassenheit von Shu neben ihm. Da war aber auch ein schnippischer Zug in seinem Gesicht. Hanna fürchtete, er war ja ihr Kind, sie fürchtete, in Till könnte auch Brutalität vorkommen.

„Wir gehen nach Hongkong!"

„Und wie willst du da hin kommen? Freie Reisen gibt es nicht mehr!"

Tills Gesicht verzog sich zu einem Lächeln und seine Augen wurden schmal: „Vielleicht könnte mich ja unsere Großmutter unterstützen?"

Hanna wurde von einer ihr nicht bekannten Wut erfasst. „Wie kannst du dich unterstehen, nach den Reserven deiner Großmutter, Reserven, die vielleicht für ein paar halbwegs anständige Jahre reichen, zu greifen! Sorg für dich selbst! Geh!"

Till stand auf und ging. Shu ging mit ihm. Sie verbeugte sich andeutungsweise. Ihre Augen waren größer als an anderen Tagen.

Hanna hob die Tafel auf, nahm Gumbrigg bei der Hand und führte ihn durch die Gittertür auf die Straße. Sie zeigte ihm die Kronen der Bäume und wie ein Vogel sein Gefieder putzte und wies ihn auf den Geruch hin, der entsteht, wenn der Herbst mit seinen feuchten Nächten den Griff auf die alten Blätter bekommt.

57

Das Haus war geräumt und bildete fortan in der Erinnerung einen grauen, schattigen Bereich, der sich, in widersprüchlicher Weise, zugleich mit dem grauen Schleier zuweilen in sonnigem Licht zeigte. Grand'mère hatte man in eine kleine Wohnung transferiert. Ja, in aller Eile war diese Wohnung gesucht worden. Und die Wahl hatten Hanna und Jutta getroffen, ohne Grand'mère zu fragen. Das machte Grand'mère zornig, und der Zorn hatte noch einmal die alte Kraft. Aber unter dem Druck der vielen notwendigen Regelungen wurde diesem Zorn gar nicht viel Beachtung gegeben. Grand'mère saß in dem neuen Zimmer, vor dem Fenster ein kleiner Balkon. Zwei Mal am Tag war für eine Hilfe gesorgt. Grand'mère wusste, dass im Lauf der Zeiten schöne und schreckliche Dinge passieren. Manches aus ihrem Leben und aus ihrem längst vergangenen Elternhaus hatte sie niemandem, auch ihrem Sohn Gerd nicht, erzählt. Die Gedanken an alte Schrecken hatte sie bei sich beruhigt und tief weggeordnet. Wenn früher, in ihren frühen Jahren, als sie gegen alles Unrecht rebellierte, wenn früher ein Unglück eintrat, dann konnte sie anpacken, was gefallen war, wieder aufrichten oder Neues bauen. Zu solchem Tätigsein fehlte jetzt die Kraft. Das war das eigentliche Ärgernis dieser späten Jahre.

Ihren Schreibtisch hatte man ans Fenster gerückt, ein neues Büchergestell stand neben dem Fenster. Aber die Bücher und ihre Notizen und die Briefschaften waren noch in Kartons. Sie konnte wohl an ihrem Schreibtisch sitzen und durchs Fenster in die neue Gegend schauen, aber sie konnte auch die kleine Verrichtung, ein Buch in ein Regal zu ordnen, nicht leisten. Das einzige, das ihr

Körper noch hergab, waren einige Schritte in der kleinen Wohnung. Es kam ihr eine Idee: Sie konnte diesen Sattler bitten. Die eigenen Kinder waren zu beschäftigt.

„Das ist nett, dass Sie kommen, Sattler“, begrüßte sie ihn, als er vor ihrer Türe stand. Sogleich drehte sie sich und ging in ihr Zimmer voraus. Unterwegs griff sie nach Gegenständen, die ihr Halt geben konnten, nach Türrahmen. Sie hätte wohl ihren Stock nehmen sollen. „Sattler, entschuldigen Sie, dass ich Sie gebeten habe. Meine Leute haben keine Zeit. Ich werde Ihnen Ihre Zeit auch vergüten!“

„Nein! Nein!“, wehrte Sattler ab. Seine abwehrende Handbewegung war beinahe dramatisch. Sattler kniete sich zu den Bücherkartons, öffnete sie und griff nach Büchern. Der hagere Mann, dessen knochiger, markanter Schädel auf dem mageren Hals saß, bewegte sich knieend am Boden. Grand'mère saß in ihrem Lehnstuhl; im Vergleich zu Sattler sah sie stattlich aus, thronend, residierend. Einige Stunden arbeiteten sie zusammen. Er nahm die Bücher aus den Kartons und nannte die Titel, sie bestimmte, in welchem Abteil des Büchergestells sie ihren Platz haben sollten.

Sattler hielt ein Buch hoch: „Wir und die Toten“. „Das hat mich geärgert! Die Lebenden! Um die Lebenden! müssen wir uns kümmern. – Meinen Sie nicht auch, Sattler?“

„Ja, Grand'mère!“ Er verwendete diese Anrede, weil er nie eine andere Anrede für Gumbriggs Mutter gehört hatte. Und etwas geniert fügte er hinzu: „Ich bin ja auch einer, der sich gern mit der Vergangenheit beschäftigt.“

„Mit den Lebenden müssen wir uns beschäftigen! Nicht mit den Toten! In den alten Zeiten brauchten sie Gesetzestafeln und Strafen. Diese Gebote haben wir überholt! ‚Du sollst' muss jetzt heißen ‚Ich will!' Belohnung wird verabscheut! Wir wünschen uns, dass das Gute ohne Aufhebens getan wird, aus Liebe zu unserem Bild vom Menschen!"

„Grand'mère, sie sind eine Prophetin!"

„Ich wollt', ich wär's, Sattler. Wozu haben denn unsere Großen nachgedacht und mit ihren Gedanken gekämpft! Unsere Großen bis Nietzsche!"

„Sie glauben, Grand'mère, dass die Menschen besser werden?"

„Wir müssen immer an uns arbeiten, Sattler, unsere niederen Gefühle disziplinieren. Wenn es nicht aufwärts geht – "

Und Grand'mère fuhr fort: „Sattler, wieso wurden Sie denn Nachtwächter bei meinem Sohn?"

Grand'mère bat Sattler, Tee zu machen, und einen Stuhl zu nehmen und sich zu ihr zu setzen.

Das sei eine schwer zu erzählende Geschichte, sagte Sattler. „Ich muss meine eigene Jugend schlecht angepackt haben. Ich wollte nichts, ich glaube, ich konnte gar nicht wollen."

„Sattler, Sie sind jetzt müde. Aber bitte, kommen Sie wieder, wir sind noch nicht fertig!" Grand'mères Hand ruhte auf der Lehne ihres Fauteuils, aber die Finger wiesen auf die noch verklebten Kartons.

Sattler wunderte sich. Er ging mit Vorfreude zu Grand'mère. Er konnte über Gedanken sprechen. Lange Zeit schon hatte er seine Gedanken nur für sich selber gehabt.

Sattler nahm ein Buch aus einem Karton und Grand'mère sprach darüber.

„O du mein Wille! Du Wende aller Not!", zitierte sie. „Sattler, was habe ich mit meinem Willen getan? Sattler, können Sie beten? Beten Sie? Sagen Sie, Sattler, was hat Sie zu dem gemacht, was Sie heute sind. Ich schätze Sie!"

In immer größeren Abständen waren Sattlers spastische Anfälle gekommen. Die persönlichen Worte Grand'mères aber ließen die Schranken wieder brechen, und er sah wieder die glitzernde Ölspur und die blutigen Gliedmaßen der Kinder. Und er brach wieder zusammen, er kauerte am Boden neben dem Lehnsessel Grand'mères und konnte sich nicht bewegen.

Als der Krampf abebbte, entschuldigte er sich bei Grand'mère, die in ihrem Unvermögen, helfen zu können, äußerst beunruhigt war. Und Sattler begann, aus seinem Leben zu erzählen.

Als Sattler das nächste Mal Besuch machte, kam Grand'mère mit ihrem Stock zur Tür. Sie wies Sattler an, sich sofort zu ihr zu setzen. Die Kartons waren für sie nicht wichtig. „Sattler, ich konnte Sie das letzte Mal nicht trösten. Auch jetzt kann ich es nicht. Sattler, Sie können nicht beten. Als ich Kind war, ein halbwüchsiges Mädchen, da konnte ich beten. Ich war von einem unendlich großen, starken Willen erfüllt, den Menschen Gutes zu tun. ‚Schenke mir', war mein Gebet, ‚einen aufgeweckten Geist, ein frohes Gemüt und eine edle Seele. Und hilf mir, ein Gottes- und Menschenkind zu werden, – ‚zu werden' habe ich gestrichen: ‚aus mir zu machen'! – das in Freud und Leid fest im Leben steht, und das heute im Kleinen und später im Großen die Kraft hat, viel Gutes in Wort und Tat um sich zu verbreiten".

Und Grand'mère holte noch mehr Atem und sagte. „Verstehen Sie Sattler, ich wollte selbst aus mir, so viel Kraft spürte ich, selbst aus mir einen guten Menschen machen. – Und, Sattler, was hat das kleine Mädchen erreicht?"

Sattler erschrak. Welche Frage! Und Grand'mère stellte sie ihm, der doch ein so kleines Leben hatte. „Aber Grand'mère! Sie haben doch eine Familie aufgebaut! Mit Ihrem Geist und Ihrer Kraft ist sie aufgewachsen!" „Ich weiß nicht, wie viel von meinem Geist ich weitergegeben habe. Und die Kraft, groß zu wirken – das wollte das kleine Mädchen – die Kraft ist nicht mehr da!"

Grand'mère drehte sich soweit sie konnte zu Sattler. „Mein Freund", sagte sie, „Es ist genug!" Severin Sattler verstand nicht sofort. Dann erschrak er. Grand'mère hob ihre Hand gegen jeglichen Einwand:

„Es ist genug!"

58

Für Grand'mère musste die Hilfe erweitert werden. Sie benötigte Hilfe bei Tag und bei Nacht. Bald war das nicht genug, sie brauchte Pflege in einem Heim. Gerd und Hanna brachten sie dort hin. Sie stieg aus dem Wagen und hantierte dabei etwas ungeschickt mit ihrem Stock. Die Tür des Heims ging auf und es kamen zwei Sanitäter mit einer fahrbaren Trage heraus. Das war die Vorschrift. Mit ihrem Stock stieß Grand'mère die Trage ärgerlich weg. Als die Sanitäter sich ihr von beiden Seiten näherten, wurde sie ungehalten und herrschte sie an: „Weg!"

Grand'mère ging allein durch die Tür des Heims und ließ sich ihr Zimmer anweisen. Dort setzte sie sich auf einen Stuhl. Sie stand nicht mehr auf.

Alle besuchten sie, ihr Sohn und Hanna, Jutta, Till, Shu kam, auch ohne Till. Grand'mère war auf viele Kissen gebettet, sodass sie beinahe saß. Sie schaute freundlich, aber sie aß nicht und sie trank nicht. Severin Sattler kam oft. Die Freude in ihrem Gesicht war jedes Mal zarter. Schließlich sah Sattler in den Faltenzügen ihres Gesichts nur noch eine minimale Bewegung: zum Zeichen, dass sie sein Kommen bemerkt hatte.

Gerd Gumbrigg kam etwas später.

Testamentarisch hatte Grand'mère verfügt, dass bei ihrem Begräbnis kein Repräsentant der Kirche sprechen sollte. Grand'mères Verhältnis mit dem Geistlichen ihrer Kirche war anfangs gut gewesen. Aber bei einer Diskussion der ‚Guten Werke', der Werke der Barmherzigkeit, hatte sie mit Heftigkeit widersprochen. Sie liebte ihren unbekannten Gott, und hatte unter vielerlei Umständen seine Kraft zu ihr strömen gefühlt, aber theologische Sophisterei konnte die Zornesader auf ihrer Stirn schwellen lassen.

Es kam eine große Menge. Die meisten waren schwarz gekleidet, denn sie wussten, dass Grand'mère auf gewisse Traditionen Wert legte. Eine überraschend elegante Erscheinung war die Vorarbeiterin. In Erinnerung hatte man sie in ihrem Arbeitskittel. Jetzt stand sie elegant und schwarz in den Reihen. Jutta trug auch Schwarz und einen weitmaschigen schwarzen Schleier. Ihr Hütchen war aus schwarzen Federn modelliert. Es wäre nicht Jutta gewesen: Eine der kleinen Federn war weiß.

Gumbrigg trat ans Grab und sprach Dankesworte mit Blick hinunter, auf den Sarg. Er trat bald wieder zurück. Jutta sah sich um, ob vielleicht noch jemand sprechen wollte. Dann wandte sie sich an die Menge, das Grab in ihrem Rücken.

„Meine Großmutter war oft mit mir nicht einverstanden. Sie konnte zornig werden, wenn sie hörte, was ich mit meinem Leben anfange. Ich war auch oft mit den Maximen meiner Großmutter, die sie mir aufzwingen wollte, nicht einverstanden, bin es zum Teil auch heute nicht. Diese Frau lebte in einer Zeit, in der die Ideale einfacher waren. Und mit Feuer und Schwert kämpfte sie dafür. Das Streben Grand'mères war immer auf die Jugend ausgerichtet. Dort wollte sie das Gute, das Wahre und das Schöne weiterpflanzen. Das nehmen wir gerne an."

Jutta verließ ihre Zuhörer schnell auf Wegen zwischen den Grabsteinen.

59

Sie hatte den Termin ihrer wichtigen Theaterprobe nicht abgesagt, und sie meinte, Grand'mère hätte das auch richtig gefunden. Überhaupt wollte Jutta jetzt die Gedanken ihrer Großmutter öfter zu Rate ziehen. ‚Die Welt ist weggegeben': Diese Worte hatte sie bei Grand'mère aufgegriffen.

Fünf Leute standen für das Spiel zur Verfügung und Jutta hatte fünf Rollen skizziert.

Sie wechselte zuhause schnell in die graue Hose und zog sich einen grauen Sweater über den geschorenen Kopf, dann eilte sie zu der Schule, in deren Turnsaal sie proben durfte.

„Hallo, Leute!“, sagte sie, noch außer Atem, „was denkt ihr von dem Stück?“

„So geht das doch nicht!“, kam von jemandem aus der Gruppe.

„Wir spielen ein Gedicht“, sagte Jutta. Also, fangen wir an: Du bist der Poet, was hast du dir ausgedacht?“

Der junge Mann, den sie ansprach, war groß, schlank und bewegte sich schlaksig. Ihn hatte sie für die Rolle bestimmt, und sie sah seine Bewegungen gerne.

Der ‚Poet‘ ging zur Rückseite des Turnsaals. Dort standen Turngeräte. Der Poet suchte und wählte einen Barren. Er winkte und ließ sich helfen, das schwere Gerät mit seinen gusseisernen Füßen und den zwei blank polierten hölzernen Holmen in die Mitte des Saales, also in die Mitte der Bühne, zu schieben. Er ließ seine Helfer gehen und lehnte sich an einen der Barrenholme. Gelangweilt schien er, und er lungerte mit dem Ausdruck von lässigem Trotz am Turngerät.

Und er fing an:

„Ich bin ein Mensch! Nein, ich, ich denke jetzt über mich selbst, deshalb bin ich ‚Du‘, also: Du bist ein Mensch. Und. Was willst du? – Warum soll ich etwas wollen? Was soll dieses Wollen?“

Unversehens war der Poet oben auf dem Barren, in Grätsche, kurz in perfekter Haltung. Kurz sah man den trainierten Sportler. Die gegrätschten Beine klemmten sich an die zwei Holme und der Mensch, der Poet, posierte gerade, hochgerichtet, mit ausgestreckten Armen. Dann fiel er wieder in sich zusammen und lungerte wie zuvor schlaksig am Gerät herum.

„Ja, ich habe geturnt, und es ging gut, habe Preise gewonnen, aber was soll das: immer turnen?"

„Ich habe studiert, das soziale Verhalten der Haubenschwäne habe ich studiert. War interessant, aber was soll ich damit wollen?"

„Schwärme junger Menschen sitzen da, in den langen Bankreihen, am Anfang ihres Lebens, Schwärme sitzen da und studieren und schreiben Meta-Metastudien über Studien, die andere geschrieben haben. Welchen Wert hat dieses Gestrüpp von Gedanken-Kartenhäusern?"

„Ich habe Unternehmensführung studiert. Dort wollen alle hoch hinaus! Erfolg nennen sie das."

Der ‚Poet' machte wieder eine Bewegung, deren Anfang man kaum wahrgenommen hatte, und stand im Handstand, in perfekter Figur, auf den Barrenstangen. Kurz darauf war er schon wieder heruntergesprungen und schwankte wieder lässig an einem Barrenholm.

„Was soll ich dort oben wollen? Das Wollen beißt sich in den Schwanz, denn das einzige Wollen ist das Oben-bleiben-wollen. Der Erfolg ein Wert an sich."

„Ich ging bei einem Schmied in die Lehre. Bald war ich besser als der Alte. Aber was sollte ich wollen? Ein Leben lang Fenstergitter im Stil von 1830 fälschen?"

„Du sagst, ich soll wollen – aber warum soll ich wollen? Die Welt ist unverständlich!

Ich habe einen Körper. Der scheint brauchbar. Ich kann 12 mal 13 berechnen. Was soll ich damit anfangen?"

Jutta hatte eine Figur definiert: Die Vermittlerin.

Nun näherte sich die Vermittlerin dem Poeten.

„Junger Mann", sagte sie, und legte ihren Kopf mit einschmeichelndem Lächeln schräg, „Du suchst Beschäftigung? Ich kann dir helfen! Ich hab die Verbindungen! Geh zum Transporteur, der hat tausend Mitarbeiter, dort ist ein Platz für dich!"

Ein Mitspieler stand auf, er war in einen dunklen Anzug gekleidet. Der Poet ging zu ihm. Und der Transporteur fragte: „Was hast du gelernt?"

Der Poet dachte, ich will ja freundlich sein, ich will ja die Menschen dort in der Welt nicht beleidigen. Und er antwortete:

„Ich habe das soziale Verhalten von Haubenschwänen studiert."

Der Transporteur:

„In unserer Stabsabteilung gibt es Soziologen, aber nicht für Schwäne, sondern für Menschen!"

„Ich bin bei einem Schmied in die Lehre gegangen."

„Für unsere Lastwagen haben wir Kraftfahrzeug-Mechaniker."

„Ich habe an der Uni zwei Jahre Unternehmensführung belegt."

„Unsere Leute haben gelernt, wie man ein Transportunternehmen führt."

Und der Transporteur fragte: „Was hast du gearbeitet?"

„Noch nicht. Ich möchte in Ihrem Unternehmen arbeiten!“

„Die Stellen für deine Qualifikation sind schon vergeben!“

Der Transporter wendete sich ab und ging, und der Poet spielte wieder mit den Holmen des Barrens. Er setzte zu einer Übung an. Aber er ließ es bleiben.

Die Vermittlerin kam noch mehrmals. Der Poet ließ sich einem Politiker vorstellen und der Direktorin einer Schule. Gutmütig erzählte der Poet seine Vorgeschichte.

Der Politiker war schnell im Erkennen von Charakteren: Die Augen eines, der Politiker werden möchte, müssen leuchten vor Überzeugungskraft. Der junge Barrenturner aber sah sich selbst aus der Ferne, er betrachtete die Szene der Bewerbung und philosophierte über die Situation eines Bittstellers.

Noch weniger glücklich lief das Gespräch mit der Schuldirektorin. Es wurde von Bescheinigungen und Zulassungszeugnissen und Zusatzkursen gesprochen. Der Poet kam sogar etwas aus seiner Reserve: Beinahe beschwörend, beinahe flehend sagte er, er habe doch menschliche Vernunft, er liebe doch Kinder!

Von allen unbemerkt, erschien plötzlich Jutta. In fließende hellblaue Schleier gehüllt. Und auf dem Kopf trug sie einen Kranz aus Wiesenblumen.

„Du, Poet, bist zum Spielen und Singen und Tanzen
geboren! Zeus hat dir den Himmel bereitgestellt!
Spiel auf deiner Flöte!

Tanz mit mir!“

Und sie dachte: ‚Mich reizt deine schöne Gestalt!‘
Und er nahm sie und wirbelte sie in Kreisen,
und die blauen Schleier flogen.

Grand‘mère hätte sich, mit etwas Skepsis auf ihren Falten, doch gefreut.

Walther Menhardt

Mein Vater war in der Sprache der Minnesänger zuhause und im Gotischen der Bibel Ulfilas. Meine Mutter hatte ihre eigene, wärmere, Sprache.

Ich allerdings wurde Physiker, in der Hoffnung die Welt zu verstehen. Die Industrie führte mich nach Hamburg, nach Wien, nach Amerika, nach Hong Kong und in viele Verwicklungen, Erfolge und Bedrängnisse.

Meine Frau ist Malerin. Wir bekamen vier Kinder, und die Bilder machen das Leben bunt.

So schreibe ich über Menschen mit alten Gefühlen in neuen Zeiten, über Eigenes und Fremdes oder über die Spärlichkeit möglicher Gemeinsamkeiten.

Verlag Bibliothek der Provinz

für Literatur, Kunst, Wissenschaft und Musikalien